Birger Brand

Todesinsel Sylt

Nordseekrimi

Die Handlung und alle handelnden Personen sind frei erfunden. Jegliche Ähnlichkeiten mit tatsächlichen Begebenheiten, lebenden oder verstorbenen Personen sind deshalb unbeabsichtigt und rein zufällig.

1. Auflage Dezember 2020

Für W.S.

Auf dem hohen Küstensande
Wandre ich im Sonnenstrahl;
Über die beglänzten Lande
Bald zum Meere, bald zum Strande
Irrt mein Auge tausendmal.
(Theodor Storm: Auf dem hohen Küstensande*)*

1. Kapitel

Als Jens kurz den Kopf durch die Terrassentür streckte und direkt eine Backpfeife aus Regen und Wind verpasst bekam, wusste er wieder, dass es eine selten dämliche Idee gewesen war, Ende September nach Sylt zu kommen. Er knurrte grimmig und pfefferte den Teller mit den ausgelutschten Austernschalen auf den Servicetisch. Eine Schale rutschte runter und landete vor Grotmanns Füßen, der hier den Chefkoch gab.

„Pass doch auf!", motzte der Kochlöffel, der schon ein paar Flens intus hatte. Dann folgte ein schallendes Lachen. „Vergiss nicht, dass du nur zur Probe hier bist!"

„Sorry!", zischte Jens.

Eingebrockt hatte ihm das ganze Theater seine Schwester Jenny. Nur ihretwegen war er für eine Probeschicht nach Sylt gekommen. Und dabei hatte er von der ersten Minute an gewusst, wie es enden würde. Nämlich mit einer zügigen Heimreise. Möglichst noch heute Nacht. Probetag nicht bestanden! Kellnern lag ihm einfach nicht, dachte er, während er zurück in den Gastraum schlenderte.

„Moin!", grüßte eine rauchige Stimme von der Tür herüber.

Der zählte ja nicht gerade zum Sylter Stammpublikum, dachte Jens, als er den späten Gast erblickte. Verlotterte Visage, bis unter beide Ohren tätowiert und die letzte

JVA-Sommerkollektion hatte er auch aufgetragen. Ein Hauch von Eau de Aschenbecher ging durch das Restaurant, als der Eindringling breitbeinig hereinspazierte und sich mit einem provokanten Stöhnen auf den erstbesten Stuhl fallen ließ. Jens sah auf die Uhr.

„Ist aber schon Küchenschluss", maulte er.

„Bier werdet ihr ja wohl noch haben." Der Typ entblößte grinsend seine runtergerockte Kauleiste. So einer hatte ihm noch gefehlt! Jens drehte sich nach den beiden anderen Gästen um. In der einen Ecke sah er den femininen Türken mit Goldkettchen, der gerade achtzehn Austern geschlürft hatte. Am anderen Ende döste eine heiße Millionärin um die Sechzig, verdaute ihre gebratene Meerforelle und rollte kokett mit den Augen. Jens wäre beinahe in ihr üppiges Dekolleté gefallen, als er zum ersten Mal an ihrem Tisch gestanden hatte. Der Kerl mit den Tattoos passte weder zu dem Türken noch zu der feschen Alten. Was hatte er also hier verloren? Konnte er sich sein Bier nicht in Tinnum aus dem Lidl holen, so wie seine Saufkumpane auch?

„Oder?", hakte der Tätowierte nach. Erst jetzt fiel Jens auf, dass ihm die Fratze heute Mittag schon einmal untergekommen war.

„Groß oder klein?", blaffte Jens zurück. Doch am liebsten hätte er diesen gebrandmarkten Straßenköter mit ein paar Fußtritten zurück in die Gosse befördert.

„Groß, mein Freund."

„Bin nicht dein Freund." Jens ging zum Tresen, zapfte das Bier und sah zu dem türkischen Prinzen hinüber, der scheinbar zahlen wollte. Zumindest sahen seine Verrenkungen so aus. Warum auf einmal so eilig, *mon ami*, fragte Jens sich in Gedanken. Er beobachtete, wie er einen Grünen aus der Hosentasche zog, ihn auf die Tischplatte fallen ließ und grußlos wie ein Aal aus dem Lokal verschwand. Da müsste aber mindestens ein Zehner Trinkgeld dabei gewesen sein!

„Küche macht jetzt dicht“, drang Grotmanns Stimme von achtern.

„Wissen wir doch längst alles“, murmelte Jens, griff das Bier und schlurfte widerwillig zum Tisch des Streuners. Als er dort angelangt war, hielt er kurz inne und servierte die Hopfenkaltschale mit einem gekonnten Schwenker. Blöderweise hatte der Trottel mit der Körperbemalung ihn nicht kommen sehen und seine Flosse gehoben, um sich in der Nase zu bohren. Dabei touchierten seine beringten Griffel das Bierglas, das sich augenblicklich um fünfundvierzig Grad neigte und ihm einen großzügigen Schwall des kühlen Bräus in den Schoß schenkte.

„Alter!“, schrie der Knastbruder und sprang sofort auf. „Kannst du nicht die Augen aufmachen?“

Jens stellte das halbleere Glas ab und senkte den Kopf wie ein Stier bei der Corrida. Siegesgewiss warf er dem verzweifelten Torero sein Grinsen entgegen. Er überragte ihn um fast zwei Schädellängen und boxte mindestens drei Gewichtsklassen über ihm. Meinte dieser entlaufene Sträfling etwa, dass die Kriegsbemalung ihm Angst einjagte?

„Du lachst?“, brüllte der Bemalte, dessen Hose jetzt ein herzförmiger Pissfleck aus Bier zierte.

„Freue mich auf meinen Feierabend“, erwiderte Jens, in seinen Augen glänzte der Hohn. „Die Toiletten für die Jungs sind übrigens da vorne backbord.“

Im selben Moment holte das abgebrochene Weltergewicht mit seiner Linken aus. Daraufhin hob Jens blitzschnell den Arm, blockte den Schlag ab und hämmerte dem Kontrahenten seine Stirn passgenau zwischen die

Augen. Und da er ihm gleichzeitig einen Kniestoß ins offenbar noch vorhandene Gemächt versetzt hatte, krümmte sich der Wicht Sekunden später wie ein Regenwurm am Angelhaken und wusste vor lauter Schreck gar nicht, wo er sich hingreifen sollte, in den nassen Schritt oder an die weichgeklopfte Nasenwurzel.

„Du dreckiges Arschloch!", stöhnte der Benässte und suchte verzweifelt nach einem Ausweg. Da Jens ahnte, dass der Kerl sich nach Hieb- oder Stichwaffen umsah, wischte er das Bierglas vom Tisch und trat einen benachbarten Stuhl quer durch das Lokal. Anschließend verpasste er dem Hinterteil des Knastbruders ein paar Tritte, die einem Cristiano Ronaldo am Elfmeterpunkt zur Ehre gereicht hätten.

„Das wirst du bereuen", drohte der Wurm und rieb sich mit schmerzverzerrtem Gesicht den durchmassierten Hintern.

Unterdessen war der Jamie Oliver für Arme aus der Küche gestürmt. Das Handy am Ohr schrie er irgendetwas von „Schlägerei" und „Totschlagen". Dann baute er sich vor Jens auf, der zufrieden vor sich hingriente. Er hatte einen gelungenen Abschluss seines Probetages hingelegt.

„Sag mal, spinnst du!", brüllte der Koch. „Du kannst doch nicht einfach unsere Gäste zusammenschlagen."

„Doch, siehst du ja." Jens drehte sich nach der Millionärin um. „Die Dame kann bezeugen, dass er angefangen hat. Aber wo ist sie?"

Die reife Lady mit dem prächtigen Vorbau hatte sich aus dem Staub gemacht. Schade, dachte Jens. Er hätte gern in ihr beeindrucktes Gesicht geschaut. Stattdessen wandte er seinen Blick dem inkontinenten Großmaul zu, das sich dort immer noch am Boden wand. Ein elender Anblick. Gefahr ging von dem vorerst nicht mehr aus.

„Was war hier los?“, rief der Koch. Sein Atem stank so stark nach ranzigem Frittenfett, dass Jens direkt mal zwei Schritte zurücktreten musste.

„Das wird er bereuen“, stöhnte der Besiegte mit der nassen Büx, während er langsam in Richtung Tür robbte.

„Pass auf, dass ich nicht weitermache“, fauchte Jens zurück. „Ich breche dir das Gesicht auf wie eine frische Auster, Kollege.“

„Ihr kommt jetzt mal schön zur Ruhe!“ Vorsichtig schob der Koch seinen Küchenwanst zwischen die beiden. Dann drehte er sich zu der Blaumeise am Boden. „Das gilt auch für dich, Behrend.“

Die kennen sich ja, schoss es Jens durch den Kopf. Im nächsten Moment flog die Tür des Lokals auf.

2. Kapitel

Jenny lag in ihrem Bett. Durch das angeklappte Fenster vernahm sie das Winseln des Windes. Kalt lag der Schweiß auf ihrer Haut. Es musste ein Albtraum gewesen sein. War dieser große Mann mit dem blutigen Shirt ihr Bruder Jens gewesen? Sie schloss die Augen, aber es brachte nichts. Der Traum war weg.

Aber dafür hatte Jens es sich in ihrem Kopf gemütlich gemacht. Frage um Frage tauchte auf. Wie war wohl sein Probetag verlaufen? Was wäre, wenn er mit einem Misserfolg im Gepäck wieder in die Heimat zurückkehrte? Manchmal schien es ihr, als würde das große Unglück unmittelbar bevorstehen. Sie sah auf die Uhr. Kurz vor fünf. Es war zu früh, um Tino anzurufen. Er hatte Jens eine Stelle als Kellner bei sich in der Pension angeboten. Allerdings machte Jenny sich nichts vor. Sie war die einzige, die ernsthaft daran interessiert war, dass Jens den Job behielt. Nur um ihren Vater und den Sachbearbeiter vom Jobcenter ruhigzustellen, war er auf das Angebot eingegangen. Nicht mehr und nicht weniger.

Die Idee dazu war von Simon Kaarst gekommen, ihrem Kollegen in Niebüll. Dessen Schwager Tino Hansen betrieb die Pension in Alt-Westerland. Für Jenny stand fest, dass Simon die Sache nur vermittelt hatte, da er sich noch immer etwas bei ihr ausrechnete. In ihren letzten anderthalb Jahren bei der Kripo Niebüll hatte er immer mal wieder einen Vorstoß unternommen. Er schien einfach nicht zu kapieren, dass sie keine Teampartner datete.

Ihr Telefon klingelte. Es war die Einsatzleitung Niebüll. Anrufe um diese Zeit waren nie ein gutes Zeichen. Sie bedeuteten fast immer, dass die Zeit in der Koje um war. „Arens?“

„Wir haben eine Leiche auf Sylt. Ein Mann namens Arno Behrend, dreiundvierzig Jahre alt, allem Anschein nach durch stumpfe Gewalt zu Tode gekommen.“

*

Was war das? Jens Arens lag in seinem alten Toyota Corolla und blinzelte in den morgendlichen Himmel. Ihm fröstelte und er tastete nach seiner Jacke. Hier drinnen zog es wie Hechtsuppe. Schloss überhaupt irgendeines der Fenster richtig? Seine Schwester hatte ihm zwar einen Schlafplatz auf dem Festland angeboten. Aber nach dem gestrigen Tag würde er die Stelle definitiv nicht antreten. Wozu also noch Aufwand betreiben und irgendwo lieb Kind machen? Und nach den sechs bis acht Erfrischungsgetränken zum Feierabend hätte er den betagten Japaner sowieso nicht mehr heile auf den Autozug bekommen. Deshalb stand er auf einem der Gästeparkplätze der Pension in der Norderstraße.

Er stützte sich auf seine Ellenbogen und schaute in die Dämmerung. Irgendetwas musste ihn geweckt haben. Aber was? Waren das Stimmen gewesen?

„Ach, guck mal einer an!“, flüsterte er, als er draußen plötzlich mehrere dunkle Gestalten ausmachte. Sofort schaltete er in den Wachmodus um. Die Typen näherten sich doch seinem Auto! Vielleicht hatte er ja gestern Abend doch in ein Wespennest gestochen. Waren die Türen verriegelt? Nein! Jens fluchte laut. Dann flog auch schon die erste Tür auf. Mehrere Hände langten ins Wageninnere und griffen nach seinen Beinen.

„Polizei! Raus da! Du bist festgenommen."

Er begann, sich zu wehren. Stumm und mit gewaltigen Stößen, von denen einige ins Leere gingen, aber nicht alle. Die ersten Polizisten schrien vor Schmerz auf. Und das nennt sich Ordnungsmacht, schoss es Jens durch den Kopf. Er griff eine der vielen Patschen, die ihm vor dem Gesicht herumfuchtelten. Wollen wir doch mal sehen, was der Hänfling in Uniform so aushält, sagte er sich. Der erste Finger knackte wie eine fangfrische Krabbe.

„Er hat mir einen Finger gebrochen!", brüllte der Uniformierte.

„Ihr verwechselt mich!", stieß Jens hervor, ohne die Hand loszulassen. „Zu wem wollt ihr überhaupt?"

„Du hast gerade dein Anrecht auf einen Schnack verwirkt", rief einer und im nächsten Moment durchfuhr ein dumpfer Schmerz sein linkes Bein. Nicht schön, aber erträglich. Das muss ein Schlagstock gewesen sein, dachte Jens und drehte sich um. Im gleichen Moment riss sich das Jüngelchen mit der ruinierten Pianistenhand los.

„Jetzt!" Dann schüttelte es ihn ordentlich durch. Wie ein Blitz war der Schmerz in ihn eingeschlagen. Ein Taser! Jens stöhnte laut auf, dann wurde ihm schwarz vor Augen.

„Das war es, du Drecksau!", schrie einer.

„Holt ihn da raus!"

Die Beamten zerrten ihn aus dem Wagen. Sein Kopf schlug gegen den Türrahmen, aber das kümmerte die uniformierten Staatsdiener nicht. Wer sich auf diese Art widersetzte, durfte keine Gnade erwarten. Auch wieder verständlich.

„Da ist er ja!", rief Hauptkommissar Jakobi, Chef der Sylter Kriminalpolizei. Ein großgewachsener Endvierziger mit fleischigem Gesicht und dünnem Haarkranz. „Diesmal werden wir ihn sachgerecht verstauen. Darauf kann er sich verlassen."

Als Jens wieder geradeaus gucken konnte, fiel ihm zuerst Jakobis Visage auf. Den kannte er doch. Der Typ hatte ihn gestern Abend vernommen, nachdem die Bullen in die Pension eingerückt waren.

„Was soll das?", fragte Jens. Der Kabelbinder schnitt ihm in die Haut. „Nicht mal richtige Handschellen habt ihr für mich?"

„Die bekommst du schon noch früh genug", gab Jakobi zurück.

„Arschloch!", zischte einer der Uniformierten aus dem Hintergrund. Der war wohl noch etwas pikiert über die kleine Fingergymnastik, die Jens dem Kollegen verabreicht hatte.

„Wir nehmen dich mit. Verdacht auf Mord", ranzte ihn Jakobi an. „Hoffe, du hast einen guten Anwalt."

„Mord?", rief Jens ungläubig und versuchte aufzuspringen, doch die Schweine hatte ihn nicht nur an den Händen, sondern auch an den Füßen gefesselt. Da war kein Hochkommen. „Wer hat sich denn das ausgedacht?"

„Der Staatsanwalt, du Schlaumeier", gab Jakobi zurück.

Erst jetzt wurde Jens langsam bewusst, in was er hier eigentlich geraten war. Festnahme, Mordverdacht, Staatsanwalt. Das klang zwar aufregend, aber nicht unbedingt nach Spaß. Oder etwa doch?

„Und wen soll ich bitteschön ermordet haben?“, fragte Jens und blickte Jakobi in die Augen.

„Tu noch so, Arens!“, gab der Hauptkommissar zurück. „Gestern Abend hast du ihn aufs Übelste vermöbelt und ihm vor Zeugen mit dem Tod gedroht.“

„Was denn?“, erwiderte Jens. „Dieses Aquarell auf zwei Beinen?“

„Arno Behrend hieß der Mann.“

Jakobi bedeutete den Kollegen, dass sie den Verdächtigen abtransportieren könnten. Kaum hatten die ersten Uniformträger Hand angelegt, begann Jens zu zappeln wie ein Fisch im Kescher. Mit gefesselten Gliedmaßen waren die Bedingungen diesmal ungleich schwieriger als zuvor in dem alten Corolla. Und dennoch schaffte er es, einem unbehelmten Kollegen per Kopfstoß die Nase zum Knospen zu bringen. Rot wie Klatschmohn leuchtete der Saft in der Mitte seines vierkantigen Gesichts. In einer selten gesehenen Mischung aus Wut und Sorge wandte sich der Mitarbeiter der ausführenden Staatsmacht ab, um sich die Blutung von einem fürsorglichen Teampartner stillen zu lassen. Es dauerte keine drei Sekunden, bis ein anderer Kollege sich mit einem Kniestoß in die Rippen revanchiert hatte. Jens stöhnte auf.

„Dir werden wir es zeigen!“

3. Kapitel

Jenny und Simon waren auf direktem Wege zum Campingplatz nach Rantum gefahren. Mit verpennten Gesichtern standen sie auf einem ausgetretenen Stück Rasen und ließen die morgendliche Küstenluft genüsslich durch ihre Gesichtserker strömen. Links und rechts von ihnen schauten in einiger Entfernung ein paar verschlafene Camper genervt aus ihren Wohnmobilen. Als wollten sie den Kommissaren bedeuten, dass doch endlich mal irgendjemand dieses verdammte Blaulichtgewitter abstellen soll. Und ohnehin könnten doch die Gesetzeshüter ihre Arbeit auch ein wenig leiser verrichten, nicht wahr?

Doch denen war nicht danach. Ganz im Gegenteil, die Kollegen der Schutzpolizei hatten bereits gegen die ersten Fenster geklopft. Mit Blöcken in der Hand nahmen sie die Personalien all derer auf, die in der Nähe des dunkelblauen VW-Busses ihr Lager hatten und sich aus ihren Federn bequemt hatten, um höflicherweise bei der Aufklärung eines Verbrechens mitzuwirken. Denn dass sich ein Mord auf dem Campingplatz ereignet hatte, das hatten mittlerweile die meisten mitbekommen.

„Was ist mit dem Festgenommenen?", fragte Jenny einen wehrlos herumstehenden Uniformierten.

„Ist auf dem Revier", antwortete der Kollege, der kaum zwanzig Lenze zählte. „Wird gerade von Hauptkommissar Jakobi verhört."

„Wissen Sie zufällig, um wen es sich handelt? Steht er in irgendeiner Beziehung zu diesem Arno Behrend?", hakte Jenny nach. Doch viel Hoffnung hatte sie nicht, als sie in das ahnungslose Gesicht blickte.

„Oh, leider kann ich Ihnen da nicht weiterhelfen", stotterte der Berufseinsteiger verlegen.

„Passt schon. Das werden wir noch früh genug erfahren", sagte Jenny und wandte sich dem Bulli zu.

„Na, dann wollen wir mal", sagte Simon und ging voran. Doch kaum hatte er den Kopf durch die Seitentür des Fahrzeugs gesteckt, zog er ihn auch schon wieder zurück. „Alter Schwede! Was ist denn da passiert?"

„Lass mich mal", bat ihn Jenny und beugte sich in den Wagen.

TÜV-tauglich sah das Innenleben des Vans nicht gerade aus. Es gab lediglich eine Liegefläche aus Pressspan, auf der eine Matratze lag. Hinter die Vordersitze hatte jemand mit fragwürdigem handwerklichen Talent noch eine schiefe Holzkiste geschraubt. Das war es auch schon mit dem Van-Life. Die Füße der Leiche lagen auf dem Kistenschrank, der Rest auf dem Schlaflager. Der gespaltene Hinterkopf zeigte nach oben. Ein dunkler Abgrund, aus dem etwas herausragte, das alles sein konnte. Hirnsubstanz, Schädelknochen, ein großer Klumpen geronnenes Blut. Ohne Licht auf jeden Fall schwer zu erkennen. Jenny knipste die Taschenlampe an. „Sieh mal!"

„Was meinst du?", fragte Simon, während er widerwillig seinen Blick auf den Schädel des Opfers richtete.

„Da steckt eine Auster drinnen", sagte Jenny.

„Was? Wovon sprichst du?", wollte Simon wissen.

„Dort, im Hinterkopf."

„Gruselig!", rief Simon und wandte sich schnell wieder ab. „Wer macht denn so etwas?"

„Wird Zeit, dass wir den Verdächtigen zu Gesicht bekommen“, entgegnete Jenny und rief den heranwachsenden Kollegen in Uniform zu sich. „Und? Ist Ihnen der Name eingefallen?“

„Ja“, antwortete der Uniformierte freudestrahlend. „Jens Arens, ein Saisonarbeiter aus Mecklenburg-Vorpommern.“

„Kellner in ‚Tinos Pension‘“, unterbrach Jenny den Beamten mit heiserer Stimme. Ihr Gesicht war schlagartig erblasst.

4. Kapitel

Die Zelle war wie alles andere auf dem Westerländer Polizeirevier ein Provisorium. Und hätte da nicht dieser Mann mit den blutbefleckten Klamotten gesessen, dann hätte man den Raum auch für eine Kunstinstallation halten können. Weißgestrichene, kahle Wände, eine verstärkte Tür, an der Decke eine kalte Neonröhre und eine graue Stahlbank, die mit dem Boden vernietet war. Auf ihr saß Jens Arens und starrte einer Fliege hinterher. Das musste eine Polizeifliege sein, dachte er. Sie hatte ihr ganzes kurzes Leben allein in diesen Containern zugebracht und sich ausschließlich von den Pausenbroten der Ordnungshüter ernährt. Dann verschwand sie plötzlich aus seinem Blickfeld. In einem waghalsigen Manöver hatte das Insekt den Kopf des Gefangenen umkreist und sich auf die blutverklebte Stelle hinter seinem Ohr gesetzt. Jens bekam nicht mit, wie sie ihm winzige Partikel des eingetrockneten Lebenssaftes aus den dunkelblonden Haaren riss und sie sich einverleibte. Seine großen, blutverschmierten Hände ruhten verschränkt in seinem Schoß und waren weit davon entfernt, die Fliege zu verscheuchen oder gar totzuschlagen.

„Hi!“

Als Jenny eintrat und ihn so sah, kam ihr sofort der kleine Junge in den Sinn, der wieder mal etwas ausgefressen hatte. Wie oft hatte sie ihren Bruder in dieser Pose gesehen, als der Vater wissen wollte, wer den Wohnungsschlüssel abgebrochen, die Lackfarbe auf dem Teppich verteilt oder die Fensterscheibe eingeworfen hatte. Alle hatten gewusst, dass Jens es gewesen war. Nur zugegeben hatte er es nie. Schulterzuckend hatte er die Eltern angelogen und stur behauptet, er wisse von nichts. Wenn er überhaupt etwas gesagt hatte. Meistens hatte er einfach nur schweigend zu Boden gestarrt. So wie jetzt. Die Strafen, die Schreie und die Schläge des Vaters hatte es trotzdem gegeben.

„Kanntest du diesen Arno Behrend?", begann Jenny ihre Befragung.

„Ist es überhaupt erlaubt, dass du mich verhörst?", erwiderte Jens.

„Jetzt bin ich schon mal hier", antwortete Jenny. „Also befrage ich dich auch."

„Schön für dich, Frau Kommissarin", ätzte Jens zurück. „Ich will aber nichts sagen."

Er ertrug es ja schon nicht, dass sie einen Job bei der Polizei hatte, während er zuhause hockte. Wie sollte er es dann verkraften, dass sie jetzt vor ihm stand, um ihn zu vernehmen? Jenny drehte sich zu Simon, der ratlos hinter ihr stand, und schickte ihn mit einer Kopfbewegung vor die Tür. Weniger Publikum, weniger Schande.

„Ich weiß, dass du es nicht warst", sagte Jenny. „Du bist kein Mörder."

„Ach, wirklich?"

„Erinnerst du dich daran, wie ich dir manchmal Schokolade ans Bett gebracht habe, um dich zu trösten, wenn Papa mal wieder mit dir geschimpft hatte?"

„Kann sein", knurrte Jens, senkte den Blick und ließ die Schultern nach vorn fallen. Jenny nickte. Ihre Strategie schien zu verfangen. Er wurde weich. „Dieser Behrend war gestern mehrmals kurz in ‚Tinos Pension'. Hat aber nie etwas bestellt, sondern mit irgendwelchen Gästen geschnackt."

„Weißt du, mit wem?", fragte Jenny.

„Nein, woher auch."

„Und wie ist es am Abend zu dem Streit gekommen?", erkundigte sie sich.

„Ich habe seine Bestellung aufgenommen, ihm sein Bier gebracht und er hat es sich über den Latz geschüttet. Dafür hat er mich dann dumm angemacht. Als er mir eine wischen wollte, war ich schneller. Das war alles."

„Und die Schlägerei endete mit dem Eintreffen der Polizei?"

„Ja. Die haben unsere Personalien aufgenommen. Hat ungefähr eine halbe Stunde gedauert. Ihn haben sie zuerst entlassen. Wo er danach hingegangen ist, weiß ich nicht. Habe auch keine Ahnung, wer ihn kalt gemacht hat. Ich war es jedenfalls nicht."

Jenny hatte genug gehört. Sie bedankte sich bei Jens und tätschelte ihm die Schulter. Die Polizeifliege ließ von ihrer Proteinmahlzeit ab und flog eilig zu dem Uniformierten, der an der Tür wartete. Wie der Hund zu seinem Herrchen.

5. Kapitel

Die Deko des Gastraums war urig und maritim. Hölzerne Steuerräder, Fischpräparate, Fischernetze und Anker schmückten die Wände. Dazu kamen unzählige Fotos von offenbar berühmten Gästen, die Jenny jedoch allesamt unbekannt waren. Sie blieb kurz an einem Deko-Spiegel hängen, auf dem das Rote Kliff abgedruckt war. Flüchtig zupfte sie sich den dunkelblonden Pferdeschwanz zurecht. Ihre hellbraunen Augen verschwanden hinter zwei Möwen. Die leichten Schatten unter ihren Augen wurden in einem dunklen Wolkenpaar zu tiefen Ringen. Nur die Lippen machte der Spiegel besser. Das Rotbraun des Kliffs stand ihnen gut. Zufrieden griff sie nach ihrem Kaffee, als jemand durch die Tür kam. Es war Tino Hansen, Besitzer der Pension und Simons Schwager.

„Moin!"

„Schön, dass du Zeit hast, Tino", sagte Jenny. „Und entschuldige bitte die Umstände."

Der Restaurantbetrieb war für den heutigen Tag polizeilich untersagt worden, da die Spurensicherung noch nicht ganz durch war.

„Tja, man steckt nicht drinnen", erwiderte Tino. „Das wird sich schon aufklären."

„Wir hätten ein paar Fragen an dich, was den gestrigen Tag betrifft", sagte Jenny und blickte zu Simon, der gerade von der Toilette zurück kam.

„Schieß los." Tino fuhr sich mit der Hand durch das volle, dunkle Haar.

„Zu welcher Uhrzeit warst du gestern hier?", begann Jenny.

„Den ganzen Vormittag und dann noch einmal für eine halbe Stunde am Nachmittag", antwortete er.

„Bist du diesem Behrend dabei begegnet?", fuhr Simon fort.

„Ja. Er hat mich gefragt, ob ich irgendeinen Verwandten von ihm kennen würde, einen Onkel oder Cousin oder so", erwiderte Tino. „Der soll hier vor Jahren mal Gast gewesen sein."

„Du konntest ihm aber nicht weiterhelfen, oder?" Jenny legte die Stirn in Falten.

„Nein, mir sagte das alles nichts", gab Tino zurück. „Aber es gab einen Stammgast, der die ganze Ausfragerei mitbekommen hatte. Und der erinnerte sich sehr wohl an diesen Cousin. Daraufhin haben die beiden sich eine Weile unterhalten. Ich habe aber nicht weiter hingehört."

„Wie heißt dieser Stammgast?", erkundigte sich Jenny.

„Nuri Yildiz, ein Kunstsammler, der hier auf Sylt lebt und auch einen kleinen Laden in Westerland hat."

„Und du hast wirklich nicht gehört, was die beiden miteinander besprochen haben?", fragte Simon weiter.

„Absolut nicht", entgegnete Tino. „Ich hatte andere Sachen im Kopf. Die Wäscherei, mit der wir zusammenarbeiten, ist bankrott gegangen und ich musste mich um eine neue kümmern. Außerdem spinnt die Lüftungsanlage in der Küche, die Weinlieferung kam nicht und so weiter. War echt ein stressiger Tag. Ich versuche zwar, immer in Kontakt zu unseren Gästen zu sein, aber manchmal ist es einfach nicht möglich. Dabei wäre es diesmal wichtig gewesen, wie es aussieht. Sorry!"

„Das passt schon“, entgegnete Jenny. „Du weißt sicher, wo wir diesen Yildiz finden können.“

„Also, wenn ihr ein bisschen früher gekommen wärt, dann hättet ihr ihn heute morgen hier angetroffen, als er seinen Cappuccino getrunken hat“, erwiderte Tino. „Er lebt in Alt-Westerland und kehrt mehrmals die Woche bei uns ein.“

Nachdem Jenny sich die Adresse notiert hatte, kommentierten die drei noch die letzten Fußballergebnisse und ließen sich von Tino für den nächsten Tag zum Abendessen einladen. Dann klingelte ihr Telefon. Es war ihr Vorgesetzter, Hauptkommissar Otto Spengler.

„Hallo!“, meldete sie sich und begab sich auf die Restaurantterrasse. Dort bekam sie erst mal eine gescheuert vom Wind, was die Möwen dazu veranlasste, sich lauthals kreischend über sie auszulassen. Schützend hielt sie die Hand vors Telefon.

„Herr Kaarst übernimmt den Fall.“ Spenglers Stimme klang nicht gerade danach, als ließe er lange Diskussionen zu. „Sie sind da raus, Frau Arens. Das ist Ihnen ja wohl klar.“

„Verstanden“, entgegnete Jenny. „Ich wollte trotzdem anmerken, dass der Hauptverdächtige ein bisschen arg schnell gefunden wurde. Ganz unabhängig davon, dass es sich um meinen Bruder handelt. Finden Sie nicht?“

„Hören Sie“, fuhr Spengler fort. „Ich kann Sie ja verstehen, aber offenbar sind Sie nicht auf dem neuesten Stand.“

„Wovon sprechen Sie?“

„Hauptkommissar Jakobi und sein Team haben vor ein paar Minuten etwas bei dem Verdächtigen im Wagen entdeckt, das die Sache für den Sportsfreund nicht einfacher macht.“

„Darf man fragen, worum es sich handelt?“, erkundigte sich Jenny und blickte zu Simon, dessen besorgtes Gesicht hinter dem Terrassenfenster erschienen war.

„Jens Arens hatte einen Karton mit Austernschalen in seinem Wagen gelagert“, führte Spengler aus. „Und Sie erinnern sich ja wohl, was in dem Schädel des Opfers gefunden wurde.“

„Das ist Ihr ‚neuester Stand‘?“, erwiderte Jenny. „Ein paar Muschelschalen?“

„Die Kollegen der Spurensicherung sind noch nicht fertig mit dem Auto. Da findet sich sicher noch mehr.“ Spengler räusperte sich. Jennys Zweifel an den angeblichen Beweisen schienen ihn nicht sonderlich zu interessieren. „Ich sehe Sie dann morgen bei mir in Niebüll. Sonst noch Fragen?“

„Nein.“ Jenny beendete das Gespräch und schaute ratlos in den grauen Himmel.

„Und?“, fragte Simon, der auf die Terrasse gekommen war.

„Die haben Austernschalen bei Jens gefunden. Das soll jetzt ein Indiz für seine Schuld sein“, bemerkte Jenny.

„Was wollte er mit den Schalen?“, erkundigte sich Simon.

„Meine Mutter hat Jens gebeten, ihr welche mitzubringen. Als Deko für ihren Garten oder so.“

„Was macht man denn daraus?“

„Ich habe wirklich keine Ahnung“, entgegnete Jenny. „Aber die Schalen beweisen wirklich gar nichts. Sind auch nicht gerade eine Rarität auf Sylt. Für mich spricht die Austernschale eher gegen Jens. Wieso sollte er so dämlich sein und die Schalen in seinem Auto aufbewahren, wenn er seinem angeblichen Opfer doch gerade eine davon in den Kopf gesteckt hat?“

Simon ließ ein ablehnendes Brummen vernehmen. Jenny hatte sich mehr Zustimmung von ihm erhofft.

6. Kapitel

Als Jenny in ihrer Wohnung in Niebüll ankam, war es bereits stockfinster. In der kalten Luft spürte sie deutlich den September. Bald würde die lange, dunkle Zeit beginnen, an deren Ende sie wieder ein Jahr älter wäre. Es versetzte sie nicht gerade in Hochstimmung, daran zu denken. Sie ging zum Kühlschrank, griff sich ein Flens, lauschte kurz nach dem Klappern, das von irgendwoher zu ihr drang, schlurfte zum Sofa und ließ sich fallen. Sofort fiel die Anspannung des Tages von ihr ab. Sie merkte, dass sie eigentlich gar keinen Durst hatte. Ihre Hand umklammerte die kalte Flasche, die Augen fielen ihr zu ...

Sie senkte den Blick. Was war das für ein Kleid? Und wie sah es hier überhaupt aus? Die Häuser machten einen merkwürdigen Eindruck. Ein hölzerner Kirchturm ragte in den blauen Himmel. Das Kopfsteinpflaster sah nicht so aus, als käme man darauf sonderlich gut voran. Am Horizont glitzerte das Meer und am Himmel stand nicht eine Wolke. Dafür wehte aber eine recht ordentliche Brise. Das musste die Nordsee sein.

Jenny sah, dass sich ihr eine Gruppe junger Männer näherte. Sie trugen weiße Hemden, weite Hosen und merkwürdige Frisuren. Schick, dachte Jenny, aber irgendwie anders. Handelte es sich vielleicht um ein Filmset?

Plötzlich warf einer der Männer etwas in die Höhe. Ein anderer fing es wieder auf. Das Ganze wiederholte sich mehrmals. Was war das? Jenny ging auf die Männer zu und versuchte, etwas zu erkennen. Es musste sich um eine Art Kappe handeln. Es sah aus wie eine Fellmütze mit Ohren. Eselsohren, lang und pelzig. Was hatte das zu bedeuten?

Sie wollte einen der Männer fragen, als ihr Bruder plötzlich an einer Hausecke auftauchte.

„Jens!", rief sie. „Hier bin ich."

Ihr Bruder sah kurz zu ihr herüber. Sie winkte ihm zu. Doch er ignorierte sie einfach. Hatte er sie überhaupt verstanden?

„Da!", rief einer der Männer mit den weißen Hemden und zeigte mit dem Finger auf Jens. Seine Aussprache kam Jenny irgendwie merkwürdig vor. War das Platt?

„Der Jens, der Jens!", stimmten die anderen ein und liefen zu ihm. „Jens! Jens! Jens!"

Sie umringten ihren Bruder und riefen immer wieder seinen Namen. Jenny wollte auch zu ihm, doch aus irgendeinem Grund kam sie nicht von der Stelle. Warum kam ihr alles so schwer vor? Sie schaute zu Boden und erkannte, dass sie mit beiden Füßen im Schlick stand. Der Meeresspiegel war gestiegen! Der ganze Platz stand schon unter Wasser.

„Jens ist der Esel!", riefen die Männer.

Sie lachten laut und sprangen im knöchelhohen Wasser umher. Jenny erschrak, als sie sah, dass sie Jens die Eselsmütze aufgesetzt hatten. Ihr Bruder machte ein verwundertes Gesicht und befühlte mit beiden Händen seine haarige Kopfbedeckung. Mit den Fingern strich er an den Ohren entlang. Jenny wunderte sich, dass er nicht die geringsten Anstalten machte, sie sich wieder vom Kopf zu nehmen. Dann spürte sie das Wasser an der Hüfte. Es war weiter gestiegen. Der ganze Platz versank langsam. Das komplette Dorf …

Als sie mitten in der Nacht aufwachte, stellte sie fest, dass das Flens umgekippt war.

*

Am nächsten Morgen hatte Jenny sich krankgemeldet und war mit einem Leihwagen nach Sylt aufgebrochen. Von wegen in Niebüll im Büro einfinden! Spengler konnte sie mal! Sie stand auf dem Autozug und hatte freie Sicht hinaus aufs Wattenmeer. Die Sonne hatte ein Stück Blau aus dem Himmel geschält und ein paar dicke Wolken schauten eitel auf ihre Spiegelbilder, die sich auf der gekräuselten Wasseroberfläche abzeichneten. Simon war am Telefon.

„Du weißt, dass das Ärger bringt, oder?“, fragte der Kollege.

„Ärger ist, wenn man des Mordes verdächtigt wird und unschuldig ist“, erwiderte Jenny. „Ich kann nicht einfach Dienst nach Vorschrift machen. Du vergisst, dass ich meinem Bruder das alles eingebrockt habe. Indirekt zumindest. Der arme Kerl wird heute noch in die JVA Flensburg verbracht.“

„Also, nun mal langsam“, widersprach Simon. „Ich habe gerade mit den Kollegen aus Westerland gesprochen. Weißt du überhaupt, was dein Bruder sich alles erlaubt hat?“

„Widerstand gegen Vollstreckungsbeamte. Das wussten wir doch gestern schon.“

„Ein bisschen mehr war es schon. Es gab einen gebrochenen Finger, eine gebrochene Nase, eine Gehirnerschütterung, Stauchungen. Soll ich weitermachen?“

„Keine Ahnung, wie genau seine Verhaftung abgelaufen ist. Aber wenn man mich nachts ohne Vorwarnung aus dem Bett holt, dann werde ich auch sauer. Außerdem ist er fast zwei Meter groß und schwer betrunken war er auch“, verteidigte Jenny ihren Bruder.

„Fragt sich, ob das ausreicht vor Gericht.“

„Glaubst du etwa auch, dass Jens schuldig ist?“, fragte sie.

„Weiß nicht“, gab der Kollege zurück. „Er hat Behrend damit gedroht, ihn umzubringen, nachdem er wegen Nichtigkeiten in einen Streit mit ihm geraten war. Außerdem wäre Jens rein physisch imstande dazu, solch eine Tat zu begehen.“

„Fehlt nur noch die Muschel. Dann hast du alles aufgezählt, was der Jakobi sich auch zurecht gelegt hat“, erwiderte Jenny.

„Jetzt, hör mal!“, protestierte Simon. „Ich …“

„Hauptsache, du verpetzt mich nicht“, unterbrach Jenny ihn. „Deine Meinung kann ich dir ja nicht vorschreiben.“

„So weit kommt es noch!“, fuhr Simon sie an. „Aber was Jens angeht, weiß ich wirklich noch nicht so recht, was ich denken soll.“

„Damit kann ich leben!“, erwiderte Jenny. „Ich knöpfe mir mal diesen Koch vor. Danach melde ich mich bei dir.“

Jenny konnte nicht ahnen, dass es mittlerweile noch mehr Beweise gegen ihren Bruder gab. Und Simon längst davon wusste …

*

Jens Arens blickt starr auf den Fußboden, als Jakobi sich in Begleitung von einem Dutzend Polizeibeamter in der Tür zeigte.

„Moin, min Jung“, rief der Sylter Polizeichef. „Heute treten wir den versprochenen Ausflug nach Flensburg an.“

„Ist mir scheißegal, was ihr macht.“ Jens spuckte die Worte förmlich vor die Füße des Hauptkommissars.

„Die Kollegen hier werden dir jetzt Hand- und Fußfesseln anlegen“, kündigte Jakobi an. „Solltest du wieder deine Show abziehen, können wir auch noch mal unsere neuen Taser an dir ausprobieren. Uns fehlt ja noch Erfahrung mit den Dingern. Hast du vielleicht schon mitbekommen. Versuchskaninchen sind also immer willkommen.“

„Halt die Fresse!“, zischte Jens.

„Ich frage mich, wie deine Schwester bei der Polizei landen konnte“, fuhr Jakobi fort. „Irgendetwas stimmt doch da nicht. Entweder ihr hattet unterschiedliche Erzeuger oder aber sie gaukelt uns die gute Polizistin nur vor. Denn, wes Geistes Kind du bist, min Jung, das hast du ja mehrfach unter Beweis gestellt.“

„Als ob so viel dazu gehören würde, Bulle zu werden“, ätzte Jens. „Euren Job will doch eh keiner machen.“

„Na, deine Schwester schon“, erwiderte Jakobi und lachte. „Übrigens wurde die erwartungsgemäß von deinem Fall abgezogen. Deine Schonzeit ist damit zu Ende. Und jetzt stehst du mal schön auf und drehst dich mit dem Gesicht zur Wand.“

Jens blieb jedoch einfach sitzen und blickte stur geradeaus. Daraufhin zuckte Jakobi mit den Schultern und trat zurück, um die Männer ran zu lassen, denen es nach dem ganzen Gequatsche eh schon in den Fingern juckte. Sie waren nicht hier, um zu reden. Die kleine Fragerunde des Hauptkommissars war jetzt beendet.

„Aufstehen und an die Wand!“, brüllte einer der Uniformierten und es klang nicht so, als sei er sich darüber im Zweifel, dass dies die richtige Ansprache war. Wer

Polizisten verprügelte, hatte sein Recht auf Samthandschuhe verwirkt.

„Hoch mit dir oder wir wenden Gewalt an!“, warnte ihn der Beamte, doch Jens zeigte keine Reaktion. Lediglich seine Körperspannung nahm zu. Der Bizeps wölbte sich und das Gesicht versteinerte. Wann war es soweit?

„Los!“

Dann sprangen vier Beamte auf den Mann und rissen ihn von der Bank. Dabei brüllten und stöhnten sie, als würden sie einen Werbespot für die World Wrestling Federation drehen. Jens schlug um sich, so gut er konnte. Und traf auch. Arme, Beine, ein Gesicht. Ein Aufschrei ging durch den Container. Eine Nase platzte auf wie reifes Obst. Blut spritzte gegen die Wand, dass es jedem Action Painter die reinste Freude bereitet hätte.

Einige Minuten und ein paar Treffer später hatten die Beamten den Gefangenen am Boden fixiert und gefesselt. Er war fertig für den Abtransport.

7. Kapitel

Jenny stand vor ‚Tinos Pension' und sah zum Telekomturm hinüber, der wie das Mahnmal einer vergangenen Epoche in den grauen Himmel ragte. Am Fuß dieses Ungetüms, nur ein paar Straßen von hier, holten die Kollegen von der Justiz in diesen Minuten Jens ab, um ihn nach Flensburg zu bringen. Sie hoffte, dass die Überführung reibungslos vonstatten gehen würde. Nicht zuletzt in ihrem eigenen Sinne. Jens hatte bereits genug Unheil angerichtet. Viel davon würde auch bei den Kollegen hängenbleiben, insbesondere die Gewalt gegen die Polizeibeamten.

Als sie die Pension betrat, füllte eine Küchenhilfe gerade den Schinken am Frühstücksbüfett auf. Ehe sie den jungen Mann ansprechen konnte, war er schon wieder in der Küche verschwunden. Sie sah sich um. Es gab ein paar ältere Paare und eine Familie aus Holland, deren Kinder sich lautstark um ein Spiegelei stritten.

„Moin!", begrüßte sie jemand von hinten, während sie die Gäste musterte.

„Hallo!"

Sie drehte sich um und sah sich einem Mann in Kochjacke gegenüber. Das musste dieser Grotmann sein. Er war übergewichtig, trug einen sauber ausrasierten Henri-Quatre-Bart und getrimmte Augenbrauen. In gewisser Weise kontrastierte das geometrisch frisierte Gesicht mit seinem unförmigen Körper. Er hatte ausladende Hüften, einen Hängebauch und eine beträchtliche Oberweite. Seine müden, blauen Augen schauten sie fragend an.

„Arens mein Name“, stellte sie sich vor. „Ich hätte ein paar Fragen zu den Ereignissen von vorgestern.“

„Hab schon alles gesagt“, antwortete der Koch.

„Nur zwei Minuten, Herr Grotmann“, bat Jenny den Mann noch einmal. „Herr Hansen hat gesagt, Sie könnten mir weiterhelfen.“

„Sehen Sie nicht, dass ich arbeite?“, erwiderte er, während er die Platten auf dem Büfett geraderückte. Offenbar hatte ihn der Hinweis auf den Chef nicht sonderlich beeindruckt.

„Hätten Sie vielleicht später Zeit für mich?“

„Ganz ehrlich gesagt, nein“, erwiderte Grotmann, ohne sie anzusehen.

„Bitte! Mein Bruder wird des Mordes verdächtigt“, flehte Jenny ihn mit unterdrückter Stimme an. Grotmann blickte hinüber zu den Gästen, aber von denen kümmerte sich niemand um ihr Gespräch.

„Das hätte er sich früher überlegen sollen.“

„Ich will doch nur erfahren, wer hier im Restaurant gewesen ist, als mein Bruder sich mit Behrend geprügelt hat. Ich muss wissen, wie es abgelaufen ist“, insistierte Jenny. „Haben Sie etwa keine Geschwister?“

Grotmann hielt inne und kratzte sich kurz an seinem Bart. „Doch.“

„Bruder oder Schwester?“

„Eine jüngere Schwester.“

„Und würden Sie nicht auch alles dafür tun, Ihre Schwester vor dem Gefängnis zu bewahren?“, fragte Jenny.

„Nicht, wenn sie schuldig ist“, entgegnete Grotmann. Seine Stimme stockte. Allzu sicher schien er sich seiner Antwort dann doch wieder nicht zu sein.

„Aber solange es keinen Richterspruch gibt, sind doch alle Menschen unschuldig“, sagte sie. „Sind Sie als Bruder dann nicht auch zum Helfen verpflichtet? Als Kind haben Sie ihr doch sicher auch beigestanden. Was sollte sich nun ändern? Sie ist doch weiterhin Ihre Schwester, nicht wahr.“

„Meine Schwester sitzt im Rollstuhl“, gab Grotmann zurück. „Ich musste ihr helfen. Damit bin ich groß geworden.“

„Das war sicher nicht immer einfach für Sie.“

„Nein.“

„Ich fand es auch nicht immer einfach, für einen Bruder da zu sein, der ständig Mist baute. Aber ich habe es trotzdem getan und tue es weiterhin“, entgegnete Jenny und versank fast vor Scham im Boden. Aber manchmal musste man eben dick auftragen. „Die Liebe für Ihre Schwester endet doch auch nicht einfach so. Oder?“

Grotmann nickte. „Ja.“

„Bitte verraten Sie mir, wer noch da war!“, bat Jenny ihn. Sie sah seinem Gesicht an, dass er kurz davor war, nachzugeben.

„Also gut, während des Streits gab es noch zwei weitere Personen im Gastraum.“ Seine Wurstfinger wanderten nach oben und begannen, das hängende Kinn zu befühlen. „Frau Langer, die seit Jahren zu uns kommt, und Herr Yildiz, der Kunsthändler aus Westerland. Er ist fast jeden Tag hier. Soweit ich es beurteilen kann, waren beide bereits verschwunden, als es zu der Schlägerei kam.“

„Stimmt es, dass Behrend und Yildiz sich kannten?“, hakte Jenny weiter nach.

„Keine Ahnung. Weiß nur, dass sie miteinander gesprochen haben“, erwiderte Grotmann.

„Wissen Sie, worum es dabei ging?“

„Leider nein“, erwiderte Grotmann und wandte sich dem Küchenhelfer zu, der irgendetwas fragen wollte. „Ich muss jetzt weitermachen.“

„Vielen Dank.“

„Ja, ja“, erwiderte Grotmann und drehte sich weg. „Vielleicht nützt es Ihnen ja was.“

„Dessen bin ich mir sicher“, murmelte Jenny, während sie ‚Tinos Pension‘ verließ.

*

Simon hatte Jenny nichts von der Nachricht erzählt, die ihm Hauptkommissar Jakobi geschickt hatte. Aber es gab neue, schwerwiegende Beweise gegen Jens. Darunter sollte angeblich auch ein blutverschmiertes T-Shirt sein. Während Simon überlegte, ob und wie er Jenny davon in Kenntnis setzen sollte, schloss Jakobi die Tür zu der improvisierten Asservatenkammer des Westerländer Polizeireviers auf.

„Was ist die Arens denn eigentlich für eine?“, wollte Jakobi wissen und schaltete das Licht in dem winzigen Verschlag ein.

„Wie meinen Sie das?“

„Also, wenn man sich den gewalttätigen Bruder so anschaut, dann kommt man schon ins Grübeln.“ Jakobi schüttelte den Kopf, während seine Augen ein Wandregal abscannten. „Heute morgen hat der Kerl schon wieder zwei Kollegen verletzt.“

„Und was soll das mit Jenny zu tun haben?“ Simon stand weiterhin auf ihrer Seite. Wenn er den Fall auch anders beurteilte als sie. Sippenhaft kam nicht in Frage. „Wer hat das T-Shirt eigentlich gefunden?“

„Zwei unserer Kollegen.“ Jakobi setzte ein stolzes Gesicht auf. „Im Wagen des Verdächtigen, unter dem Rücksitz.“

Dann zog er eine Kiste hervor, auf der in kleinen Buchstaben ‚Arens‘ stand. Simon beschlich ein mulmiges Gefühl, als er den Namen seiner Kollegin las.

„Schauen Sie“, forderte ihn Jakobi auf.

Zu sehen waren zahlreiche Gegenstände. Darunter die Austernschalen, die Jens für seine Mutter gesammelt hatte, Kleidungsstücke, ein Taschenmesser, eine Geldbörse und ein Handy. Jakobi griff nach einem Plastikbeutel, in dem sich ein zusammengeknülltes Stück Stoff befand.

„Es ist menschliches Blut. Soviel steht laut Rechtsmedizin bereits fest“, verkündete Jakobi und zeigte auf die dunklen Flecken. „Wessen es ist, das erfahren wir hoffentlich im Laufe des Tages. Das Ding geht heute noch raus ins Labor.“

„Woher wissen Sie, dass es wirklich das T-Shirt des Verdächtigen ist?“, fragte Simon.

„Er hat es zugegeben.“ Jakobi lächelte.

„Spricht ja eigentlich dafür, dass er sich keiner Schuld bewusst ist“, erwiderte Simon nachdenklich.

„Ach, Sie nun wieder! Bislang ist kein Tag ohne neue Spur vergangen“, widersprach Jakobi. „Und alle führen uns zu demselben Täter.“

„Noch fehlt die Mordwaffe.“

„Die brauchen wir doch gar nicht!“, wandte Jakobi ein. „Wir haben schließlich den Schuldigen. Ich bin mir sicher, dass da demnächst auch ein Geständnis ansteht.“

8. Kapitel

In der Ferne rollten die Wellen, das Dünengras tuschelte leise im Wind, eine Böe ließ ein paar Heckenrosen kokett auf der Stelle tänzeln, die weißen Quellwolken am graublauen Himmel schienen keine bösen Absichten zu hegen und Spaziergänger im Doppelpack genossen gewissenhaft die Landschaft, wenn sie nicht sogar zu der Frau hinüberblinzelten, die dort im Küstenwind stand, an der Strandseite der Nordseeklinik, gedankenversunken in Richtung Meer sah und sich ein Handy ans Ohr hielt. Es war Jenny und sie hatte soeben die Nummer von Doktor Andrea Strauss angewählt.

„Moin, meine Gute!“, begrüßte sie die Rechtsmedizinerin. Sie klang gutgelaunt. Wie immer. „Ich bin jetzt da für dich. Wo steckst du denn?“

„Ich bin schon da.“

„Na, dann komm!“

Jenny legte auf und eilte zum Eingang der Klinik. Unterwegs rempelte sie fast einen Radfahrer um. Die Medizinerin erwartete sie bereits mit einem breiten Strahlen auf dem Gesicht.

„Hi!“ Die Umarmung fühlte sich gut an.

„Wir haben uns ja eine Weile nicht gesehen“, stellte Andrea fest und ging zügig voran.

„Bestimmt zwei Monate“, entgegnete Jenny.

„Tut mir leid, was da gerade passiert, das mit deinem Bruder“, sagte die Ärztin stockend, als sie den Obduktionsraum betraten. „Ich hoffe mal, dass sich das schnell aufklärt.“

„Ja, ich auch“, erwiderte Jenny. „Entschuldige bitte die Umstände!“

„Ist doch kein Thema!“, rief Andrea, während sie zu dem Obduktionstisch ging, auf dem die abgedeckte Leiche lag. „Du darfst immer zu mir kommen. Das weißt du doch.“

„Danke dir.“

„Also, wenn du mich fragst, hat der Kerl länger im Knast gesessen“, sagte Andrea und hob die Abdeckung hoch. Zuerst kam der gespaltene Schädel zum Vorschein, dann ein kleiner, blasser Körper, der über und über mit Tattoos bedeckt war.

„Sieht mir auch so aus“, stimmte ihr Jenny zu.

„Du weißt noch nichts über ihn?“ Andrea zog die Augenbrauen hoch.

„Ich konnte bis jetzt noch niemanden fragen, der für mich im System hätte nachsehen können“, erklärte Jenny. „Simon wollte sich im Laufe des Tages über ihn schlau machen.“

„Also, es muss ein massiver Gegenstand aus Eisen oder Stahl gewesen sein. Ich habe keinerlei Spuren von Holz, Lack oder dergleichen in der Wunde gefunden“, begann die Rechtsmedizinerin. „Was die Form der Waffe angeht, kann ich auch keine klare Aussage treffen. Die Abdrücke sind etwas uneindeutig. Vielleicht ein Maschinenteil oder ein Werkzeug. Fest steht, dass der Täter von hinten kam.“

„Meinst du, dass er über große körperliche Kraft verfügen musste, um die Tat zu begehen?“, fragte Jenny.

„Würde ich nicht sagen“, antwortete Andrea. „Wenn die Mordwaffe schwer genug ist, dann reicht auch ein zwölfjähriger Junge. Er muss nur richtig treffen.“

„Mein Bruder tut so etwas nicht“, sagte Jenny und ihre Stimme klang klar und entschieden. „Er ist einfach nicht der Typ, der sich von hinten anschleicht, um jemanden zu erschlagen. Bei allen Schwächen, die er haben mag.“

„Hatte er vorher schon mal mit der Polizei zu tun?“

„Anzeigen wegen Beleidigung und versuchter Körperverletzung“, gab Jenny zurück. „Das war alles.“

„Muss nichts heißen. Klingt aber jetzt auch nicht gerade toll.“

„Ich weiß. Auch sein Verhalten gegenüber den Beamten kam nicht von ungefähr. Er hatte schon in der Schule ein Problem mit Autoritäten. Die Lehrer hatten es nicht einfach bei ihm“, erwiderte Jenny. „Aber an solche Gewaltausbrüche kann ich mich eigentlich nicht erinnern.“

„Wobei eine Prügelei etwas anderes ist als ein kaltblütiger Mord.“ Andrea legte ihr tröstend die Hand auf die Schulter.

Jennys Telefon klingelte. Es war Simon.

„Moin!“

„Wir haben eine Einladung bei Tino. Kommst du auch?“, fragte er.

„Ähm … Ja, warum nicht?“

„Das war die gute Nachricht“, antwortete Simon. „Die schlechte ist, dass es schon wieder ein neues Beweisstück gibt.“

9. Kapitel

Auf dem Dach des zweigeschossigen Hauses saßen zwei windzerzauste Krähen und beäugten das blau-weiße Schild, das am Eingang der leergeräumten Terrasse stand: ‚Tinos Pension'.

Jenny fühlte sich miserabel. Nach dem nicht gerade erquicklichen Besuch im Obduktionsraum der Nordseeklinik hatte Simon ihr am Telefon von dem blutverschmierten T-Shirt berichtet. Dass sie obendrein einer Einladung zum Essen gefolgt war, während ihr Bruder ihretwegen bis auf weiteres gesiebte Luft zu sich nehmen musste, hellte ihre Stimmung auch nicht gerade auf.

„Hi!" Simon erwartete sie am Eingang des Gasthauses, in dem Jens zwei Nächte zuvor den bislang dümmsten Fehler seines Lebens begangen hatte. „Du schaust aber finster."

„Das hat möglicherweise damit zu tun, dass mein Bruder im Gefängnis sitzt", erwiderte Jenny. „Eigentlich habe ich ganz andere Sachen zu tun, als meine Zeit in Restaurants zu verschwenden. Ich weiß immer noch nichts über Arno Behrend, Sybille Langer oder Nuri Yildiz."

„Jetzt lass uns erst mal in Ruhe essen", antwortete Simon. „Übrigens habe ich etwas zu Behrend herausgefunden."

„Und?"

„Unser Kollege Leif Beeker hat es für mich recherchiert“, entgegnete Simon mit einem breiten Grinsen. „Behrend war ein schwerer Junge durch und durch. Er hat fünfzehn Jahre seines Lebens im Gefängnis verbracht. Der letzte Aufenthalt dauerte fast zehn Jahre und endete gerade mal vor einigen Monaten.“

„Weswegen?“

„Versuchter Totschlag und schwerer Raub. Ansonsten einmal die Speisekarte rauf und wieder runter. Der hat nichts ausgelassen.“

„Und er hatte sicher offene Rechnungen“, murmelte Jenny. „Er muss aus dem Knast gekommen sein und sofort seine alten Händel wieder aufgenommen haben. Vielleicht ging es um die Aufteilung einer Beute. Wir müssen nur seine ehemaligen Komplizen abklappern und schon finden wir den Mörder. Wenn das mal nicht gut ist für Jens!“

„Für mich ist es reine Spekulation“, wandte Simon ein.

„Komm schon, Simon! Lass mich wenigstens ein wenig Hoffnung schöpfen.“ Jenny warf ihrem Partner einen frostigen Blick zu. „Jens ist unschuldig. Die Frage ist nur, wann ich es beweisen kann.“

Unterdessen öffnete Simon die Tür zum Restaurant. Seine Schwester Enna kam ihnen sofort entgegen. Das rotbraune Haar hatte sie hochgesteckt, die vollen Lippen leuchteten rot, nur in den Augen lag ein eigenartiger Ausdruck. „Hallo!“

„Hi, Schwesterherz!“, rief Simon.

„Hier geht es lang“, sagte Enna einsilbig und führte die beiden in einen separaten Raum, der wie der Schankraum eingerichtet war und in dessen Mitte ein gedeckter Tisch stand. „Nehmt Platz! Tino kommt gleich.“

„Was gibt es denn Feines?“, erkundigte sich Simon.

„Schollenfilet mit frischen Krabben“, erwiderte Enna. „Ich hoffe, das passt.“

„Lecker“, bekundete Jenny.

„Hallo, ihr beiden!“, rief Tino, der für einen Moment den Kopf durch die Tür gesteckt hatte. „Essen kommt sofort!“

Als kurz darauf der Riesling eingeschenkt war und sie alle vier Platz genommen hatten, entspann sich ein etwas hölzernes Gespräch über den vergangenen Sommer, den kommenden Winter und die Gastronomie auf Sylt im Allgemeinen. Der weiße Elefant im Raum wurde eine ganze Weile lang umkreist, bis Jenny schließlich den Bann brach.

„Das mit Jens ist ja nicht so gut gelaufen“, sagte sie in die knisternde Stille hinein. „Ich hoffe, die Konsequenzen für euch bleiben überschaubar.“

Tino nickte wohlwollend, Simon ebenso. Bei Enna sah es jedoch anders aus. Jenny beobachtete, dass das Besteck in ihren Fingern zitterte und ihre Augen rollten. Für sie war die Sache offenbar noch nicht erledigt.

„Sorry! Bin gleich wieder da“, sagte Enna plötzlich, sprang vom Tisch auf und verschwand.

Jenny und Simon sahen sich verwundert an. Daraufhin versuchte Tino sich in einer Erklärung: „Sie macht sich Sorgen um das Geschäft. Nachdem schon das vergangene Jahr nicht so gut lief, glaubt sie, dass die Vorfälle der letzten Tage uns in finanzielle Bedrängnis bringen könnten.“

„Das ist doch Quatsch!“, protestierte Simon.

„Na ja, der Jens hat schließlich bei uns gearbeitet“, erklärte Tino. „Werbung für die Pension war das nicht gerade. Zumal unser Name schon in der ‚Sylter Rundschau‘ aufgetaucht ist.“

„Aber er war ja gerade erst einen Tag da", wandte Simon ein. „Macht euch mal keine Sorgen. Und meine Schwester fängt sich schon wieder. Sie ist ja schon immer etwas ängstlich gewesen."

„Jens hat nichts mit dem Mord zu tun", schob Jenny trocken hinterher. „Dieser Behrend war ein Schwerkrimineller, der seine offenen Rechnungen hier auf Sylt begleichen wollte. Der Verdacht gegen Jens wird sich bald in Wohlgefallen auflösen. Und damit seid ihr dann auch wieder raus."

„Jetzt, da du es ansprichst", antwortete Tino. „Mir ist doch noch eingefallen, worüber Behrend und Yildiz an dem Nachmittag im Restaurant geredet haben."

„Ach ja?" Jenny spitzte die Ohren.

„Es ging um militärische Antiquitäten", fuhr er fort. „Orden und Uniformen und so."

„Inwiefern denn? Hat sich Behrend bei Yildiz danach erkundigt?", bohrte Jenny nach. Ihre Knie begannen nervös auf und ab zu wippen. Yildiz war Antiquitätenhändler. Passte das nicht zu alten Orden? Außerdem war er an dem Abend bei ‚Tino' anwesend, als es zu der Schlägerei zwischen Jens und Behrend gekommen war. War das die erste heiße Spur?

„So genau kann ich es dir leider nicht sagen", erwiderte Tino. „Hätte ich gewusst, was da alles noch kommen würde, hätte ich meine Lauscher besser aufgesperrt."

Bevor Jenny die nächste Frage stellen konnte, klingelte Simons Telefon. Er nahm das Gespräch entgegen und entfernte sich nur langsam vom Tisch. Jenny konnte jedoch deutlich Jakobis knarrendes Organ hören. Und sie verstand auch, was er sagte: *„Wir haben neue Beweise gegen Jens Arens."*

*

Jenny und Simon standen in Niebüll an der Autoverladung. Es ging gegen zweiundzwanzig Uhr und die Temperatur war merklich gefallen. Doch Jenny empfand die raue Seeluft als reinste Wohltat nach diesem bedrückenden Abend, dessen Tiefpunkt Jakobis Anruf dargestellt hatte. Er hatte Simon mitgeteilt, dass die Beamten der Niebüller Spurensicherung eine blutige Lenkradkralle ganz in der Nähe des Tatorts sichergestellt hatten. Sie soll Jens gehört haben. Das war der zweite Nackenschlag nach dem Auftauchen des blutverschmierten T-Shirts, das sich mittlerweile in der Flensburger Rechtsmedizin befand. Es konnte kaum schlimmer kommen.

Doch das tat es, als Simon eine Nachricht auf seinem Handy erhielt. Er sah auf das bläulich schimmernde Display. „Jakobi hat mir gerade noch eine Nachricht geschickt."

„Was denn noch?", fragte Jenny entnervt zurück.

Simon las vor: *„Labor hat T-Shirt überprüft. DNA von Arens und Blut von Behrend. Schlüssel zu Lenkradschloss in Arens' Besitz. Fall gelöst!"*

„Scheiße!", murmelte Jenny.

„Das war es dann wohl wirklich", erwiderte Simon.

„Stumpfe Gewalt mit einem unbekannten, schweren Gegenstand. Damit passt die Lenkradkralle auch zum Autopsiebericht", entgegnete Jenny. „Das Schloss gehörte meinem Vater und befand sich in dem Corolla. Sogar ich kenne es. Ein wuchtiges, unhandliches Ding."

„Du solltest dir nicht länger vormachen, dass Jens unschuldig ist, Jenny", sagte Simon.

„Aber welches Motiv hätte er denn gehabt? Warum sollte er an seinem ersten Tag auf Sylt jemanden ermorden?

Und wieso sollte er sich so dämlich dabei anstellen? Jeder noch so dumme Mörder hätte das Tatwerkzeug in der Nordsee versenkt und nicht in Tatortnähe platziert."

„Mmh ..." Simon schien das nicht sonderlich überzeugend zu finden.

„Weißt du, wo sie den Schlüssel für das Lenkradschloss gefunden haben? Hat Jens ihn etwa bei sich getragen, als er verhaftet wurde?", hakte Jenny nach.

„Keine Ahnung", antwortete Simon. „Soll ich Jakobi mal anrufen?"

„Lass das lieber", entgegnete Jenny. „Ich habe eine andere Idee."

„Und?"

„Wir nehmen morgen früh den ersten Zug nach Sylt", erwiderte Jenny. „Dann erfährst du es."

„Was soll das heißen?", hakte Simon nach.

„Sei geduldig", entgegnete Jenny. „Es ist besser, wenn du es noch nicht erfährst."

Anschließend verabschiedete sie sich von Simon und suchte die Nummer einer alten Studienfreundin in ihren Kontakten. Sie hieß Elisa und ihre Eltern besaßen mehrere Immobilien auf Sylt, unter anderem auch ein Ferienhaus in Wenningstedt. Elisa hatte Jenny vor längerer Zeit einmal angeboten, dass sie das Haus zum Ausspannen nutzen könne. Jenny hatte nie Interesse an Ferien auf Sylt gehabt. Aber jetzt schien der Zeitpunkt für ein Quartier auf der Insel gekommen zu sein. So wäre Jenny näher am Geschehen und müsste nicht jeden Abend wieder zurück nach Niebüll. Ohne lange über den Wortlaut nachzudenken, schickte sie Elisa eine Nachricht. *„Hi Elisa! Wie geht es dir? Steht das Angebot mit dem Haus in Wenningstedt noch? LG, Jenny"*

10. Kapitel

Es war noch dunkel, als sie am nächsten Morgen in Westerland ankamen. Simon hatte sie nicht im Stich gelassen und war wie verabredet in Niebüll am Autozug erschienen, obwohl er Jens für den Täter hielt und keinen blassen Schimmer davon hatte, was ihn erwartete. Obendrein konnte er sich mächtig Ärger einhandeln, wenn herauskam, dass er Jenny in die Ermittlungen einbezog. Denn erstens hatte Hauptkommissar Spengler sie offiziell vom Austernmord abgezogen und zweitens war sie immer noch krankgeschrieben.

Ihre Autos hatten sie im Halteverbot auf der Stephanstraße geparkt. Aber das war egal, dachte Jenny, denn die Stippvisite würde nicht lange dauern. Zügig liefen sie in Richtung Polizeirevier.

„Was hast du vor?“ Simons Stimme klang besorgt.

„Du siehst dir jetzt noch mal die sichergestellten Fahrzeuge von Jens und Behrend an“, antwortete Jenny mit einem verschmitzten Schmunzeln. Sie waren keine zehn Meter mehr von der Polizeistation entfernt. „Und ich folge dir unauffällig.“

„Ist das dein Ernst?“, zischte Simon und verlangsamte augenblicklich seine Schritte.

„Wenn du nicht mitkommst, gehe ich allein.“ Jenny lief unbeirrt weiter. „Die Autos finde ich schon. Alles kein Problem.“

„Aber du kommst in Teufels Küche!“

„Noch bin ich Polizistin“, gab Jenny zurück.

„Deswegen ja. Schon mal was von Strafvereitlung gehört?“

„Übertreib mal nicht“, flüsterte Jenny. „Und sei bitte leise!“

Die beiden Kommissare betraten das Revier durch das offenstehende Tor. Zwischen zwei Containerbüros hatte Jenny bereits den alten Toyota ihres Bruders ausgemacht.

„Hast du gesehen, dass dort zwei Lichter brennen?“, fragte Simon, dessen große Augen überall waren.

„Und?“ Jenny zog eine Taschenlampe aus ihrer Jacke, schaltete sie ein und begann, die Fahrertür des Toyotas abzuleuchten. Anschließend ging sie auf die Beifahrerseite. Und wurde fündig. „Sieh mal, was wir hier haben!“

„Was meinst du?“, fragte er.

„Jemand hat sie aufgebrochen“, stellte Jenny fest. „Hier ist alles voller Kratzer. Das ist doch merkwürdig. Wer war das und wann ist es passiert?“

„Pssst!“, zischte Simon und zog den Kopf ein.

Jenny knipste die Taschenlampe aus. Am anderen Ende des Parkplatzes ging ein Uniformierter entlang. Seine Kopfhörer leuchteten im Dunkeln. Offensichtlich trat er gerade seinen Dienst an.

„Der hört uns nicht“, beruhigte Jenny ihren Partner. „Und jetzt schauen wir uns schnell noch Behrends Van an.“

„Oh, Mann …“ Simons Stimme war anzumerken, dass er gern auf schnellstem Wege hier verschwunden wäre. „Reicht dir das nicht? Was genau suchen wir eigentlich noch?“

„Irgendetwas, das uns verrät, was Behrend hier auf Sylt getrieben hat, denn ich glaube einfach nicht daran, dass er alte Uniformen gesucht hat“, erwiderte Jenny und zog die Seitentür des Bullis auf. Das metallische Geräusch hallte deutlich über den Hof.

„Leise!“, ermahnte Simon sie.

„Das Türschloss ist hinüber“, bemerkte Jenny. „Auch geknackt.“

Als Jenny die Taschenlampe in das Innere des Vans richtete, bot sich ihnen das gleiche chaotische Bild wie vor zwei Tagen, als sie den Leichenfundort inspiziert hatten. Klamotten, leere Bierflaschen, zerknüllte Zigarettenschachteln. Hier hatten die Kollegen der Spurensicherung sicherlich ihre Freude gehabt.

„Mich interessiert, was unter der Liegefläche ist“, sagte Jenny und ging um den Bus herum und zog an der Hintertür. „Mist! Scheint zu zu sein.“

„Ich bitte dich!“, fuhr Simon sie mit zusammengepressten Zähnen an. „Mach leiser!“

Von den Containern her drangen Stimmen, dann lautes Lachen.

„Die haben aber gute Laune zu dieser nachtschlafenden Zeit“, stellte Jenny fest und zog kräftig an der Tür. Mit einem lauten Knacken sprang sie auf. „Geht doch.“

„Mensch!“, zischte Simon. „Das ist nichts für meine Nerven.“

„Ach, sieh mal einer an.“ Jenny leuchtete in den Stauraum, der sich unter der Liegefläche auftat. „Ein aufgebrochener Tresor.“

„Und jede Menge Dreck.“

Der Tresor war mit Nieten am Boden befestigt. Um ihn herum lagen alte Schuhe, Werkzeug, alte Straßenkarten, Kanister.

„Er war doch erst seit kurzem aus dem Knast.“ Jenny schüttelte den Kopf. „Wie kann man ein Auto in der Zeit dermaßen zumüllen?“

„Sieh mal!“, sagte Simon und zog an einem Papierzipfel, der zwischen ein paar ölverschmierten Lappen hervorragte.

„Sieht aus wie eine handgezeichnete Karte … von Sylt.“ Jenny nahm ihm das Papier aus der Hand, warf einen kurzen Blick drauf und steckte es in eine mitgebrachte Plastiktüte. „Die geht mit.“

Plötzlich gingen in mehreren Fenstern gleichzeitig die Lichter an.

„Scheiße!“

11. Kapitel

Die reetgedeckten Häuser dösten friedlich vor sich hin, am Himmel hatten sich ein paar graue Wolken verabredet, um ein bisschen schlechte Stimmung zu verbreiten und alle paar Minuten schickte die nahegelegene Küste eine steife Brise über die Insel, um ihre Bewohner wissen zu lassen, dass bald Schluss mit lustig war und der Winter vor den Türen stand.

Jenny und Simon waren gerade noch einmal davongekommen und hatten auf einen Kaffee bei ‚Tino' vorbeigeschaut. Anschließend war Simon zur Dienstbesprechung mit den Sylter und Niebüller Kollegen verschwunden und Jenny hatte sich nach Wenningstedt aufgemacht, um ihre Ferienunterkunft zu beziehen.

Als sie an dem Haus in der Westerstraße ankam, stand Elisa steif an der Eingangstür und lie? sich den Wind ein wenig durchs Haar blasen. Als Jenny sie so sah, fragte sie sich, wie alt das Übernachtungsangebot eigentlich schon war. Ein Jahr oder noch länger? Egal! Schwungvoll stieg sie aus und begrüßte die alte Freundin, deren Lächeln sachlich, professionell und irgendwie teuer wirkte. Ein Wert an sich, dachte Jenny nur.

„Vielen Dank, Elisa! Du hilfst mir wirklich", sagte die Ermittlerin. „In spätestens drei Tagen bin ich wieder weg."

„Kein Problem", entgegnete Elisa. „Ich habe es dir ja angeboten. Und vielleicht finden wir ja mal Zeit für einen Aperol Spritz oder so."

„Aber klar doch!" Das war also der Deal. Jenny verstand. Ein wenig Gesellschaft gegen das reetgedeckte Dach über dem Kopf.

Während sie ihr das Haus zeigte, berichtete Elisa ihr von ihrer Selbständigkeit. Jenny verstand nicht genau, was Elisa machte, aber offenbar beriet sie Leute bei den unterschiedlichsten Tätigkeiten und stellte Videos ins Internet.

„Interessant." Jenny nickte zustimmend. In Gedanken war sie jedoch längst wieder bei ihrem Bruder. Sie musste ihn anrufen, bevor sich das Zeitfenster für Telefonate wieder schloss. Irgendwann hatte Elisa ihre Einweisung endlich beendet. Mit einem melancholischen Gesicht stellte sie sich an die Haustür und sagte: „Melde dich einfach."

„Mach ich. Tschüss!"

Kaum war Elisa verschwunden, rief Jenny den Pflichtverteidiger ihres Bruders an. Er musste wissen, mit welcher Durchwahl sie Jens im Gefängnis erreichen konnte.

„Hallo, Frau Arens", begrüßte sie der Anwalt. „Da haben Sie sich aber einen ungünstigen Zeitpunkt ausgesucht. Ich bin gerade bei Ihrem Bruder in der JVA."

„Was? Das passt ja", entgegnete Jenny.

„Ja, aber ich bin mitten …"

„Könnte ich ihn bitte mal sprechen?", fragte Jenny barsch. „Es ist wichtig!"

„Na dann, wenn es sein muss …" Der Anwalt ließ einen Seufzer vernehmen. „Ich reiche Sie mal weiter. Viel Glück!"

„Hallo?" Jens' Stimme klang anders als neulich. Düsterer.

„Hi Jens!“, meldete sich Jenny. „Wollte mal fragen, wie es dir so geht.“

„Rufst du deswegen an?“, ätzte er zurück.

„Auch, aber nicht nur“, entgegnete Jenny. „Ich muss wissen, ob dein Toyota vor kurzem mal aufgebrochen worden ist.“

„Wer sollte die Scheißkarre klauen?“

„Du weiß also nicht von irgendwelchen Einbruchsspuren an der Beifahrertür?“

„Wie oft soll ich es dir noch sagen?“, maulte er. „Nein!“

„O.K. Ich habe verstanden“, entgegnete Jenny. Sie hatte genug gehört. Das Auto musste nach der Tat aufgebrochen worden sein. Steckte der Mörder dahinter? Hatte er das blutige T-Shirt nach Jens‘ Festnahme in dem Auto deponiert? „Ich muss dich außerdem etwas zu Arno Behrend fragen.“

„Muss das sein?“

„Allerdings! Es geht hier auch nicht nur um dich und das weißt du.“

„Du meinst wegen Muttern?“, fragte er zurück. Zumindest das schien er verstanden zu haben, dachte Jenny. Eine andere Frage war, ob er auch ein wenig Mitgefühl für ihre immer noch ahnungslosen Eltern aufbringen würde.

„Ja!“ Ihre Antwort war lauter als beabsichtigt ausgefallen.

„Was willst du wissen?“, fragte er.

„Bist du Behrend nach eurem Zusammenstoß im Restaurant noch einmal begegnet?“, erwiderte Jenny.

„Du spinnst doch“, stieß Jens hervor. „Jetzt fängst du auch schon damit an.“

„Ich frage dich, weil ich weiß, dass du die Wahrheit sagst“, fuhr Jenny fort. „Hast du ihn bedroht?“

„Er hat mir zuerst gedroht“, antwortete Jens. „Das konnte ich so nicht stehenlassen. Also habe ich zurückgedroht.“

Ganz so wie kleine, unkontrollierte Jungs es eben machen, dachte Jenny. „Etwa mit dem Tod?“

„Keine Ahnung, was ich genau gesagt habe“, entgegnete er.

„O.K. Ich weiß, dass das jetzt vielleicht blöd klingt.“ Jenny tastete sich vorsichtig weiter. „Aber hat dieser Behrend irgendetwas zu dir gesagt. Irgendetwas von alten Orden oder Uniformen?“

„Du hast doch einen an der Waffel! Ich kannte diesen Idioten nicht mal!“, schrie Jens. Dann raschelte und knackte es in der Leitung.

„Hallo?“, meldete sich der Anwalt.

„Was ist los?“, wollte Jenny wissen.

„Na toll!“, erwiderte der Anwalt erbost. „Was haben Sie ihn denn gefragt? Er hat mir das Telefon hingeschmissen und ist abgehauen.“

„Scheiße!“, rief Jenny. „Und jetzt?“

„Wenn er sich weiter so anstellt, dann kriegen sie ihn wegen Mordes ran“, erwiderte er. „Das blutverschmierte T-Shirt, die Lenkradkralle und obendrein auch noch seine verbohrte Art. Damit bringt er es zu lebenslänglich.“

„Sie machen mir ja vielleicht Hoffnung.“

„Wenn Sie Hoffnung wollen, gehen Sie in die Kirche“, entgegnete der Anwalt.

„Toller Spruch! Merke ich mir. Danke!“

Nachdem Jenny aufgelegt hatte, suchte sie nach etwas Alkoholischem. Irgendwo hatte die gute Elisa sicherlich eine eiserne Reserve versteckt. Sie ging in die Küche und fand gleich im ersten Schrank eine Tonflasche mit vielversprechendem Etikett.

„Spiced Rum", las sie ab. „Geht doch, Elisa."

Bevor sie weitersuchen konnte, klingelte ihr Telefon. Es war ihre Mutter. Mist! Warum ausgerechnet jetzt?

„Hallo Mama!"

„Hallo Jenny, wie geht es dir?"

„Ach, es geht. Und euch?"

„Na ja, dem Papa tut wieder alles weh. Du weißt ja, wie er ist."

„Sag ihm ‚Gute Besserung', ja?"

„Hast du denn deinen Bruder mal in dem Hotel besucht, wo er die Stelle angetreten hat?", erkundigte sich ihre Mutter.

„Ich glaube, es war eine Pension", stellte Jenny richtig. „Hat er sich denn noch nicht bei euch gemeldet?"

„Nein. Deswegen sind Papa und ich auch mächtig enttäuscht", erklärte ihre Mutter. „Wir haben uns so für ihn gefreut. Und jetzt schafft er es nicht einmal, zum Telefon zu greifen."

„Ja, Mama, du weißt doch, wie er ist …"

„Ehrlich, Jenny, wir warten seit zwei Tagen auf seinen Anruf. Ich selbst habe auch schon versucht ihn anzurufen, obwohl er das nicht mag. Meinst du, er hat wirklich so viel zu tun?", fragte ihre Mutter. „Papa hat schon gemeint, dass er wieder mal wegen irgendwas sauer ist. Sag mal, weißt du nicht zufällig, was da los ist?"

„Na ja …", gab Jenny zögerlich zurück.

„Er ist beschäftigt, oder? Erzähl doch mal! Du kennst doch seinen Chef persönlich. Ist der sehr streng?" Ihre Mutter dachte gar nicht daran, einen Gang runterzuschalten.

„Mama, wenn du mal aufhören würdest zu reden, könnte ich es dir auch erklären", erwiderte Jenny. „Du musst aber ganz genau zuhören. O.K.?"

„Alles klar.“ Ihre Mutter schnaufte ungeduldig ins Telefon.

„Auf Sylt hat es ein schlimmes Verbrechen gegeben“, begann Jenny. „Jens hat damit zwar nichts zu tun, aber er wurde trotzdem erst einmal festgenommen.“

„Hast du ihn etwa festgenommen?“, rief ihre Mutter entsetzt.

„Nein, die Kollegen auf Sylt, aber das ist unerheblich“, antwortete Jenny. „Er sitzt derzeit in der JVA Flensburg in Untersuchungshaft. Das tut er aber nicht, weil er schuldig ist, sondern weil er sich weigert, mit den Ermittlern zu kooperieren. Die glauben, er sei in das Verbrechen involviert.“

„Ach du liebe Güte!“, rief ihre Mutter.

„Mama, nimm bitte auf Papa Rücksicht! Bring es ihm schonend bei“, bat Jenny ihre Mutter. Sie hatte unterdessen die Terrasse des Hauses betreten und blickte einer älteren Dame hinterher, die von einem jugendlichen Dalmatiner durch den Wind gezogen wurde. „Du weißt, dass solche Nachrichten sich auf seinen Gesundheitszustand auswirken können.“

„Alles klar“, entgegnete ihre Mutter. „Aber was soll Jens denn eigentlich verbrochen haben? Ist es denn so schlimm?“

„Das kann ich dir nicht sagen“, log Jenny. „Das weißt du doch.“

Nachdem sie das Telefonat beendet hatten, schaute Jenny noch eine Weile zerstreut die Straße hinunter, bevor sie ins Haus ging und sich einen einschenkte.

Den Wagen, der unweit des Hauses stand, hatte sie nicht bemerkt.

12. Kapitel

Wie ein Fremdkörper ragte das Mietshaus in der Danziger Straße Vier in den wolkenverhangenen Himmel. Die benachbarten Friesenhäuser ließen das hellgraue Gebäude trist und klobig wirken. Über dem Dach kreisten ein paar Möwen. Ein kahlköpfiger Alter schaute müde aus einem der vielen Fenster. Doch so traurig der Block sich auch ausnehmen mochte, er hatte dennoch etwas Bodenständiges. Er war praktisch, ehrlich und schlicht. Auf eine gewisse Art verkörperte er gerade deswegen das Norddeutsche, fand Jenny. Dort wohnten noch echte Sylter zur Miete. Handelte es sich nicht sogar um Sozialwohnungen? Jenny klingelte bei ‚Langer'.

„Hallo?", tönte es aus der Sprechanlage.

„Jenny Arens hier, Kriminalpolizei", stellte sich die Kommissarin vor. „Könnte ich Sie einen Augenblick sprechen, Frau Langer?"

„Polizei?", gab Frau Langer zurück. Jenny meinte, eine leichte Verwunderung herauszuhören. „Kommen Sie hoch. Zweites Stockwerk."

Der Türöffner summte und Jenny betrat den Hausflur. Es roch nach Linsensuppe und Reinigungsmittel. Jenny fühlte sich an ihre Einsätze in Flensburg-Nordstadt erinnert.

„Moin!"

Die rundliche Frau um die Sechzig, die in der Tür wartete, sah sie mit einem merkwürdig verträumten Blick an. Sie war geschminkt und trug ein Kleid in freundlichen Farben, das einen förmlich dazu aufforderte, das üppige Dekolleté näher in Augenschein zu nehmen. Als Jennys Blick von dort hinauf zum Gesicht wanderte, wartete ein sympathisches Lächeln auf sie.

„Kommen Sie herein, Frau Arens“, begrüßte Frau Langer sie und drehte sich erstaunlich behende um ihre eigene Achse.

Das Wohnzimmer der kleinen Zweizimmerwohnung machte einen gemütlichen, aber vollgestellten Eindruck. Wo Jenny auch hinsah, begegneten ihr Plüschtiere, Plüschkissen und sogar ein Spiegel mit Plüschrahmen.

„Setzten Sie sich!“, forderte sie Frau Langer auf. „Sie sind heute übrigens schon die zweite.“

„Ach ja?“

„Kommissar Jakobi war bereits hier“, erwiderte Frau Langer. „Aber machen Sie sich keine Sorgen. Ich helfe gern.“

„Stimmt es, dass Sie vorgestern ‚Tinos Pension‘ besucht haben?“

„Ja, ich gehe dort schon seit Jahren hin. Mehrmals pro Woche.“

Jenny blickte sich um. „Entschuldigen Sie, dass ich so direkt frage, Frau Langer, aber ist das hier nicht eine Sozialwohnung?“

„Ja, Sie wundern sich wohl, dass ich mir die Restaurantbesuche leisten kann, was?“ Frau Langer lachte und zeigte ihre großen Zähne. „Aber nein, das ist keine Sozialwohnung. Außer mir gibt es hier noch andere Mietparteien, die eine normale Miete zahlen.“

Jenny sah, wie Frau Langer den Kopf leicht neigte und die Handflächen an ihren prallen Oberschenkeln rieb. Über ihrer Oberlippe zeichneten sich ein paar winzige Schweißperlen ab. Hatte sie gelogen? Ergab es einen Sinn, dass einzelne Wohnungen von der staatlichen Förderung ausgenommen waren?

„Darf ich fragen, was Sie beruflich machen?“

„Ach, Frau Kommissarin, jetzt haben Sie mich aber erwischt“, rief Frau Langer und lachte verlegen. „Das wollte Herr Jakobi nicht von mir wissen.“

„Tut mir leid.“ Jenny setzte das zur Floskel passende Lächeln auf. Natürlich tat es ihr nicht leid. Sie sah mit Freuden, wie Frau Langer in Bedrängnis geriet. Was hatte diese Frau vor ihr zu verbergen?

„Ich biete verschiedene Dienstleistungen an.“ Ihr Lächeln verriet Jenny, das da gleich noch etwas kommen würde. „Ich begleite einsame Herren, wenn Sie so wollen. Restaurantbesuche, Spaziergänge am Strand und so.“

Jenny war sofort klar, wieso sie bezüglich der Sozialwohnung gelogen hatte. Sie versteuerte ihre kleine Nebentätigkeit anscheinend nicht anständig. Aber all das interessierte Jenny nicht. Sie wollte ihren Bruder aus dem Gefängnis holen und einen Mord aufklären. Um Steuerhinterziehung und Sozialbetrug sollten sich andere kümmern.

„Aha.“ Jenny nickte verständnisvoll.

„Allerdings suche ich mir meine Kunden selbst aus.“

„Und zum Kennenlernen treffen Sie sich im ‚Tinos‘?“, vermutete Jenny. Sie fragte sich, ob dem Inhaber das nie aufgefallen war.

„Dort und auch woanders. Allerdings alles sehr diskret.“ Frau Langer zog ein großes Stofftaschentuch hervor und wischte sich über die Stirn. Es hatte den Anschein, als hätte ihre Stimme bei den letzten Worten minimale Aussetzer gehabt. Sie war nervös, so viel stand fest. „Ich weiß nicht, wie dieser Behrend an meine Nummer gekommen ist, Frau Kommissarin. Normalerweise treffe ich mich nicht mit solchen Männern. Das ist einfach nicht meine Klientel."

„Ein ehemaliger Knastbruder. Passt auch gar nicht zu Ihnen", pflichtete Jenny ihr mit einem Schmunzeln bei. „Sie haben Behrend also nicht … begleitet?"

„Nein."

„Aber unterhalten haben Sie sich mit ihm?", schob sie hinterher.

„Ja. Er war ein unangenehmer Mensch, das kann ich Ihnen sagen", erwiderte die Frau. „Er hat mich mehrmals nach seinem Cousin gefragt. Außerdem wollte er wissen, ob ich jemanden kenne, der sich mit den Militärbunkern in den Sylter Dünen auskennt. Dort sollte es angeblich alte Armeeuniformen geben."

Jenny horchte auf. Hatte Tino nicht auch den Cousin und die historischen Uniformen erwähnt? Was hatte es damit auf sich? Von den Militäranlagen auf Sylt hatte Jenny bereits an anderer Stelle gehört. Doch ihres Wissens waren die Bunker allesamt gesprengt oder versiegelt worden. Sie nahm sich vor, mehr über die Bauten in Erfahrung zu bringen.

„Können Sie sich vielleicht an den Namen dieses Cousins von Behrend erinnern?", erkundigte sich Jenny.

„Ich glaube, er hieß Björn Dörkop", antwortete Langer.

Jenny notierte sich den Namen. Wer war dieser Mann? Was hatte er mit ihrem Fall zu tun? Verfügte er über Informationen, an die der Mörder gelangen wollte? Wusste er über die Orden und Uniformen Bescheid?

„Warten Sie mal", sagte Langer und kratzte sich nachdenklich an der Schläfe. „Der Behrend hat sich noch nach einem anderen Mann erkundigt. Von dem kannte er allerdings nur den Spitznamen: Wolfi. Sagte mir aber nichts. Dieser Wolfi soll auch irgendetwas mit den Uniformen zu tun haben."

13. Kapitel

Jenny saß in ihrer neuen Unterkunft und machte sich über die zwei Matjesbrötchen her, die sie unterwegs erbeutet hatte. Während des Essens recherchierte sie im Internet nach Preisen für Militaria und stellte mit Überraschung fest, dass Orden, Schulterstücke, Erkennungsmarken und Ärmelbänder der Wehrmacht ganz gutes Geld brachten. Und wenn man davon ausging, dass es sich vielleicht um eine ganze Sammlung handelte, gaben sie durchaus auch ein brauchbares Mordmotiv ab. Während sie nach glaubhaften Quellen über die militärischen Anlagen auf Sylt stöberte, klingelte es. Ohne groß darüber nachzudenken, um wen es sich wohl handeln könnte, begab sie sich zur Haustür.

„Guten Morgen!"

„Kennen wir uns?", fragte Jenny, als sie die ernsten Gesichter der beiden Männer sah, die vor der Tür standen. Einer war groß und blond, der andere eher der dunkle, gedrungene Typ.

„Wir sind Kollegen", sagte der Dunkle, der einen Dreitagebart trug. Plötzlich erinnerte sich Jenny. Sie hatte ihn in Uniform am Tatort gesehen. Das waren Beamte der Schutzpolizei Sylt. Warum waren sie in Zivil gekommen?

„Und womit kann ich dienen?", fragte Jenny.

„Wir wissen, dass du hier auf Sylt ermittelst, obwohl du von dem Austernmord abgezogen wurdest“, erwiderte der Blonde.

„Ich erhole mich hier nur ein paar Tage“, log Jenny. „ Das ist alles.“

„Du musst uns nichts vormachen“, widersprach ihr der Blonde. „Wir haben dich beobachtet. Wir wissen, dass du das Revier unbefugt betreten hast.“

„Und wir haben den Eindruck bekommen, dass wir nicht besonders gut dastehen bei deinen verdeckten Ermittlungen“, erklärte der Bärtige. „Es sieht so aus, als würdest du was gegen unser Revier im Schilde führen.“

„Das gefällt uns nicht“, schob der Blonde hinterher.

Da war sie wieder, die Paranoia. Die Berufskrankheit aller Polizisten schlechthin. Wahrscheinlich war die Verhaftung ihres Bruders doch nicht so vorschriftsmäßig abgelaufen, wie alle behauptet hatten. Und die beiden Kollegen hier wussten das auch. Nur leider lagen sie absolut falsch, was Jennys Intentionen anging. Sie wollte niemanden anschwärzen. Und schon gar nicht hintenrum. Das war nicht ihr Stil. „Meint ihr, ich würde mich tatsächlich um die Details einer Festnahme kümmern?“

„Wir wissen nicht, worum du dich so kümmerst“, erwiderte der Blonde.

„Na, um meinen Bruder Jens, der wegen Mordes in Untersuchungshaft sitzt. Das ist ja wohl klar!“, erwiderte sie. „Er ist mein einziger Bruder und ich passe schon mein ganzes Leben lang auf ihn auf. War nicht einfach, wie ihr euch sicher denken könnt. Was er sich da geleistet hat, ging gar nicht. Das stimmt. Aber ein Mörder ist er auch nicht. Außerdem war ich diejenige, die ihn nach Sylt geholt hat. Ich muss ihn da einfach wieder rausboxen. Es geht allein um ihn.“

Die beiden sahen sich an. Jennys Worte schienen gewirkt zu haben. Ihre Gesichter wurden weicher. Ihnen war klar geworden, dass sie es nicht auf sie abgesehen hatte.

„Verstehen wir“, sagte der Bärtige und nickte verständnisvoll.

„Wir dachten schon ...“, schob der Blonde hinterher.

„Wisst ihr eigentlich etwas über diesen Arno Behrend?“, erkundigte sich Jenny. Nun, da die beiden ihr wohlgesonnen waren, musste sie die Gunst der Stunde auch nutzen.

„Wieso sollten wir?“, fragte der Blonde misstrauisch zurück.

„Vielleicht, weil er ein verurteilter Schwerverbrecher war?“, erwiderte Jenny. „War euch das nicht aufgefallen?“

„Mag sein, aber hier hat er nichts angestellt“, gab der Dunkle besserwisserisch zurück und setzte ein Strebergesicht auf, das nicht so recht zu seinem Dreitagebart passen wollte. „Aber bemerkt haben wir seine Anwesenheit auf der Insel schon.“

„War aber auch nicht schwer“, fügte der Blonde hinzu. „Er ist monatelang hier unterwegs gewesen und hat wirklich jedem erzählt, wer er sei und dass er seinen Cousin und einen Mann namens Wolfi suche.“

„Er war überall“, schob der Bärtige hinterher. „In jedem Restaurant, Hotel, Zeltplatz, in der ‚Sansibar‘ und sogar die Obdachlosen am Bahnhof kannten ihn.“

„Hast du gerade Wolfi gesagt?“, hakte Jenny nach.

„Ja, der soll vor über zehn Jahren mal auf Sylt geweilt haben“, entgegnete der Bärtige und grinste.

„O.K.“, gab Jenny zurück. „Danke für die Info, Männer.“

„Keine Ursache.“ Der Bärtige nickte gönnerisch.

„Trotzdem solltest du uns hier nicht allzu oft dazwischenfunken, auch wenn wir das mit deinem Bruder gut verstehen können“, bemerkte der Blonde, während er auf die Uhr sah. „Könnte auch mal schiefgehen.“

„Das ist alles. Darum geht es uns“, sagte der Dunkle.

„Alles klar. Ich werde mich daran halten. Danke euch, Jungs.“

„Mach es gut, Kollegin!“

14. Kapitel

Nachdem die beiden Kollegen verschwunden waren, ging Jenny ins Haus zurück und sah sich noch ein wenig um. Nichts an der Einrichtung erinnerte sie an die gute Freundin von damals. Alles wirkte irgendwie kalt, seelenlos, steril. Dekobilder und Kissen mit Preisschildern, lauter weiße Möbel. Aber wahrscheinlich wirkte das Haus nur deshalb so aseptisch, weil Elisa es als Ferienunterkunft vermietete. Konnte man es nicht trotzdem ein wenig gemütlich machen? Jenny betrat die Terrasse und ging von dort langsam ums Haus herum. Auf der Straßenseite blieb sie stehen und ließ den kühlen Küstenwind durch ihre Lungen strömen. Sie konnte förmlich spüren, wie ihr Körper auf den Luftreiz reagierte, indem er die Durchblutung beschleunigte. Ihre Brust füllte sich mit Wärme. Sie wurde wacher, ihre Laune wurde allmählich besser. Dann sah sie zu ihrem Auto hinüber.

„Scheiße!"

In ein paar Sätzen war sie über die Straße geeilt, ihre Hand wanderte zu der zerkrümelten Seitenscheibe, während ihre Augen die Umgebung scannten. Eine Gruppe schwäbelnder Radfahrer kam vorbei. Auf der gegenüberliegenden Straßenseite stand ein älterer Herr hinter einer schulterhohen Hecke und redete auf irgendjemanden ein, den sie nicht sehen konnte. Was war hier geschehen? Wer hatte ihr die Scheibe eingeschlagen?

„Hallo!“, rief Jenny den Mann hinter der Hecke an. Erst jetzt erkannte sie, dass er mit einem Hund gesprochen hatte.

„Moin!“, grüßte der Nachbar zurück. Jenny merkte sofort, dass er nicht aus dem Norden stammte, denn er hatte es geschafft, in dem kurzen Wort irgendwo ein ‚r‘ unterzubringen. Vielleicht ein Schweizer?

„Mir ist die Seitenscheibe eingeschlagen worden“, erklärte Jenny. „Haben Sie vielleicht irgendetwas gesehen?“

„Wo denn?“, fragte er.

„Der grüne Renault dort.“ Jenny zeigte auf ihren Wagen.

„Nein.“ Der Mann lächelte und schüttelte herablassend den Kopf. Zumindest kam es Jenny so vor. „Dort habe ich nichts gesehen.“

„Danke.“ Jenny seufzte laut auf und drehte sich um. Sie fragte sich, ob er anders reagiert hätte, wenn es sich um einen Porsche gehandelt hätte. Erst jetzt fiel ihr auf, dass das eingeschlagene Fenster zur Straße zeigte. Würde ein gewöhnlicher Dieb nicht die Seite nehmen, wo er mehr Deckung hätte? Und wieso sollte überhaupt irgendjemand eine reiche Beute in ihrer Schrottkiste vermuten?

„Das war kein Dieb“, sagte Jenny leise zu sich selbst. Dann klingelte ihr Handy. Es war Simon.

„Hi!“

„Mir ist eine Autoscheibe eingeschlagen worden“, brach es sofort aus ihr heraus.

„Und?“, erwiderte Simon trocken.

„Irgendwer will mir klarmachen, dass er mich hier nicht haben will. Das sagt mir mein Gefühl.“

„Ach, Quatsch!“, protestierte der Kollege. Jenny schrak ein klein wenig zusammen ob seiner lauten Reaktion. Warum musste er auch immer alles besser wissen? Jenny fragte sich, ob Frauen auch dazu neigten, ständig Ferndiagnosen abzugeben, selbst wenn sie keine Ahnung hatten. Aber ihr fiel kein Beispiel ein. Simon hatte ja nicht mal ein Foto ihres Autos gesehen. Und trotzdem hatte er so reagiert, als litte sie geradezu unter Wahnvorstellungen.

„Hast du irgendwas im Auto liegen lassen?", fragte er.

„Ja, ich lege eigentlich immer meine goldene Rolex auf den Beifahrersitz, um zu schauen, was passiert", spöttelte Jenny.

„Ist ja gut", entgegnete Simon. „War vielleicht auch ein Unfall mit Fahrerflucht. Beim Ausparken oder so."

„Danke für deine Telefonberatung", gab Jenny zurück. „Aber lass uns lieber das Thema wechseln. Weshalb rufst du eigentlich an?"

„Die Spurensicherung hat mehrere Briefumschläge in Behrends Van entdeckt, teilweise zehn Jahre alt, alle an ihn adressiert und ohne Absender", erwiderte Simon.

„Und gab es dazu auch Briefe?", erkundigte sich Jenny.

„Leider nein."

„Schade."

Anschließend berichtete Jenny ihrem Kollegen, was sie von Frau Langer und den beiden Sylter Kollegen erfahren hatte. Als Simon die Geschichte mit den angeblich so wertvollen Militaria hörte, unterbrach er sie: „Das passt ja sogar zusammen!"

„Wie bitte?"

„Behrend hat sich über die Fernleihe der Gefängnisbibliothek immer wieder ein bestimmtes Buch ausleihen lassen, *Die Festung Sylt*. Darin geht es um die Sylter Festungsanlagen aus dem Ersten und Zweiten Weltkrieg", erklärte Simon. „Meinst du nicht, dass das zu dem Wehrmachtskram passt?"

„Er hat auf jeden Fall nach Informationen gesucht“, erwiderte Jenny. „Vielleicht verfügt dieser Wolfi ja über ein Wissen, an das auch Behrend herankommen wollte.“

„Wolfi muss wissen, wo die Orden versteckt sind“, vermutete Simon.

„Und als er Wind davon bekommen hat, dass Behrend ihm auf der Spur war, hat er ihn aus dem Weg geräumt“, schlussfolgerte Jenny. „Vielleicht ganz einfach auch aus Angst.“

„Auf jeden Fall lebt Wolfi auf Sylt“, entgegnete Simon.

„Und kennt sich mit Militaria aus“, ergänzte Jenny. „Ich denke, wir sollten uns endlich diesen Yildiz vorknöpfen. Der handelt doch mit altem Gerümpel.“

15. Kapitel

Das kleine Antiquariat lag in der Westerländer Kjeirstraße, direkt gegenüber einer frisch eröffneten Fahrradvermietung. Von außen machte es einen anständigen Eindruck, passend zur Umgebung. Kein Hinterhofladen, in dem man fragwürdige NS-Militaria vermutete. Aber es war geschlossen. Während Jenny und Simon sich das silberne Kuchenbesteck in den Auslagen ansahen, blieb eine Dame um die Siebzig stehen. „Da müssen Sie anrufen. Der Eigentümer ist in den letzten Wochen kaum noch in seinem Geschäft gewesen."

„Ach so?", gab Jenny zurück. „Kennen Sie Herrn Yildiz denn?"

„Früher haben wir fast täglich ein Schwätzchen gehalten. Ein sehr freundlicher Mann", sagte die Passantin. „Die Eltern stammen aus der Türkei. Der hat sich hochgearbeitet."

„Wissen Sie, was er gemacht hat, bevor er hier seinen Laden eröffnet hat?", erkundigte sich Simon.

„Das weiß ich leider nicht. Aber mir fällt keiner ein, der sich besser mit der Sylter Geschichte auskennt. Und das, obwohl er ja eigentlich ein Türke ist", antwortete die Dame.

„Und sein Geschäft läuft gut?", erkundigte sich Jenny, ohne auf den altersbedingten Kulturpessimismus der Rentnerin einzugehen.

„Glaube schon“, antwortete die Frau. „Obwohl er mir mal verraten hat, dass er noch einen anderen Beruf habe und der Laden nur sein Hobby sei. An Geld mangelt es ihm jedenfalls nicht, kann ich Ihnen sagen.“

„Wissen Sie, wo wir ihn finden können?“, erkundigte sich Simon.

„Seine genaue Adresse kenne ich nicht“, antwortete die Frau. „Aber er hat ein Haus in Alt-Westerland.“

Keine Sorge, dachte Jenny, das finden wir heraus. „Vielen Dank!“

Nachdem sie sich verabschiedet hatten, tätigte Simon einen Anruf und ermittelte den genauen Wohnort von Nuri Yildiz. Die Dame hatte Recht gehabt. Gemeldet in Flensburg, Zweitwohnsitz in Alt-Westerland. Vielleicht weilte er ja gerade auf der Insel …

„Kommst du mit?“, fragte Jenny ihren Partner.

„Geht leider nicht. Ich muss aufs Revier“, sagte Simon. „Habe noch eine Besprechung mit Jakobi.“

„Dann muss ich wohl allein gehen.“ Jenny blickte entschlossen in den bewölkten Himmel.

„Ich weiß nicht, ob das eine so gute Idee ist“, erwiderte Simon.

*

Simon saß Jakobi gegenüber. Hinter dem nahezu kahlen Schädel des Sylter Polizeichefs gab ein verdrecktes Fenster den Blick auf ein Stück bleifarbenen Himmel frei. An ihm zogen ein paar schlechtgelaunte Krähen ihre Kreise und krähten sich verzweifelt in den Herbst. Auf dem Schreibtisch wartete ein aufgeschlagener Aktenordner.

„Kaffee?“, fragte Jakobi.

„Hatte schon“, erwiderte Simon. „Danke.“

„Wie Sie meinen“, murmelte Jakobi und schob Simon einen Bogen Papier über den Tisch. Es handelte sich um die Resultate der neuesten kriminaltechnischen Untersuchungen im Fall Behrend. „Damit ist Jens Arens kein Verdächtiger mehr, sondern ein Beschuldigter. Und demnächst auch ein Angeklagter. Weitere Ermittlungen können wir uns eigentlich sparen. Denke mal, dass die Staatsanwaltschaft das ähnlich sieht.“

„Das T-Shirt, das im Wagen des Verdächtigen gefunden wurde, wies sowohl DNA des Opfers als auch des Täters auf“, las Simon von dem Papier ab. „Wussten wir das nicht bereits?“

„Lesen Sie weiter!“, forderte Jakobi ihn auf.

„Die Fingerabdrücke auf der Mordwaffe sind dem Verdächtigen Jens A. zuzuordnen“, fuhr Simon fort. „War ja nicht anders zu erwarten. Das Schloss gehörte schließlich ihm.“

„Das war noch nicht alles.“ Jakobi fuchtelte mit dem Zeigefinger vor Simons Nase herum. „Es geht noch weiter, mein Guter.“

„Die Kriminaltechnik hat Spuren von Hundefäkalien sowohl an Arens‘ Schuhen als auch direkt vor Behrends Fahrzeug gefunden. Dabei handelt es sich um die Hinterlassenschaften ein und desselben Tieres. Das hat der DNA-Abgleich gezeigt.“ Simon sah Jakobi verwundert an. „Was hat das zu bedeuten?“

„Arens ist in Scheiße getreten. In jeder Hinsicht!“ Jakobi schaute amüsiert und prustete ein verschlucktes Lachen hervor. „Wie dämlich kann man eigentlich sein!“

„Das ist wirklich ...“, stammelte Simon. Ihm fehlten die Worte. Die Hundescheiße war nun wirklich der ultimative Beweis für Jens‘ Schuld,

„Wie es Ihrer Kollegin wohl damit ergehen wird, wenn sie erst davon erfährt?“, fragte Jakobi mit einem höhnischen Grinsen.

„Wie würde es Ihnen denn ergehen, wenn Sie einen Familienangehörigen in dieser Lage hätten?“, passte Simon den Ball zurück.

„Also, ich würde mal soweit gehen, zu behaupten, dass ich keine Mörder in meiner Familie habe“, konterte Jakobi. „Und außerdem bin ich Einzelkind.“

„Freut mich für Sie“, erwiderte Simon. „Allerdings weiß ich wirklich nicht, warum Sie immer wieder auf Jenny zu sprechen kommen. Was bezwecken Sie damit?“

„Vergessen Sie es einfach!“, entgegnete Jakobi. „Ich merke schon, dass Sie gern für Ihre Kollegin in die Bresche springen. Soll mir recht sein. Kameradschaftlichkeit kann man nicht hoch genug bewerten.“

„Können wir also bitte in der Sache fortfahren?“, bat Simon den Hauptkommissar, wartete jedoch gar nicht erst dessen Antwort ab. „Wussten Sie zum Beispiel, dass Arno Behrend direkt aus dem Gefängnis nach Sylt gekommen war, um eine Person namens Wolfi zu suchen? Ist das nicht seltsam, nach fast zehn Jahren Knast?“

„Was wollen Sie mir damit sagen?“, erwiderte Jakobi.

„Möglicherweise ist dieser Wolfi ganz interessant für unsere Ermittlungen. Vielleicht hat er etwas mit den Weltkriegs-Militaria zu tun, nach denen sich Behrend kurz vor seinem Tod noch erkundigt hat“, fuhr Simon fort.

„Hat wohl im Knast eine Sammlerleidenschaft entwickelt. Würde mich nicht wundern bei einer Strafe von zehn Jahren“, erwiderte Jakobi und blinzelte verwegen. „Wie ich schon sagte, schätze ich es sehr, wenn man seinen Kollegen beispringt. Aber in diesem Fall ist es aussichtslos, Herr Kaarst. Sie können Ihre Bemühungen einstellen. Und ermittelt wird in diesem Fall auch nicht mehr groß. Das garantiere ich Ihnen. Ich sehe schwarz für Jens Arens. Nicht mal dunkelbraun. Der wird verurteilt. Finden Sie sich damit ab und sagen Sie es Ihrer Kollegin weiter."

Simon seufzte. Dieser Jakobi bekam einfach nicht genug. Er erinnerte ihn ein wenig an eine Hyäne, die sich an einem Stück Aas festgebissen hatte. Allerdings hatte Jakobi nicht Unrecht. Simon passte eben nur seine Art nicht. Und wenn er ihn so sah, mit seinem kantigen Kinn, dem durchdringenden Blick und den angriffslustigen Brauen, dann begriff er, dass der Hauptkommissar nicht an Niederlagen gewöhnt war. Dieser Mann hatte sich noch nicht oft geirrt. Der jagte Verbrecher aus Leidenschaft. Er verstand sich auf sein Geschäft.

„Eine Sache noch, Herr Hauptkommissar", bemerkte Simon „Ich weiß nicht, ob Sie es mitbekommen haben, aber Arens' Name ist an die Medien weitergegeben worden."

„Und?"

„Ich denke, die Information kam aus Ihrem Team", erwiderte Simon. „Wäre es nicht möglich, dass Sie das abstellen?"

Das süffisante Grinsen Jakobis, das dann folgte, blieb noch eine ganze Weile in Simons Kopf hängen.

16. Kapitel

Das Reetdachhaus mit dem charakteristischen friesischen Spitzgiebel erweckte den Eindruck, als könnte es einen neuen Anstrich gebrauchen. Zwischen den Wegplatten schoss das Gras hervor, unter unförmigen Hecken stand das Unkraut und die Wiese, die hinter dem Haus lag, ähnelte einer Lichtung im Sylter Südwäldchen. Was auch immer Yildiz den vergangenen Sommer über getrieben hatte, viel Gartenarbeit konnte es nicht gewesen sein. Jenny blickte sich um, drückte das angerostete Tor auf und betätigte die Klingel. Keine Reaktion. Sie ging zum Haus und spähte durch eines der Fenster. Dahinter gab es schwere Truhen, Regale und Schränke mit unzähligen Fächern, wie sie auch Apotheker verwenden. An einer Wand zogen sich Kleiderstangen entlang, an denen eingetütete Uniformen hingen. Da waren sie! Es hatte also gestimmt.

Bei genauerem Hinschauen fiel Jenny auf, dass der Raum zwar bis unter die Decke vollgepackt war, aber dennoch alles einer strikten Ordnung unterworfen zu sein schien. War das eine Wohnung oder ein Lagerraum?

„Hallo!“ Eine Stimme ertönte vom Gartentor her. „Den werden Sie nicht antreffen.“

Jenny drehte sich um und erblickte einen Mann um die Siebzig. Sein hessischer Zungenschlag war deutlich herauszuhören. Exilant oder Urlauber, fragte sich Jenny in

Gedanken. „Moin! Sind Sie der Nachbar von Herrn Yildiz?“

„Ja, das bin ich, Stark mein Name“, antwortete der Mann. Er hatte schlohweißes Haar und eine sonnengegerbte Haut. „Und wer sind Sie, wenn ich fragen darf?“

Normalerweise würde Jenny an dieser Stelle ohne zu zögern ihre Identität preisgeben. Sie war Kommissarin und ermittelte in einem Mordfall. Doch das traf ausgerechnet heute mal nicht zu. Sie befand sich außer Dienst und streng genommen hatte sie gerade Hausfriedensbruch begangen. Sie zog ihren Dienstausweis trotzdem aus der Tasche. „Arens, Kriminalpolizei.“

„Interessant“, murmelte er. „Suchen Sie nach Diebesgut?“

„Wie kommen Sie denn darauf?“

„Ach, wissen Sie, das muss doch eine ständige Sorge von Leuten sein, die mit Antiquitäten handeln, oder?“ Der Hesse setzte ein verschmitztes Lächeln auf. „Dass jemand ihnen Hehlerware unterjubelt.“

„Immer raus mit der Sprache, falls Sie Kenntnis von Straftaten haben.“

„Das nicht, Frau Kommissarin. Der Yildiz war einer von den guten Türken“, erwiderte der Nachbar mit einem schmierigen Grinsen. „Aber ich merke schon, Sie wollen mir nicht sagen, weswegen Sie gekommen sind.“

„Herr Yildiz ist möglicherweise Zeuge eines Verbrechens geworden“, sagte Jenny. „Ich würde ihn gerne sprechen. Wissen Sie, wo ich ihn finden kann?“

„Er hält sich fast das ganze Jahr über auf Sylt auf und eigentlich sehe ich ihn täglich an seinem Haus, aber seit einer Woche ist er spurlos verschwunden“, entgegnete der Nachbar.

„Und Sie haben keine Ahnung, wo er stecken könnte?“, erkundigte sich Jenny.

„Vielleicht macht er ja einen größeren Ankauf“, antwortete Stark. „Er ist leidenschaftlicher Sammler, müssen Sie wissen. Er brennt für seinen Beruf und ist öfters mal unterwegs. Eine richtige Händlernatur, ganz seiner orientalischen Herkunft gemäß.“

„Wissen Sie, ob er im Besitz von Wehrmachtsuniformen oder Nazi-Devotionalien ist?“, hakte Jenny nach, ohne weiter auf die merkwürdigen Anspielungen Starks einzugehen. Doch plötzlich verschob sich etwas im Gesicht des Nachbarn. Tiefe Falten des Misstrauens zeichneten sich auf seiner Stirn ab.

„Der Mann ist Türke“, stieß Stark hervor. „Wieso sollte er mit deutschen Uniformen handeln? Was soll das überhaupt sein, Nazi-Devotionalien?“

„Ich frage ja nur“, gab Jenny nach. „Eigentlich geht es mir ja gar nicht um den Nazi-Kram.“

„Nazi-Kram? Wie reden Sie denn?“, brummte Stark. „Was wollen Sie eigentlich von mir? Ich muss weiter. Auf Wiedersehen!“

Was zum Teufel war denn in den gefahren?

*

Markus Feiber arbeitete schon seit zwei Jahren für verschiedene Zeitungen. Sein Spezialgebiet waren Kriminal- und Gerichtsreportagen, wobei es ihm bei diesen weniger um aufwendige Recherchen als um Sensationen ging. Feiber war der Erste, wenn es darum ging, die Angehörigen der Opfer vor die Kamera zu bekommen, noch ehe sie überhaupt die Tragweite ihres Verlustes erfasst hatten. Hemmungsloses Weinen, intime Familieninterna und große Emotionen waren sein Goldstandard. Aber er versuchte es auch immer wieder auf der Täterseite. Die Leser wollten eben wissen, welchem Loch der Bösewicht entkrochen war, bevor er seine schrecklichen Taten beging. Dabei spielte es keine Rolle, ob es sich um einen Verdächtigen, einen Beschuldigten oder einen Verurteilten handelte. Entscheidend waren grausame Details, verräterische Aussagen und ein möglichst blutrünstiges Verbrechen. Erst vor kurzem hatte er den verurteilten Waffenschmuggler und Holocaustleugner Winfried Stark auf Sylt aufgespürt und ihm ein exklusives Interview entlockt.

Feiber konnte auf zahlreiche Kontakte zurückgreifen, die es ihm ermöglichten, an seine Quellen heranzukommen. Telefonate und Interviews mit Inhaftierten waren ihm ein besonderes Vergnügen. Erste Voraussetzung für eine Story aus dem Knast waren gute Beziehungen zum Anstaltspersonal. Die ließen sich ziemlich schnell mit Geld herstellen. Der Rest hing dann nur noch vom Häftling selbst ab. War er gesprächig oder verschwiegen? Manchmal konnten ein paar Scheinchen die Stimmbänder eines Stummen wieder zum Schwingen bringen. Würde Jens Arens reden? Feiber wählte die Nummer. Man stellte ihn durch.

„Moin, Jens!“, begrüßte er den Inhaftierten kumpelhaft, als der sich schließlich am anderen Ende der Leitung bemerkbar machte.

„Hallo!“ Jens Arens schien sich also auf das Telefonat einzulassen. Ein guter Anfang?

„Wie geht es dir?“, erkundigte sich Feiber mit glattgespülter Stimme.

„Geht so“, brummte Jens.

„Ich darf doch ‚Jens‘ sagen, oder?“, fragte der Reporter. „Wir sind ja fast gleich alt.“

„Kein Problem."

„Ich bin Markus und wollte dir ein paar Fragen zu Arno Behrend stellen", begann Feiber sein Interview.

„Mach das."

„Kanntest du Behrend?", fragte Feiber.

„Nein."

„Er war ein echt schwerer Junge."

„So sah er zumindest aus", entgegnete Jens.

„Eigentlich kein Mann, um den man trauern müsste." Feiber wusste, dass er die Akzente schnell setzen musste, wenn er sein Ziel erreichen wollte. „Zu seinem Repertoire zählte auch Gewalt gegen Frauen. Wusstest du das?"

„Dann sollen die Leute doch froh sein, dass er weg ist", gab Jens zurück.

„Er hat mal eine Siebzehnjährige sexuell belästigt", schob Feiber hinterher. Der Verlauf des Gesprächs stimmte ihn jetzt bereits zufrieden. „Man weiß ja, wie traumatisierend das ist."

„Das Schwein", stieß Jens hervor. „Dann hat es wohl den Richtigen erwischt."

„Hast du Geschwister?", bohrte Feiber nach.

„Ja, eine Schwester", antwortete Jens. „Ist bei der Kripo."

„Deine Schwester ist Polizistin?" Die Neugierde in Feibers Stimme war kaum zu überhören. „Wie heißt sie denn?"

„Jenny Arens, Kripo Niebüll."

„Ach, das ist ja interessant", entgegnete Feiber und grinste still.

17. Kapitel

Jenny saß in der ‚Friesenkate‘ auf der Wilhelmstraße und telefonierte mit ihrem Vater. Vor ihr dampfte ein Kaffee und ihre Finger spielten mit einem angebissenen Krabbenbrötchen. Es hatte sie einige Mühe gekostet, den Alten ans Telefon zu bekommen. Die ersten zehn Minuten hatte sich das Gespräch ausschließlich um ihn und seinen Gesundheitszustand gedreht. Die neuen Medikamente, die ihm Übelkeit verursachten, der neue Hausarzt aus Rumänien, der ihn angeblich falsch behandelte, die anstehende Operation, der Streit mit der Krankenkasse um die Pflegestufe, die Rangeleien mit den Nachbarn in Kröpelin. Dann machte er eine Pause und Jenny wusste, welches Thema als nächstes dran sein würde. Doch plötzlich wurde sie unterbrochen.

„Moin!“ Die Stimme kam ihr nur allzu bekannt vor. Sie drehte sich um. Drei Meter weiter stand Kriminalhauptkommissar Jakobi und sah sie fragend an.

„Hallo, Herr Jakobi!“, grüßte Jenny zurück.

„Noch auf Sylt?“, wollte der Kollege wissen. „Hat man Sie nicht von dem Fall abgezogen?“

„Doch, aber ich bin gerade in einem Telefonat. Entschuldigen Sie mich“, antwortete Jenny und nahm einen Schluck Kaffee.

„Kein Problem“, murmelte Jakobi. „Wiedersehen!“

„Ein Vorgesetzter?“, fragte ihr Vater am Telefon.

„Kein direkter“, erwiderte Jenny. Aus den Augenwinkeln sah sie, wie Jakobi kopfschüttelnd das Lokal verließ. Mit solch einer Abfuhr hatte er wohl nicht gerechnet. Aber privat war schließlich privat.

„Ging es um Jens?“, hakte er weiter nach.

„Ist doch jetzt egal, Papa.“

„Dein Bruder hat übrigens hier angerufen“, sagte ihr Vater plötzlich. „Wir wissen, dass er in U-Haft sitzt, weil sie ihn verdächtigen, jemanden umgebracht zu haben.“

„Na ja, dann ist es ja jetzt wenigstens raus“, antwortete Jenny.

„Du hast ihm das eingebrockt! Deinetwegen ist er doch nach Sylt gegangen.“

„Meinst du das ernst?“ Jenny hatte so etwas erwartet. Wenn auch nicht ganz so unverhohlen.

„Dein Kollege hat ihm diese Stelle beschafft“, fuhr ihr Vater fort. „Und dein Bruder war so dumm, sie anzunehmen. Dabei ist doch klar, dass er dort nichts verloren hat.“

„Was soll das denn heißen?“

„Wir gehören nicht nach Sylt!“, erwiderte er. „Wir haben Rügen.“

„So einen Unfug habe ich ja schon lange nicht mehr gehört“, widersprach Jenny. „Und außerdem war es eine gute Stelle. Oder zumindest hätte es eine werden können.“

„Das sieht man ja“, erwiderte ihr Vater. „Ich wusste, dass Jens mit der Mentalität von drüben nicht zurecht kommt. Und jetzt sitzt er unschuldig im Knast. Hast du denn auch mitgeholfen bei seiner Verhaftung? Würde mich ja nicht wundern.“

„Hör mal! Jetzt reicht es aber, Papa!“

„Na ja, dass du von Familie nicht viel hältst, weiß ich ja bereits“, giftete ihr Vater weiter. „Sonst würdest du nämlich öfters mal hier vorbeischauen.“

„Was hat das denn jetzt mit Jens zu tun?“, entgegnete Jenny, doch ihre Worte gingen ins Leere. Das Freizeichen war bereits ertönt. Ihr Vater hatte aufgelegt. „Verdammt!“

Aber so war er. Erst machte er ihr völlig haltlose Vorwürfe und dann ließ er sie nicht einmal zu Wort kommen. Nicht aufregen, sagte sie sich. Dann erschien Simons Nummer auf ihrem Display. Es konnte ja eigentlich nur besser werden.

„Hi!“

„Jenny!“, sagte Simon aufgeregt. „Hast du mal in die Newsportale geschaut?“

„Nein. Wieso?“, entgegnete sie.

„Irgendwie muss es ein Reporter geschafft haben, mit Jens zu sprechen“, erklärte Simon. „Und verzeih mir meine Wortwahl, aber dein Bruder scheint nur dämliches Zeug von sich gegeben zu haben.“

„Dafür musst du dich nicht entschuldigen.“

„Die Zeitung mit den vier großen Buchstaben titelt in ihrer Online-Ausgabe: *Austern-Mörder Jens A.: ‚Behrend hat den Tod verdient‘*“, zitierte Simon. „In dem Artikel wird angedeutet, dass Jens Arno Behrend erschlagen hätte, nachdem er von dessen Sexualverbrechen erfahren hatte.“

„Dem Käseblatt glaubt zum Glück eh keiner“, wandte Jenny ein.

„Es ist immer noch das meistgelesene Medium in Deutschland und Jens tut sich mit solchen Interviews sicher keinen Gefallen“, entgegnete Simon.

„Und was hat es mit diesem Sexualverbrechen auf sich?“, erkundigte sich Jenny. „Davon wussten wir doch gar nichts.“

„Arno Behrend ist als Jugendlicher tatsächlich wegen sexueller Nötigung verurteilt worden. Wundert mich auch bei seinem Vorstrafenregister nicht“, erwiderte Simon. „Aber darum geht es ja nicht, sondern …“

„Das musst du mir nicht sagen“, fuhr Jenny ihn an. Da ihr immer noch das Gespräch mit ihrem Vater im Kopf herumging, überforderte sie Simons Pessimismus gerade. „Mir war schon vorher klar, dass du Jens für schuldig hältst.“

„Soll ich ehrlich sein?“, fragte er.

„Das überlasse ich dir“, gab Jenny zurück. „Aber im Grunde interessiert es mich nicht sonderlich, was du darüber denkst.“

„Alles spricht gegen ihn und jetzt gibt er auch noch fragwürdige Presseinterviews“, entgegnete Simon. „Trotzdem verletzt es mich, wenn du so etwas zu mir sagst.“

„Entschuldige. War nicht so gemeint.“ Es interessierte sie durchaus, was Simon über den Fall dachte. Normalerweise. Nur hier ging es eben um ihren Bruder und damit auch automatisch um sie selbst. Sie hätte sich vielleicht auch einfach mehr mentale Unterstützung von ihrem Kollegen erhofft. Oder musste sie sich damit zufrieden geben, dass er sie in seine Ermittlungen einbezog? Sie stellte fest, dass sie verwirrt war. Sie wollte nach Hause.

„Was hältst du davon, wenn wir das bei einer Pizza klären?“, erwiderte Simon. „Hast du heute Abend Zeit?“

„Nimm es mir nicht übel, aber mir ist gerade nicht nach ausgehen.“

*

Als Jenny in Wenningstedt ankam, war sie todmüde. Und dabei war es noch nicht einmal neun Uhr. Die Telefonate, die schlechten Nachrichten, die neuen Beweismittel, Jakobi, ihr Vater und am Schluss auch noch Simon. Sie war froh, dass sie die Unterkunft auf Sylt hatte. Das ersparte ihr den Autozug. In Gedanken hatte sie bereits eine Dusche genommen und lag in den Federn. Doch dann geschah es.

Sie stieg aus dem Wagen, vernahm ein Rascheln in ihrem Rücken, direkt hinter sich, und verspürte den Schlag gegen den Hinterkopf. Ihr verschwamm die Sicht. Sie wankte, dann berappelte sie sich und machte einen Satz nach vorn. Weg von der Gefahrenquelle! Sie drehte sich herum. Vor ihr standen zwei schwarz gekleidete und maskierte Männer. Beide mittelgroß, einer mit Schmerbauchansatz. Im nächsten Moment waren sie wieder an ihr dran und begannen, mit Händen und Füßen auf sie einzuprügeln. Ein stechender Schmerz im Knie ließ sie zusammensacken. Was zum Teufel war das? Ein Schlagstock! Dann traf sie eine Schuhspitze im Gesicht. Der Schmerz schoss ihr durch den Kiefer. Nur keine Zähne verlieren! Sie krümmte sich am Boden und vergrub den Kopf zwischen den Armen.

„Hilfe!“ Der Schrei war mehr ein Blubbern. Blut spritzte in langen Fäden aus ihrem Mund. Doch die Männer hatten von ihr abgelassen. Sie sah sich um. Wo waren sie hin? Dann hörte sie ein Motorrad aufheulen. Unter Schmerzen richtete sie sich auf und konnte gerade noch einen Blick auf die Maschine werfen. Sie war schwarz, das Nummernschild mit Schlamm bedeckt. Im nächsten Augenblick waren die Männer auch schon in die Westerlandstraße eingebogen und verschwunden. Der Angriff hatte höchstens eine halbe Minute gedauert. Aber die hatte es in sich gehabt. Jennys Kopf sank wieder auf den Asphalt. Diese feigen Schweine!

„Alles gut?“, drang die Stimme einer Frau zu ihr.

Sie öffnete die Augen und blickte nach oben. Im schwachen Licht der Laterne erkannte sie das sonnenzerknitterte Gesicht einer alten Frau. Sie hatte sie gestern schon einmal gesehen. Musste eine Nachbarin sein. Wieso bräunten sich die Menschen wider besseres Wissen ein ganzes Leben lang?

„Ich weiß nicht“, antwortete Jenny. Wonach sieht es denn aus, dachte sie.

„Hatten Sie einen Unfall?“, fragte die Nachbarin.

Jenny erhob sich langsam. Ihr war schwindelig. Ein milchiger Schleier lag über allem. Sie tastete nach ihrem Gesicht. „Geht schon.“

Diese Antwort war kaum mehr als eine Hoffnung. Mit der Zunge fuhr sie über ihre Zahnreihen. Alle noch da. Gut! Ihre Gliedmaßen konnte sie auch bewegen. Nichts schien gebrochen zu sein. Autsch! Was war das? Eine leichte Berührung an der Nase hatte gereicht. Etwas stimmte nicht. Ohne weiter auf die Nachbarin zu achten, schleppte sie sich zur Haustür und schloss auf.

„Tschüss!“, rief die Sonnenanbeterin ihr hinterher.

Stumm ging Jenny durch die dunkle Wohnung. Sie musste ins Bad. Die Hände vor dem Gesicht, so dass das Blut nicht auf den Boden tropfen konnte. Sie stieß einen Laut des Schreckens aus, als sie vor dem Spiegel stand und das erblickte, was eben noch ihr Gesicht gewesen war.

„Blut abwaschen und kühlen“, murmelte sie kaum hörbar. „Das wird schon wieder, Frau Arens!“

Ein paar Minuten später saß sie am Küchentisch, wickelte ein paar Eiswürfel in ein Geschirrhandtuch und kühlte sich die Nase. Hoffentlich war es kein schlimmer Bruch! Sie nahm eine von den Schmerztabletten, die sie stets bei sich trug. Dann legte sie den Kopf auf die Marmorplatte des Küchentisches. Sie war angenehm kühl.

Sie stand inmitten der Dünen und hatte den Wind in den Ohren. Um sie herum nichts als violette Auslegware. Sylter Heide. Über ihr ein dunkelblauer Wolkenhimmel, dem die Morgendämmerung den Rand angezündet hatte.

„Einzigartig", sagte jemand.

War das nicht die Stimme ihres Bruders gewesen? Sie drehte sich mehrmals um ihre eigene Achse und hielt Ausschau, konnte ihn aber nicht erblicken.

„Wo bist du?", rief Jenny.

„Hier unten", kam es zurück.

Jenny schaute auf ihre nackten Füße.

„Hier bin ich", wiederholte Jens.

Seine Stimme kam von unten. Aber von wo genau? Jenny blickte sich um. In ein paar Metern Entfernung wölbte sich das violette Heidekraut wie ein alter Teppich nach oben. Darunter kam feiner, weißer Sand zum Vorschein. Dünensand. Jenny ging hin, beugte sich hinunter und zog an der dicken Schicht Heidekraut. Es ließ sich ganz leicht anheben. Darunter war nichts als Sand. Sie steckte ihre Hände hinein und stieß auf etwas Festes. Stein oder Stahl.

„Na endlich hast du es gefunden", ertönte Jens' Stimme.

Sie wischte den Sand weg und ein Eingang kam zum Vorschein. Eine Stahlklappe, die in Beton gefasst war. In ihr befand sich ein Loch, so groß, dass kaum ein Finger hindurchpasste. Jenny blickte hindurch. Jens!

Er stand in der Mitte eines großen Raumes und war umgeben von Metallkisten und Garderobenständern. Sein Gesicht war über und über mit Staub bedeckt. Wie lange war er schon dort unten?

„Hier bin ich“, rief er und grinste sie an.

Er hielt etwas in der Hand. Es glänzte. Gold? Eine goldene Glocke? Er läutete sie.

Jenny erwachte. Ihr Nacken war steif und ihre Nase pochte vor Schmerz. Vor ihr auf der Tischplatte lag eine rostbraune Lache. Irritiert sah sie sich um. Erst nach und nach kamen die Erinnerungen zurück. Sie war in einem fremden Haus und zwei Männer hatten ihr wahrscheinlich die Nase gebrochen. Konnte nicht allzu lange her sein. Draußen war es dunkel. Die Türklingel ertönte ein weiteres Mal.

*

Die beiden Kripo-Beamten standen vor ihr und musterten sie mit ernsten Gesichtern. Jenny kannte sie von früheren Einsätzen auf Sylt. Sie hießen Petersen und Jung. Man duzte sich, aber das war es auch schon. Keine freundschaftlichen Zwischentöne, keine Scherzchen, nur trockener Dienst nach Vorschrift. Jenny fragte sich manchmal, ob es an ihr lag, dass sie kaum Freunde unter Kollegen hatte.

„Du bist es?“, fragte Jung, ohne eine Miene zu verziehen.

„Wohnst du etwa auf Sylt?“, schob Petersen ungläubig hinterher.

„Ist das Haus einer Freundin“, erklärte Jenny und schaute den beiden am Kühlkissen vorbei in ihre verdatterten Gesichter. „Wer hat denn angerufen?“

„Eine Nachbarin", erwiderte Jung und deutete mit dem Daumen nach hinten. Dort sah Jenny die Frau mit der luftgetrockneten Haut. Sie stand zögerlich am Eingangstor und schien sich zu fragen, ob sie nun zu den Dreien hingehen sollte oder nicht. „Es hat einen Überfall gegeben, sagt sie."

„Stimmt das?", schob Petersen hinterher.

Aus irgendeinem Grund musste Jenny an Simon denken. Er war der einzige Kollege, mit dem sie ein freundschaftliches Verhältnis pflegte. Na ja, einmal hatte er versucht, ihre Freundschaft etwas einseitig umzuinterpretieren. Aber Jenny war nicht nachtragend. Außerdem nahm sie Romantik, die jenseits von vier halben Litern lag, nicht sonderlich ernst. Wo steckte er wohl gerade?

„Hallo!", rief Jung und wedelte mit seinen Händen vor ihrem Gesicht herum. „*Ground control to Major Tom!*"

„Sorry!", sagte Jenny und schüttelte leicht den Kopf. „Zwei Typen haben auf mich eingeschlagen und sind dann auf einem Motorrad geflohen. Wahrscheinlich wollten sie meine Handtasche."

„Klingt … abenteuerlich", stellte Jung fest. Der Zweifel in seinen Worten war nicht zu überhören.

„Allerdings", erwiderte Jenny.

Sie war sich gewiss, dass der Angriff mit ihren Ermittlungen zu tun haben musste. Genauso wie die eingeschlagene Autoscheibe. Irgendjemand wollte sie davon abhalten, nach dem Mörder zu suchen. Und wer anders sollte das sein als der Mörder selbst? Sie musste ihm auf der Spur sein, andernfalls würde er nicht um sich schlagen. Stand sie kurz davor, ihn zu fassen? Ihr Puls beschleunigte sich bei dem Gedanken.

„Einen Raub in dem Stil hatten wir das letzte Mal vor zwei Jahren auf Sylt“, bemerkte Petersen. „Allerdings kannten sich Täter und Opfer.“

„Bevor wir ins Plaudern verfallen …“, unterbrach Jung seinen Kollegen und sah Jenny ernst an. „Du hast sie weder erkannt, noch hast du eine Ahnung, um wen es sich handeln könnte, nicht wahr?“

„Nein.“ Jenny musste mehrmals schlucken.

„Und die Täter haben wirklich nichts erbeutet?“, erkundigte sich Petersen weiter.

„Auch negativ“, erwiderte Jenny.

„Krankenwagen brauchst du nicht?“, bemerkte Petersen. Jenny schüttelte den Kopf.

„Frage mich, wieso sie so brutal waren“, murmelte Jung nachdenklich, während er ihr lädiertes Gesicht betrachtete. „Wo genau ist es denn eigentlich passiert?“

Während die Kollegen sich anschickten, die Blutflecken auf dem Gehsteig zu fotografieren, hielten zwei Einsatzwagen vor dem Haus. Immer mehr Köpfe tauchten an Gartenzäunen und Hecken auf.

Jenny ahnte, dass das kein gutes Zeichen war.

18. Kapitel

Es war acht Uhr morgens, als Elisa mit versteinertem Gesicht in der Schlafzimmertür stand. Jenny stützte sich auf ihre Ellenbogen und blickte die Gastgeberin an. Sie war einfach hereingekommen. Warum auch nicht, dachte Jenny. War ja schließlich ihr Haus.

„Hi!“, sagte Jenny und griff nach ihrem Handy. Keine Anrufe, keine Nachrichten. „Hattest du angerufen?“

„Was war hier los?“, fragte Elisa gequält.

„Was meinst du?“

„Die ganze Polizei vor dem Haus“, stieß Elisa hervor. „Letzte Nacht.“

„Ich wurde überfallen“, entgegnete Jenny. Zum ersten Mal kam ihr der Gedanke, dass Elisa sich ja auch hätte ankündigen können.

„Das geht so nicht, Jenny“, fuhr Elisa fort. „Die ganze Straße spricht über dich. Also auch über mich.“

„Und?“ Jenny zuckte mit den Schultern. Sie würde nicht um Mitgefühl für ihr geschwollenes Gesicht betteln. Aber ein bisschen seltsam fand sie es schon, dass Elisa gerade nur an sich dachte.

„Für meine Arbeit als Personal Coach sind solche Geschichten einfach der Supergau, Jenny“, erklärte sie.

„Solche Geschichten?“, erwiderte Jenny.

„Bad News sind schlecht fürs Business. Reputation ist in meiner Branche alles. Darauf basiert mein kompletter *value*. Wenn die Leute mich mit Kriminalität in Verbindung bringen, kann ich einpacken."

„Kann ich verstehen. Aber wieso erzählst du mir das? Kriminelle sind mein Beruf. Das wusstest du doch vorher."

„Die Menschen sind nicht dumm", erwiderte Elisa. „Sie wissen, dass du die Schwester des Mörders bist."

„Das wäre mir neu." Jenny rieb sich die Augen. Starker Tobak so kurz nach dem Aufstehen.

„Es steht in der Zeitung", insistierte Elisa. Jenny fiel der Artikel ein, von dem Simon gestern gesprochen hatte.

„Mag sein. Aber verurteilt ist er jedenfalls noch nicht."

„Ja, ja, vielleicht in deiner Welt. Und meinetwegen auch in meiner", entgegnete Elisa und wischte sich eine Haarsträhne aus dem Gesicht. „Aber nicht für die Nachbarn. Für die steht fest, dass er es war. Es kam ja auch schon in den Nachrichten. Und du bist seine Schwester. Zusammen habt ihr das Verbrechen nach Sylt gebracht. Die ticken eben so. Das weißt du doch!"

„So ein Unsinn!", rief Jenny. Ihren Kiefer durchzog ein stechender Schmerz. „Niemand tickt so. Das bildest du dir ein, Elisa."

„Kann sein, aber du musst trotzdem hier raus", erklärte sie. „Und zwar sofort."

„Ich muss was?" Warum wurde sie auf einmal behandelt wie eine Täterin? War sie nicht das Opfer?

„Du kannst dich noch schnell duschen und dann packst du bitte deine Sachen zusammen", forderte Elisa sie auf.

„O.K." Jenny überlegte kurz, ob sie Einspruch erheben sollte. Aber was sollte das bringen? Elisa schien sich entschieden zu haben. Jenny sollte verschwinden. Auch eine Art, die ohnehin eingeschlafene Freundschaft endgültig zu beenden.

„Sorry", sagte Elisa. „Aber es muss wirklich sein."

Jenny blieb stumm. Das ‚Sorry' hätte sie sich sparen können, dachte sie. Und auf die Dusche kam es jetzt auch nicht mehr an.

*

Jenny saß ihrem Wagen und starrte auf die Dünen, über denen sich die Wolken wie angestaubte Zuckerwatte zusammenballten. Sie hatte sich auf den ersten freien Parkplatz gestellt. Der Wind rüttelte an der Folie, mit der sie ihre Seitenscheibe notdürftig repariert hatte, ihr knurrte der Magen und sie überlegte, wo sie einen Kaffee herbekommen könnte. Dann klingelte ihr Telefon. Eine Flensburger Nummer.

„Ich bin es", meldete sich Jens.

„Ähm … du?", erwiderte Jenny. „Mit dir hab ich am wenigsten gerechnet."

„Ich habe gerade mit den Eltern telefoniert", gab ihr Bruder zurück. „Die sind völlig fertig."

„Ja, die Nachricht hat sie mitgenommen. Besonders Papa …"

„Er meinte, es hätte mit mir zu tun", unterbrach Jens sie.

„Ja, klar. Mit wem sonst?", gab Jenny zurück.

„Ich weiß nicht, ob wir von derselben Sache sprechen, aber ich meine das eingeworfene Fenster", fuhr ihr Bruder fort. „Es ist letzte Nacht passiert. Das Wohnzimmerfenster im Haus der Eltern."

„Was?", rief Jenny.

„Hast du eine Erklärung dafür, Frau Superpolizistin?", fuhr Jens fort.

„Das waren sicher irgendwelche Kinder", erwiderte sie. Doch sie wusste, dass das gelogen war. Das Autofenster, die Prügelattacke und jetzt das Haus ihrer Eltern. Jenny streckte den Kopf nach draußen in den Wind. Sie brauchte dringend frische Luft.

„Vergiss es!“, fuhr Jens sie an. „Das hängt mit dem Mord an diesem Behrend zusammen.“

Einen vermeintlichen Mörder ließ die Justiz normalerweise nicht unbehelligt telefonieren. Wurde Jens abgehört? Gab es einen richterlichen Beschluss, von dem sie nichts wusste? Wenn sie weiter auf Sylt ermitteln wollte, musste sie unterm Radar bleiben. Also bloß nicht verplappern, Frau Arens!

„Das glaube ich auch, Jens“, erwiderte Jenny. „Deshalb frage ich dich nochmals, ob du nicht doch irgendetwas mitbekommen hast. Vielleicht weitere Namen oder Orte?“

Wieder kam ihr der Name Wolfi in den Sinn. Sowohl Frau Langer als auch Tino hatten ihn erwähnt. War es dieser Wolfi, der kein Interesse daran hatte, dass Jenny in dem Fall ermittelte? Stand er hinter den Angriffen auf sie und ihre Eltern? Zu welchen Mitteln würde er noch greifen?

„Ich weiß nichts“, entgegnete Jens resigniert. „Und meine Zeit ist auch rum. Muss auflegen. Ciao!“

„Bis bald!“

Nachdem sie aufgelegt hatte, musste sie an ihren Traum denken. Vor ihrem inneren Auge sah sie Jens in dem unterirdischen Raum stehen. Ein Bunker auf Sylt … Ihr fiel das Buch ein, das Simon erwähnt hatte, *Die Festung Sylt*. Sie wählte seine Nummer.

„Wollte dich auch gerade anrufen“, meldete sich der Kollege. „Wie geht es dir?“

„Gut. Was machst du gerade?“, erkundigte Jenny sich.

„Ich wollte zu dir“, erwiderte Simon. „Habe von dem Überfall auf dich gehört.“

„Was? Wer hat dir davon erzählt?", rief Jenny.

„Jakobi hat Spengler angerufen. War doch klar. Dachtest du etwa, dass der Angriff auf eine Polizistin einfach unerwähnt bleibt?"

„Scheiße! Was weiß Spengler noch?", fragte Jenny.

„Ganz sicher ahnt er was von deinen geheimen Ermittlungen. Ganz dämlich ist er ja auch wieder nicht. Wenn jemand krank ist, hält er sich in aller Regel zuhause auf. Und du wohnst ja bekanntermaßen in Niebüll."

„Denkt er, dass die Attacke auf mich etwas mit dem Mord an Behrend zu tun hat?", bohrte Jenny weiter.

„Das habe ich mich auch gefragt", antwortete Simon. „Ich denke, nicht. Schließlich halten sie alle deinen Bruder für schuldig. Sowohl Spengler als auch der Staatsanwalt. Da passt dieser Angriff nicht so recht ins Bild. Soweit ich weiß, gehen sie alle davon aus, dass es ein versuchter Raubüberfall war."

„Auch wieder praktisch", erwiderte Jenny und räusperte sich. „Übrigens hat mich meine Gastgeberin rausgeworfen."

„Wieso das denn?", erkundigte sich Simon.

„Das weiß ich auch nicht so genau", entgegnete Jenny. „Der Überfall hat ihr wohl einen Schrecken eingejagt. Ich musste Hals über Kopf das Haus verlassen."

„Also, falls du auf Sylt bleiben willst, könnte ich bei meiner Schwester nachfragen", antwortete Simon. „Die haben sicherlich ein Zimmerchen übrig. Ein ganzes Ferienhaus an den Wenningstedter Dünen wird es aber nicht mehr. Wenn dir das nichts ausmacht."

Jenny hatte das zugleich gehofft und befürchtet. Sie stünde noch tiefer in Simons Schuld. Aber das Angebot konnte sie unmöglich ausschlagen. „Ich wäre dir echt dankbar. Hoffentlich schmeißen die mich nicht auch nach einem Tag wieder raus."

„Wenn du möchtest, können wir uns gleich in der Pension treffen", erwiderte Simon. „Es gibt da noch etwas, das ich mit dir besprechen muss."

„Und?", hakte Jenny nach.

„Die Schlagzeile über deinen Bruder hat die Runde gemacht. In den Medien kochen sie die Aussage deines Bruder so richtig hoch", erklärte Simon. „Jetzt sprechen sie sogar schon von Geständnis."

19. Kapitel

Jenny, Simon, Tino und Enna saßen am Mittagstisch. Vor ihnen dampfte eine Bouillabaisse. Der würzige Geruch von Fenchel, Knoblauch und Pastis lag in der Luft. Ein kühler Riesling ließ die Weingläser beschlagen. Es war das erste Mal seit Tagen, dass Jenny sich entspannen konnte. Das wohlige Gefühl war ganz plötzlich über sie gekommen. Na ja, ein klein wenig hatte der Wein nachgeholfen ...

„Was ist denn nun mit deiner Nase passiert?", fragte Enna. In ihrer Stimme lag ein leichtes Zittern. Die Blicke richteten sich auf Jenny.

„Ein versuchter Raubüberfall", erwiderte Jenny nach kurzem Zögern. Oder hätte sie besser sagen sollen, dass es der Einschüchterungsversuch eines Mörders gewesen war? Entsprach das der Wahrheit? „Ich bin mir sicher, dass die Kollegen die Täter bald zu fassen kriegen."

„Also, die Methode kennt man ja eher aus Südafrika, aber nicht von Sylt", warf Tino ein. „Das Motorrad und diese Brutalität direkt vor der Haustür. Ist eigentlich untypisch."

„Die Leute in Wenningstedt sind ziemlich verängstigt. Einige sprechen schon von Bürgerwehr", bemerkte Enna. „Erst der Austernmord, dann der Überfall. Das ist einfach zu viel. Sie sind Ruhe gewöhnt hier auf Sylt."

Jenny merkte, wie ein Schuldgefühl in ihr aufkam. Unauffällig blickte sie zu Simon. Bei ihm stand sie zweifellos in der Schuld. Ohne seine Hilfe wäre sie aufgeschmissen. Direkt danach kamen die Hansens. Sie halfen ihr mit der Unterkunft, obwohl Enna sich sichtlich unwohl in ihrer Nähe fühlte. Vielleicht dachte sie das Gleiche wie Elisa. Dass Jenny geschäftsschädigend war, dass sie das Unglück anzog ... Glaubte sie jetzt etwa schon selbst daran?

„Hat Jens eigentlich schon einen Verteidiger?“, fragte Tino in die Runde.

„Er hat einen Pflichtverteidiger, mit dem er nicht reden will“, gab Jenny resigniert zurück.

„Ich frage, weil ich mich gestern mit einem befreundeten Hamburger Strafrechtsexperten unterhalten habe, der sich für den Fall interessiert“, entgegnete Tino. „Er würde ein moderates Honorar verlangen, hat er mir versichert. Vielleicht überlegst du es dir ja mal.“

„Es ist nicht unbedingt so, dass ich in der Sache viel zu sagen hätte“, erwiderte Jenny. „Mein Bruder lässt sich ja kaum helfen.“

„Warum eigentlich?“, wollte Enna wissen.

„Tja, mit der Frage schlage ich mich schon mein ganzes Leben lang herum“, gab Jenny zurück. „Er war noch nie ganz einfach. Ich glaube, um sein Selbstvertrauen ist es auch nicht besonders gut bestellt. Während seiner Schulzeit hat ihm ein Psychologe auch mal autistische Züge attestiert. Vielleicht hängt es damit zusammen.“

„Hat er überhaupt jemanden, dem er nahe steht?“, fragte Tino.

„Bis zu ihrem Tod vor zwei Jahren war es meine Großmutter“, antwortete Jenny. „Soweit ich weiß, hatte er auch noch nie eine Freundin.“

Tino und Enna warfen sich vielsagende Blicke zu. Jenny ahnte, was ihnen durch den Kopf ging. Sie fragten sich sicherlich, wie sie so jemanden bei sich hatten einstellen können. War ihnen eigentlich bewusst gewesen, dass sie quasi in Vorleistung gegangen waren? Dass die Anstellung in der Pension eine Chance für ihn gewesen war?

„Und er war nie in Behandlung?“, hakte Enna nach.

„Er hat sich immer geweigert“, entgegnete Jenny. „Und zuhause traute sich niemand, das Thema anzusprechen.“

„Vielleicht wäre jetzt der richtige Moment für eine Therapie“, schlug Simon vor.

Jennys Telefon vibrierte. Zögerlich blickte sie auf das Display. Ein anonymer Anruf. Entschuldigend blickte sie zu den Gastgebern und steckte es wieder in ihre Tasche. Doch kurz darauf versuchte es der unbekannte Anrufer noch einmal.

„Geh ruhig ran“, sagte Enna.

„Danke“, erwiderte Jenny und nahm das Gespräch entgegen. Langsam erhob sie sich vom Tisch und begab sich in das Nachbarzimmer.

„Hallo, Frau Arens“, ertönte eine männliche Stimme am anderen Ende der Leitung.

„Mit wem spreche ich?“, entgegnete Jenny.

„Mit einem Freund“, kam es zurück „Meinen Namen kann ich Ihnen nicht nennen. Aber ich kann Ihnen vielleicht helfen.“

„Worum geht es?“, fragte Jenny, während sie ihr Notizbuch zückte.

„Sie suchen nach einem Mann namens Wolfi, nicht wahr?“, erkundigte sich der Anrufer.

„Könnte sein“, gab Jenny zurück. Im Kopf ging sie rasch die Personen durch, die von Wolfi wussten. „Wieso fragen Sie?“

„Sie haben sich bei einigen Leuten erkundigt. Das hat sich herumgesprochen. Sie vergessen, dass Sylt eine Insel ist“, fuhr der Unbekannte fort. „Und nun zu Ihrem Wolfi. Der Mann ist ein Obdachloser, der in einem Bunker in den Dünen lebt.“

„Wo kann ich ihn finden?“, fragte Jenny.

„Sie müssen nach List. Dann fahren Sie die Mövenbergstraße in Richtung Ellenbogen. Exakt vierhundert Meter vor der Jugendherberge sehen Sie links einen Steinhaufen. Nicht besonders groß. Dort gehen Sie in die Dünen hinein. Sie laufen immer geradeaus und stoßen nach etwa einhundert Metern auf die Grundrisse eines Bunkers. Rufen Sie einfach nach Wolfi. Er wird schon herauskommen. Falls nicht, gehen Sie eben zu ihm hinunter. Die Tür ist leicht zu erkennen. Gehen Sie heute noch. Er wartet auf Sie.“

Noch ehe Jenny antworten konnte, hatte der Mann aufgelegt. Eilig kritzelte sie die Informationen in ihr Notizbuch. Anschließend öffnete sie Google-Maps auf ihrem Smartphone und tippte die Mövenbergstraße in das Suchfeld ein. Schnell fand sie die Stelle, die ihr der unbekannte Tippgeber beschrieben hatte und wechselte in den Satelliten-Modus.

„Tatsächlich!“, murmelte sie, als sie den Steinhaufen ausfindig gemacht hatte. Nach kurzem Suchen fand sie sogar die viereckigen Grundrisse in der grün-braunen Heide. Endlich eine Spur!

Simons Kopf erschien in der Tür. „Und? Wer war das?“

20. Kapitel

Claas Krause-Pérez war die Krankheitsvertretung des Pflichtverteidigers von Jens Arens. Der verführerische Blick, der edle Anzug und die übergeschlagenen Beine verrieten, dass er Kameras gewohnt war. Vielleicht war er ja nebenbei auch Influencer auf Instagram oder Model für Männermode. Auf jeden Fall machten sich die Gene seiner spanischen Mutter bemerkbar, dieser olivfarbene Teint, die dunklen Locken und die sinnlichen Lippen. Krause-Pérez wusste um seine Wirkung und er setzte sie nicht selten auch ein, um seine Ziele zu erreichen. Bei Frauen, bei Richtern, bei Geschäftspartnern. Doch der merkwürdige Mandant, der dort in der Ecke schmollte, schien sich nicht durch seine mediterrane Anmut beeindrucken zu lassen. Ganz im Gegenteil, er würdigte ihn keines Blickes.

„Also, ich zähle nochmals die Beweise auf, die gegen Sie sprechen“, erklärte der Krause-Pérez. „Wir hätten da die vermeintliche Mordwaffe, ein Lenkradschloss, das laut Ihrer Aussage Ihnen gehört und auf dem sich Blut, Haare und sogar Hautpartikel des Opfers befunden haben. Die forensische Untersuchung des Gegenstandes gilt als abgeschlossen und ist quasi so gut wie nicht anfechtbar ...“

Krause-Pérez hielt inne, weil er glaubte, eine Regung seines Mandanten wahrgenommen zu haben. Ein Zwinkern oder ein Zucken im Mundwinkel vielleicht? Doch er hatte sich geirrt. Jens Arens machte keine Anstalten, die Ausführungen des Verteidigers zu kommentieren. Nicht einmal mit seiner Mimik. Vielleicht war ihm seine ausweglose Lage ja bereits bewusst. Der Kerl war die reinste Verschwendung von Lebenszeit.

„Weiterhin gibt es ein blutverschmiertes T-Shirt“, fuhr der Anwalt fort. „Es wurde in der Nähe des Tatortes gefunden und das Blut darauf wurde eindeutig dem Opfer Arno Behrend zugeschrieben. Als weitere Spur gilt den Ermittlern der Hundekot, der an Ihrem Schuh gefunden wurde. Er stammt von demselben Hund, der auch in der Nähe von Behrends Wohnmobil sein Geschäft verrichtet haben muss. Die Ermittler gehen davon aus, dass Sie in den Haufen getreten sind, bevor oder nachdem Sie die Tat verübt haben. Haben Sie etwas dazu zu sagen?“

Krause-Pérez zog ein teures Smartphone aus der Innentasche seiner dunkelblauen Anzugjacke. Seine Geliebte hatte ihm gerade ein paar schicke Bildchen geschickt. Aus den Augenwinkeln versicherte er sich, dass weder Arens noch der Justizbeamte an der Tür einen Blick auf das Display erhaschen konnten. Dann öffnete er das erste Bild. Langsam wölbte sich seine Hose.

„Also, Herr Arens“, befand Krause-Pérez, ohne den Blick von seinem Smartphone abzuwenden. Langsam ging er von einem Foto zum nächsten. „Ich rate Ihnen, dass Sie ein Geständnis ablegen. Zeigen Sie Reue und der Richter wird Sie wegen Totschlags mit fünf bis acht Jahren davonkommen lassen. Wir werden die ganze Sache so hinbiegen, dass Sie das Lenkradschloss nicht in der Absicht mitgenommen haben, den Behrend umzubringen, sondern um sich notfalls verteidigen zu können. Erst nachdem Behrend seine Drohungen gegen Sie erneuert hatte und Sie mit einem Angriff rechneten, haben Sie zugeschlagen. O.K.?“

Krause-Pérez wusste, dass seine Strategie nicht sonderlich gut durchdacht war. Schon allein deshalb, weil Behrend hinterrücks erschlagen worden war. Aber das kümmerte ihn nicht wirklich. Er hatte eine Verabredung, der er unbedingt nachkommen musste. Sie hatte mit den Fotos auf seinem Handydisplay zu tun …

„Jemand hat meinen Eltern ein Stein ins Fenster geworfen“, sagte Jens plötzlich. „Was ist damit?“

„Ich verstehe Sie nicht.“ Der Anwalt zog die Augenbrauen hoch und kratzte sich an dem glattrasierten, iberischen Kinn. „Was soll damit sein? Das ist eine Straftat.“

„Es ist meinetwegen passiert.“

„Erklären Sie sich, junger Mann.“ Entnervt ließ er sein Smartphone in die Anzugtasche gleiten. „Mit Andeutungen kommen wir nicht weiter. Das zieht sich jetzt schon eine halbe Stunde lang hin. Wenn Ihnen Ihre Eltern wichtig sind, dann sollten Sie vielleicht mal ein Wörtchen mit mir sprechen. Ich bin nämlich Ihr Verteidiger.“

Jens nickte wortlos.

„Verstehe ich es richtig, dass Ihnen das Wohl Ihrer Eltern am Herzen liegt?“, bohrte der Anwalt weiter.

„Ja“, entgegnete Jens einsilbig. „Jemand hat dort einen Stein in Fenster geworfen und es muss mit der Sache auf Sylt zu tun haben.“

„Das kann sein“, fuhr Krause-Pérez fort. „Aber bevor wir uns mit dem Haus Ihrer Eltern beschäftigen, sollten wir uns über eine Strategie für Ihre Verteidigung einig werden. Verstehen Sie, dass Ihnen ein Geständnis viele Jahre Gefängnis ersparen kann?“

Der Anwalt sah, dass sich etwas in Jens‘ Gesicht regte. War das Zustimmung gewesen? Hatte der Kerl überhaupt auch nur ein Wort von dem verstanden, was er ihm gerade erzählt hatte? Ach, eigentlich war es ihm auch egal. Langsam wanderte seine Hand wieder in die Anzugtasche.

21. Kapitel

Das Thermometer war gefallen, der Wind pustete einem ungefragt in die Ohren und die Sonne hatte sich verschüchtert hinter einen dicken Vorhang aus Wolken zurückgezogen. Eigentlich sprach alles für den Herbstspaziergang, den Jenny ihm vor drei Minuten versprochen hatte. Deshalb legte Simon wohl auch seine Stirn in Falten, als sie nach dem Verlassen des Hauses ihre Schritte schnurstracks in Richtung Auto lenkte.

„Wohin geht es?", erkundigte er sich.

„Hast du deine Taschenlampen im Wagen?", fragte Jenny ihren Kollegen auf dem Weg zum Parkplatz.

„Ja", entgegnete Simon und stolperte ihr hinterher. „Aber du klärst mich jetzt bitte auf, was genau du vorhast. Hat es was mit dem Anruf von eben zu tun?"

„Kennst du die Dünen in Nord-Sylt? Den Abschnitt zwischen dem Klärwerk List und der Jugendherberge?", fragte Jenny unbeirrt zurück.

„Lass mich raten", erwiderte Simon. „Dein ominöser Wolfi hat dich angerufen und dir mitgeteilt, in welchem Bunker sich Yildiz versteckt hält."

„Ich weiß nicht, wer es war. Er hatte die Nummer unterdrückt und wollte mir seinen Namen nicht verraten", entgegnete Jenny. „Aber er hat mich wissen lassen, wo wir Wolfi finden können."

„Und du bist nicht skeptisch?"

„Natürlich bin ich das. Aber was bleibt mir momentan schon anderes übrig? Ich habe keine anderen Spuren“, antwortete Jenny. „Und vielleicht ist das ja eine.“

„Mmh …“ Simon brummte nachdenklich und zog die Augenbrauen hoch. „Ich denke nicht, dass Jens das weiterhilft.“

„Was willst du damit sagen?“, fragte sie.

„Es tut mir ja leid, aber ich glaube von Stunde zu Stunde mehr, dass Jens ein unfassbar dummes Missgeschick passiert ist. Es steckte vielleicht nicht mal Absicht dahinter, aber er wird die Verantwortung für die Tat übernehmen müssen.“

Jenny musste schlucken. Schon wieder so ein Hieb in die Magengrube. „Du kennst ihn nicht. Er ist vielleicht dumm, aber nicht gewalttätig.“

„Also bitte!“, widersprach Simon und startete den Wagen. „Und was war mit der Schlägerei in der Pension? Dort gab es Zeugen.“

„Er ist angegriffen worden. Sonst hätte er niemals zugeschlagen“, verteidigte Jenny ihren Bruder weiter. Bei den Worten tauchten Bilder aus ihrer Kindheit in ihrem Kopf auf. Wie Jens ihr Spielzeug zerbrach, ihre Süßigkeiten stahl und sie wegen ihrer dünnen Beine hänselte und wie daraufhin ihr Vater Jens mit Schlägen bestrafte. Oft forderte er Jenny dazu auf, ihm dabei zuzusehen. Er nahm wohl an, es sei eine Genugtuung für sie, wenn sie ihren Bruder weinen sähe. Aber das war es nicht. Sie litt sogar doppelt. Unter ihrem Bruder, der sie drangsalierte, um den Druck abzulassen, den er vom Vater bekam, und unter ihrem Vater, der ihren Bruder quälte und sie zur Mittäterin machte.

„Wie du meinst“, sagte Simon.

Unterdessen passierten sie Wenningstedt. Jenny blickte nach Osten. Dort bohrte sich der ‚Lange Christian' in den aufziehenden Dunst. Ihr gefiel das gigantische, weiße Leuchtfeuer mit der schwarzen Bauchbinde.

„Liegt dort irgendwo nicht auch ein Bunker?", fragte Simon und zeigte in Richtung Leuchtturm.

„Ja. Hinter dem ‚Langen Christian', auf halbem Weg zur Küste", erwiderte Jenny. „War ein Luftschutzbunker für Zivilisten."

„Stimmt es eigentlich, dass die meisten Bunker bereits im Ersten Weltkrieg errichtet worden sind?", fragte Simon.

„Teilweise", erwiderte Jenny. „Im Ersten Weltkrieg baute die Reichswehr mehrere Verteidigungsanlagen an der Westküste, die vor allem aus Schützengräben und Kasernen bestanden. Die Bunker, Flaktürme und Waffendepots kamen dann überwiegend unter Hitler, da die deutsche Heeresführung einen Angriff der Alliierten auf die Insel erwartete."

„Was du so alles weißt", sagte Simon anerkennend.

„Eine Frau kennt sich mit Militärgeschichte aus", erwiderte Jenny. „Das hättest du nicht erwartet, oder?"

*

Schließlich kamen sie am Lister Klärwerk an und stellten den Wagen auf dem kleinen Parkplatz ab, der direkt an der Mövenbergstraße lag. Nach Osten ging der Deichweg ab, auf dem ein Pärchen in leuchtenden Funktionsjacken dem Wind trotzte. Sie mussten nach Westen.

„Danke", sagte Jenny nach ein paar Schritten. „Du riskierst deinen Arsch für mich und glaubst nicht mal daran, dass das alles überhaupt Sinn macht. Das weiß ich zu schätzen."

„Diesen Wolfi scheint es ja wirklich zu geben. Also müssen wir ihn auch ausfindig machen. Wüsste trotzdem gern, wer hinter dem Anruf steckt, wenn du verstehst, was ich meine."

„Geht mir genauso", gab Jenny zu, während sie der Mövenbergstraße folgten. „Anonyme Tippgeber waren mir schon immer unsympathisch."

„Übrigens sollte Spengler nicht unbedingt von unserem romantischen Dünenspaziergang erfahren", bemerkte Simon und warf ihr ein verschmitztes Lächeln zu. „Das könnte Ärger für uns beide geben."

Jenny nickte nur und sah konzentriert auf ihr Smartphone. „So! Hier müssten wir uns in die Dünen schlagen."

„Möglichst unbemerkt", erwiderte Simon und sah sich um. Sie hatten Glück. Weit und breit waren weder Mensch noch Auto in Sicht. Nur die Möwen am Himmel beäugten sie misstrauisch.

„Na dann mal los!", rief Jenny.

Auf einem schmalen Pfad hasteten sie in die Dünen hinein und umrundeten nach etwa dreißig Metern einen Hügel. Dahinter verschnauften sie zum ersten Mal. Die Straße war von hier aus nicht mehr zu sehen. Einige Minuten später stießen sie auf Mauerreste. Unter einer dünnen Schicht Sand und Heidekraut ließen sich Betonplatten ausmachen.

„Hier!", rief Simon plötzlich und winkte Jenny zu sich. „Das muss es sein."

Vor seinen Füßen lag eine Betonfläche, auf der eine Stahlklappe befestigt war. Simon beugte sich hinunter und zog an dem verrosteten Griff. Die Luke ließ sich erstaunlich leicht öffnen. Darunter tat sich ein schwarzes Loch auf, aus dem eine modrige Kälte emporströmte.

„Wolfi!“, schrie Jenny in den Bunker hinein. Der Hall ließ auf einen eher kleinen Raum schließen. Eine schmale, eiserne Leiter führte in die Tiefe. „Wolfi!“

„Wolfi scheint nicht Zuhause zu sein“, bemerkte Simon.

„Und dabei ist ja nicht einmal klar, ob es dieser hier ist“, stellte Jenny fest. „Laut meinem GPS sind wir exakt vierundneunzig Meter von der Straße entfernt. Der Anrufer hat was von einhundert gesagt.“

„Weiter südlich sehe ich nichts mehr“, sagte Simon und blickte die Düne hinunter. „Dieser hier muss es sein.“

„Dann wollen wir mal sehen.“ Jenny leuchtete mit der Taschenlampe in den Bunker. In etwa drei Metern Tiefe lag der kahle Betonboden. Vorsichtig setzte sie einen Fuß auf die Leiter und stieg hinab. Simon folgte ihr. Unten angelangt umhüllte sie ein muffiger Gestank. Jenny spürte einen leichten Zug auf ihrem Gesicht. Irgendwo musste es einen Durchgang geben. Schweigend ließen die Ermittler die Lichtkreise ihrer Taschenlampen an Wänden und Boden entlanggleiten. Sie erblickten Schmierereien, die aus anderen Zeiten zu stammen schienen, farblose Papierschnipsel, Glasscherben und riesige Spinnweben.

„Dort.“ Jenny hatte einen Spalt in der Wand entdeckt.

„Bist du sicher, dass du da reinwillst?“, fragte Simon verunsichert. „Ich meine, der Bunker sieht nicht gerade bewohnt aus.“

„Die Frage ist, was du unter Wohnen verstehst“, wandte Jenny ein, zwängte sich durch den Spalt und trat auf der anderen Seite in einen langen Tunnel, der zahlreiche Nischen und Nebenkammern aufwies.

„Das ist ja riesig!“, rief Simon aus, der ihr gefolgt war.

„Stauraum“, stellte Jenny fest und zeigte auf massive Regale, die in der Wand eingelassen waren. „Wahrscheinlich für Munition.“

„Damit habe ich echt nicht gerechnet“, bemerkte Simon.

„Also, mir hat man mal erzählt, dass die ganze Insel untertunnelt sei“, entgegnete Jenny. „Wenn ich das hier sehe, glaube ich es sogar.“

„Und du denkst, dass sich hier noch Dinge von Wert befinden können?“, fragte Simon. „Fünfundsiebzig Jahre nach Kriegsende?“

„Es scheint jedenfalls ein paar Leute zu geben, die davon ausgehen“, antwortete Jenny. „Yildiz, dieser Wolfi, Behrend und vermutlich noch weitere.“

„Und was ist mit der Bundeswehr?“, bohrte Simon weiter. „Die war doch auch lange genug auf Sylt. Hätte die über die Jahrzehnte nicht alles hier herausholen müssen?“

„Mmh …“, murmelte Jenny, während sie sich langsam in den Gang vortastete. Die Augen starr auf den Lichtkegel ihrer Taschenlampe gerichtet. „Vielleicht gab es Bereiche, die sie nicht betreten hat, weil sie zugeschüttet oder gesprengt worden waren. Allerdings wird mir bei dem Gedanken gleich ganz anders.“

„Denkst du auch an Minen?“

„Ich habe gelesen, dass es auf Sylt Dünenabschnitte geben soll, die noch mit Weltkriegsmunition kontaminiert sind“, erwiderte Jenny.

„Dann will ich mal hoffen, dass unser Bunker nicht dazu gehört.“

Plötzlich hallte ein markerschütternder Schrei durch den Tunnel, eine Taschenlampe flog in hohem Bogen davon und Jenny sank langsam auf die Knie.

22. Kapitel

Die Frau faltete das maschinengeschriebene Blatt zusammen, steckte es in den Umschlag und roch daran. Die Männer wussten um ihren Duft. Was normalerweise beabsichtigt war, musste in diesem Fall verborgen bleiben. Sie nahm lediglich den Geruch des Klebestreifens wahr. Gut so. Sie beschloss, zu Fuß zu gehen.

Als sie vor die Tür trat, schlug ihr der Wind beinahe den Hut vom Kopf. Ein junger Mann, der ihr entgegen kam, nickte ihr freundlich zu. Sie schenkte ihm ein Lächeln. Hübscher Kerl, dachte sie.

Sie lief die Danziger bis zur Stettiner Straße, bog nach Norden ab und überquerte die Kreuzung, wo die Stettiner zur Hans-Böckler-Straße wurde. Dort befand sich der erste Briefkasten. Sie hielt kurz inne. Ihre Finger befühlten die spitzen Ecken des Briefumschlags. Plötzlich tauchte ein bekanntes Gesicht auf der anderen Straßenseite auf.

„Hallo!", grüßte das Gesicht. Ein Lachen ertönte. „Verschickst du deine Briefe auch noch per Post?"

„Da kommt man sich gleich noch älter vor, nicht wahr?", antwortete die Frau mit dem Brief in der Tasche. „Aber nein, wollte nur mal sehen, wann er geleert wird."

„Neun Uhr morgens", rief die Bekannte von der anderen Straßenseite. „Du bist zu spät."

„Ach, ich habe Zeit."

„Das ist das Schöne am Alter. Der Einzige, der nie Zeit hat, ist mein Mann."

„Tja, selbst schuld." Die Frau mit dem Brief musste lachen.

Zwei oder drei Autos fuhren die Straße entlang. Den Frauen wurde klar, dass es sich so schlecht schnacken ließ. Sie winkten sich noch mal zu.

„Mach's gut!"

„Schönen Tag noch!"

Anschließend lief die Frau mit dem Brief die Böckler-Straße weiter bis zur Tinnumer. Dort fuhr ein ehemaliger Kunde an ihr vorbei und grüßte sie durch das Seitenfenster, zurückhaltend, mit einem kaum wahrnehmbaren Nicken. Den hatte sie auch schon eine ganze Weile nicht mehr gesehen, dachte sie, während sie weiter dem Verlauf der Straße folgte. So kam es eben, wenn die Männer neue Frauen hatten. Sie erinnerten sich einfach nicht mehr an sie. Aber auf lange Sicht kehrten sie alle zurück. Jede noch so frische Liebe bekam früher oder später Schlagseite. Spätestens dann standen sie wieder bei ihr auf der Matte. Das konnte nach einem Jahr sein. Oder nach fünf. Aber es passierte.

23. Kapitel

„Was zum Teufel war das?“, stieß Jenny hervor und hielt sich die Wange. „Es hat mich gebissen.“

„Sah aus wie eine Fledermaus“, entgegnete Simon.

„Ernsthaft?“, entgegnete Jenny besorgt.

„Lass mal sehen“, forderte Simon sie auf.

Jenny schloss die Augen, während Simon ihr Gesicht inspizierte.

„Tatsächlich“, stellte er fest. „Du hast hier zwei winzige, rote Punkte an der Wange. Das ist ein Biss. Wir müssen umkehren. Mit den Viechern ist nicht zu spaßen.“

„Ich bin geimpft“, erwiderte Jenny.

„Willst du es drauf ankommen lassen?“, fragte Simon zurück.

„Lass uns umkehren.“ Jenny griff nach ihrer Taschenlampe und überprüfte sie. Sie funktionierte noch. „Das Vieh hat mir vielleicht einen Schrecken eingejagt!“

„Aber wieso hat sie dich angegriffen?“, wollte Simon wissen. „Soweit ich weiß, sind Fledermäuse friedliche Tiere.“

„Vielleicht bin ich draufgetreten“, vermutete Jenny. „Oder das Biest hatte wirklich Tollwut.“

Als Jenny sich zurück in den Raum zwängte, in dem sie hinabgestiegen waren, erschrak sie. „Was ist hier los?“

„Haben wir uns verlaufen?“, fragte Simon, der dicht hinter ihr stand.

„Entweder das oder ...“

„Die Klappe!“, rief Simon und hielt den Lichtstrahl seiner Lampe an die Decke. Die Metalltür war zu!

„Jemand muss sie geschlossen haben.“ Jenny stieg die Leiter hinauf und stemmte sich mit der Schulter dagegen. Vergeblich. Sie war verriegelt.

„Lass mich mal!““, rief Simon.

Er kletterte hoch und schlug mit dem Handballen mehrmals gegen die Eisenplatte, doch die bewegte sich nicht einen Millimeter. Der Ausgang blieb verschlossen. Unterdessen hatte Jenny einen Blick auf ihr Handy geworfen.

„Kein Empfang“, stellte sie trocken fest. „Na toll!“

„Das kann doch nicht wahr sein!“, fluchte Simon. „Wir haben uns reinlegen lassen wie zwei blutige Anfänger.“

„Mmh ...“, erwiderte Jenny. „Wenn, dann geht das wohl auch auf meine Kappe.“

„Nein, nein, damit fangen wir gar nicht erst an“, protestierte Simon. „Wir beide haben uns dazu entschieden, dem Hinweis nachzugehen. Außerdem habe ich alle nötigen Sicherheitsvorkehrungen getroffen.“

„Wem hast du Bescheid gegeben?“, erkundigte sich Jenny.

„Leif Beeker“, erwiderte Simon. Leif war ein Kollege aus Niebüll, mit dem sowohl Jenny als auch Simon gut klarkamen. „Er kennt die genauen Koordinaten unseres kleinen Ausflugs. Allerdings rührt er sich erst in einer halben Stunde. Falls ich mich bis dahin nicht zurückgemeldet haben sollte.“

„In der Zeit haben wir längst einen zweiten Ausgang gefunden.“ Jenny rieb sich die Wange mit der Bisswunde. „Bleibt die Frage, wer uns hier eingesperrt haben könnte.“

„Ich tippe auf den anonymen Anrufer“, erwiderte Simon.

„Wolfi oder Yildiz“, sagte Jenny.

„Also, bei diesem Wolfi kann es sich auch um eine Erfindung handeln“, wandte Simon ein. „Über den wissen wir wirklich gar nichts.“

„Und Yildiz scheint mir trotz aller offenen Fragen ein recht bürgerliches Dasein zu führen“, sagte Jenny. „Mittelständischer Betrieb, regelmäßige Restaurantbesuche, normaler Kontakt zu den Nachbarn.“

„Für so ein richtig durchschnittliches Leben fehlt ihm allerdings die Familie“, widersprach Simon und lächelte schüchtern. „Findest du nicht?“

„Die habe ich auch nicht“, entgegnete Jenny.

„Führst du also auch kein normales Leben?“, wollte Simon wissen.

„Wenn du so fragst, dann nicht. Aber normal lag mir eh noch nie.“

Jenny drehte sich um ihre eigene Achse. Es blieb ihnen nur der Weg zurück in den Tunnel, der nach allgemeingültiger Tunnellogik ja auch irgendwo hinführen musste. Im besten Fall zu einem weiteren Ausgang. Sie zwängten sich wieder durch den Mauerspalt und traten den Weg ins Ungewisse an.

„Achtung!“, rief Jenny plötzlich, als sie am Ende des Ganges angelangt waren. Vor ihnen tat sich ein rechteckiges Loch auf, von dem ein fauliger Gestank aufstieg. Ein Wasserbecken. Ratlos leuchteten sie die schwarze Wasseroberfläche ab. „Ein Pool der etwas anderen Art.“

„Hier ist Schluss“, stellte Simon resigniert fest. „Es sei denn, wir wollen eine Runde planschen.“

„Siehst du den Steinvorsprung dort drüben?“ Jenny deutete auf die andere Seite des Beckens. „Dort könnte es weitergehen.“

„Willst du ernsthaft durch diese Brühe?“ Simon schüttelte sich. „Wir wissen nicht mal, wie tief es ist. Geschweige denn, was dort drinnen auf uns wartet.“

„Also, im schlimmsten Fall ein paar tote Ratten“, erwiderte Jenny, streifte sich Turnschuhe und Socken von den Füßen und krempelte sich die Hosen hoch. „Los!“

Dann ließ sie sich langsam ins Wasser hinab.

„Willst du wirklich ...?“ Doch ehe Simon dazu kam, weitere Bedenken zu äußern, stand Jenny bereits knietief im Wasser.

„Kalt“, bemerkte sie. „Aber der Gestank ist weniger schlimm, wenn man drinnen steht.“

„Na toll!“, erwiderte Simon. Während Jenny zum anderen Ende des Beckens watete, tauchte ihr Kollege behutsam seine Füße ins Wasser. „Was für eine ekelhafte Suppe!“

„Tatsächlich“, bemerkte Jenny, während sie die Wand über sich ableuchtete. „Hier geht es weiter.“

Sie legte Lampe und Schuhe ab und zog sich am Rand des Beckens hinauf. Vor ihr lag ein weiterer Tunnelgang. Er war länger, aber schmaler als der erste. Außerdem wies er eine leichte Steigung auf.

„Wo kommt dieses Wasser bloß her?“, fragte Simon, der ebenfalls am anderen Ende angelangt war.

„Regenwasser?“, mutmaßte Jenny, die bereits in dem zweiten Tunnel stand.

„Spürst du den Luftzug?“, fragte Simon, der jetzt auch aus dem Becken gestiegen war. „Er ist stärker geworden.“

„Vielleicht ein Belüftungsschacht.“ Jenny hielt inne und leuchte an die Decke. Dort befand sich ein schmaler Schlitz. „Da würde ich gerne mal durchlinsen.“

„Komm!“ Simon lehnte seine Taschenlampe gegen die Tunnelwand und verschränkte beide Hände ineinander. „So schwer bist du ja nicht.“

Jenny stieg in die Räuberleiter, zog sich mit einer Hand hoch und steckte ihre Lampe durch die Öffnung. Sie knipste sie mehrmals ein und aus. „Noch ein Raum. Aber keine Spur von einem Ausgang.“

Als Jenny wieder festen Boden unter den Füßen hatte, gingen die beiden weiter. Nach wenigen Schritten hielt die Kommissarin nochmals inne. In der Wand hatte sie einen Spalt entdeckt, der vom Boden bis zur Decke reichte.

„Eine Schiebetür“, stellte sie fest und versuchte, die Tür zu bewegen. „Sie scheint allerdings blockiert zu sein.“

„Ist vielleicht auch einfach nur eingerostet.“ Simon ergriff die Stahlplatte und rüttelte an ihr. „Keine Chance.“

Jenny war unterdessen weitergegangen. Plötzlich ertönte ein metallisches Geräusch. Eine Art Rasseln oder Klappern.

„Woher kam das?“, fragte Simon.

„Ein untrüglicher Beweis für das, was ich die ganze Zeit geahnt habe.“ Jenny sah ihn ernst an. „Wir sind nicht allein hier drinnen.“

„Meinst du nicht, wir sollten wieder zurück zum Eingang?“, fragte Simon. „Lass es uns dort noch einmal versuchen.“

„Na los!“

Kaum hatte Jenny diese beiden Worte ausgesprochen, schnellte keine Armlänge von ihr entfernt eine rostige Stahltür aus der Wand und schlug mit einem lauten Krachen gegen die Betonmauer der gegenüberliegenden Seite. Ohne lange zu überlegen, rannten Jenny und Simon in Richtung Wasserbecken zurück. Als sie dort angelangt waren, knallte auch die zweite Tür zu, so dass ein abgeriegelter Abschnitt im Tunnel entstand. Jedoch ohne die beiden Kollegen. Sie waren der Falle knapp entgangen.

„Jemand wollte uns da einsperren!“, rief Simon.

„Was zum Glück nicht gelungen ist. Lass uns umkehren.“ Jenny hatte ihre Stimme gesenkt. „Wir warten lieber unter dem Eingang auf Leif.“

„Wer auch immer mit uns hier unten drinnen ist, glaubst du, dass er uns hören kann?“, fragte Simon, während er sich ins Wasser gleiten ließ.

„Keine Ahnung. Aber zumindest weiß er, wo wir uns ungefähr aufhalten“, vermutete Jenny. „Er kann also nicht allzu weit entfernt sein.“

„Wie zum Teufel hat er die Türen bewegt?“ Simon stieg aus dem Becken und schlüpfte wieder in seine Schuhe.

„Per Hand, würde ich denken“, entgegnete Jenny flüsternd.

Plötzlich ertönte über ihnen ein weiteres Geräusch. Diesmal klang es so, als würde jemand eine metallische Klappe auf- und gleich wieder zuschieben. Jenny und Simon reagierten sofort und strahlten die Decke über dem Wasserbecken an.

„Eine Falltür“, flüsterte Simon.

„Ich sehe sie“, erwiderte Jenny. „War das gerade ein Gesicht? Eine Maske? Hat da jemand durchgeschaut?“

„Sah mir auch so aus“, murmelte Simon. „Auf jeden Fall hat er dort oben ordentlich Staub aufgewirbelt.“

Verwundert blickten die beiden auf die feinen Partikel, die im Licht ihrer Taschenlampen hinabschwebten.

„Wo kommt der Staub her?“ Jenny kratzte sich am Kopf. „Ist ja eigentlich ziemlich feucht hier drinnen.“

„Polizei! Wer auch immer Sie sind. Geben Sie ein Zeichen, wenn Sie uns hören!“, rief Simon nach oben. „Und öffnen Sie die verdammte Tür!“

„Lassen Sie uns raus!“, schob Jenny hinterher. „Hier spricht die Polizei!“

Sie versuchten es noch eine Weile, aber außer rauen Kehlen brachte ihnen die ganze Ruferei nichts ein. Jenny war nicht sonderlich überrascht darüber. Derjenige, der sie hier eingesperrt hatte, wusste genau, wer sie waren. Er hatte sie schließlich hierhergelockt.

Die Frage war nur, warum.

24. Kapitel

Jenny und Simon verharrten unter der verschlossenen Einstiegsluke und blickten sich an. Seit einer halben Stunde warteten sie bereits auf Hilfe. Ihr unsichtbarer Widersacher hatte nichts mehr von sich hören lassen und eine seltsame Ruhe hatte sich eingestellt. Jenny kam es so vor, als seien sie in eine Art Meditation verfallen. Als ihr Blick Simons Gesicht streifte, fiel ihr auf, dass seine Pupillen im Schein der Taschenlampe erstaunlich groß wirkten. Hatte er Angst?

„Leif müsste bereits auf dem Weg hierher sein", bemerkte Simon. Jenny vernahm ein leichtes Zittern in seiner Stimme. Es schien, als fröstelte ihn.

„Das wird nicht gut aussehen, wenn sie uns beide zusammen hier rausholen." Jenny kam nicht umhin, sich die Konsequenzen ihrer Aktion auszumalen. Sie fragte sich, wen es schlimmer erwischen würde: Sie, weil sie entgegen einer Dienstanweisung weiter ermittelt hatte, oder Simon, weil er sie dabei unterstützt hatte? „Es tut mir leid."

„Für dich nehme ich das auf mich."

„Ich weiß", erwiderte Jenny, die ahnte, woran Simon dachte, wenn er so etwas sagte. Leider. Außerdem stellte sie fest, dass ihre Stimme jetzt auch irgendwie anders klang. Jedes einzelne ihrer Worte zog ein langes Echo hinter sich her. Seltsam, dachte sie. Es war, als hätte sich die Akustik des Raumes verändert. Neugierig blickte sie sich um.

„Ich hoffe, du weißt, dass du mehr als eine Kollegin für mich bist“, erklärte Simon und schaute zu Boden. „Viel mehr.“

„Ich weiß es sehr zu schätzen, dass du mich in diesen Tagen unterstützt“, entgegnete Jenny und wandte sich Simon wieder zu. „Ich will aber nicht, dass du dir Hoffnungen machst. Ich kann deine Gefühle einfach nicht erwidern. Du weißt das auch.“

„Habe ich nicht die geringsten Aussichten?“ Simon schmunzelte.

„Du bist mein Arbeitskollege“, erwiderte Jenny. „Damit ist alles gesagt.“

„Nimmst du mir meinen Annäherungsversuch damals in Dagebüll noch übel?“, fragte er.

„Nein. Mach dir deswegen mal keine Sorgen. Wärst du aufdringlich geworden, läge der Fall anders. Aber du hast dir nichts zu schulden kommen lassen“, beruhigte sie ihn. „*Nein* heißt zwar immer noch *nein*, aber das bedeutet ja nicht, dass man es gar nicht mehr versuchen darf. Wo kämen wir denn da hin?“

„Das erleichtert mich“, gab Simon zu. „Ich habe mir später noch lange den Kopf zermartert.“

„Warum hast du mich vorher nie danach gefragt?“, wollte Jenny wissen.

„Ich war einfach verunsichert“, erklärte Simon. „Ich musste immer an diese schlimme Geschichte aus Kiel denken. Es gab da eine Reihe von sexuellen Belästigungen und eine betroffene Kollegin quittierte infolgedessen den Dienst. Ein Jahr später nahm sie sich das Leben.“

„Ich habe davon gehört“, sagte Jenny. „Aber das hat doch absolut nichts mit uns zu tun. Zwischen deinem

Kussversuch am Tresen und fortlaufender sexueller Nötigung am Arbeitsplatz liegen Welten."

„Trotzdem habe ich mich gefragt, ob ich nicht doch irgendwie meine Stellung dir gegenüber ausgenutzt habe", erwiderte Simon. „Du warst schließlich neu im Kommissariat und hattest es nicht besonders einfach. War nicht gerade fair, es in so einer Situation zu versuchen."

„Mach dir mal keine Gedanken. Ich weiß mich zu wehren", erwiderte Jenny. „Das mag zwar nicht immer so aussehen, aber ich bin resistenter als so manch andere Frau, die lauthals von sich verkündet, wie selbstbewusst sie doch sei."

„Das stimmt", pflichtete ihr Simon bei. „Gerade zu Anfang gab es nicht wenige, die deine zurückhaltende Art falsch interpretiert haben."

„Die meisten Leute ticken eben so. Sie halten denjenigen, der am lautesten schreit, für stark. Die leisen Töne dagegen legen sie einem als Schwäche aus", erklärte Jenny weiter. „Gerade wir Polizisten sollten doch wissen, dass der Schein oft trügt. Leise Menschen können stark sein und Schreihälse wollen oft nur Anerkennung. Wie viele laute, harte Jungs habe ich schon heulen sehen, als sie allein in der Zelle saßen."

„Trotzdem hatten einige Kollegen in Niebüll den Eindruck, du würdest dich wegducken." Simon kratzte sich die Stirn. „Aber ich denke, seit dem Arosa-Fall ist das auch Geschichte."

Jenny erinnerte sich noch gut. Sie hatte den Fall fast im Alleingang gelöst und das folgende Glückwunschschreiben vom Innenminister hatte viele Kollegen plötzlich freundlicher werden lassen. Es hatte so gewirkt, als hätte sie sich den Respekt im Team erst verdienen müssen, allein, weil sie eine Frau war.

„Manche Dinge werden sich nie ändern", entgegnete Jenny, die plötzlich merkte, dass ihre Körperspannung nachließ und ihr die Augen langsam zufielen. Sie sah zu Simon und nahm ihn nur noch verschwommen wahr. „Ich will ja nicht wehleidig klingen, aber ... Das ist seltsam."

„Was ist?" Simon klang beunruhigt. Er legte ihr seine Hand auf die Schulter.

„Meine Stimme klingt irgendwie komisch", sagte Jenny und wartete einen Augenblick. „Kannst du das auch hören?"

„Nein", antwortete Simon. „Was meinst du?"

„Du klingst nach Kaugummi", murmelte Jenny. „Übrigens kann ich dich durch meine Augenlider sehen."

„Was redest du da für ein wirres Zeug?", fragte Simon verwundert.

„Irgendetwas stimmt nicht mit mir", stellte Jenny fest und öffnete die Augen wieder. „Entweder es war der Biss der Fledermaus oder das Wasserbecken. Das roch schon so nach Chemie."

„Aber müsste ich denn nicht auch etwas spüren?"

„Jeder Körper ist anders", erwiderte Jenny. „Vielleicht merkst du es erst später."

„Du meinst, das Wasser war vergiftet?"

„Vielleicht."

„Aber was soll das gewesen sein?", fragte Simon weiter.

„Perkutan resorbierbare Drogen ... was weiß ich", stammelte Jenny und legte sich auf den Boden. Wieder schloss sie die Augen. Simons Stimme drang als undefiniertes Brummen aus der Ferne zu ihr. Worte konnte sie nicht mehr unterscheiden.

Jenny stand an einem Hafen und sah sich um. Das musste List sein. Genau konnte sie es nicht erkennen. In der Hand hielt sie ein Krabbenbrötchen von Gosch. Der Wind fuhr ihr durch die offenen Haare. Möwen kreischten zu ihr herunter und einige Paare schlenderten an ihr vorbei. Engumschlungen schoben sie sich vorwärts, wie lebensechte Puppen, die auf unsichtbaren Schienen langsam vor sich hin ruckelten. Ab und an gaben sie sich ein sachliches Küsschen. Ihre Münder lächelten pflichtbewusst. Dann schauten sie sorgenvoll in die Wolken, als fragten sie sich, wann wohl der nächste Guss käme.

Plötzlich näherte sich Jenny ein Mann. Er schien außer ihr der einzige zu sein, der auch allein unterwegs war. Auf seiner Nase saß eine große Sonnenbrille.

„Moin!“, begrüßte er sie.

„Sind wir uns schon einmal begegnet?“, wollte Jenny von ihm wissen. Diesen Mann kannte sie doch irgendwoher!

„Sie sollten weiteressen“, empfahl er ihr. „Sonst haut Ihnen Ihr Mittag noch ganz ab.“

Jenny blickte auf ihr Brötchen und stellte fest, dass die gekochten Schalentiere ihr auf winzigen Füßen über die Hand krabbelten und dann nacheinander zu Boden sprangen. Dort wimmelte es bereits von ihnen.

„Wo wollen die denn hin?“, erkundigte sich Jenny.

„Zurück ins Meer“, antwortete der Unbekannte. „Dorthin, wo wir alle einmal zurückkehren werden.“

„Ist es nicht seltsam, dass die Vögel nicht kommen, um sie zu fressen?“, fragte Jenny. Doch im selben Moment stürzten unzählige Silbermöwen vom Himmel und begannen, die kleinen, wandelnden Meerestiere hastig und unter lautem Gezeter zu verschlingen.

„Haut ab!“, schrie der Mann und trat nach den Vögeln. „Lasst sie in Ruhe!“

„Zählen Sie auch zu den Urlaubern, die sich an den Möwen stören?“, fragte Jenny.

„Schreckliche Tiere!“, rief der Mann aus. „Dieses Geschrei und der ganze Dreck, den sie hinterlassen! Wer soll das aushalten?“

„Schreien Sie doch nicht so!“, ermahnte Jenny ihn. „Die Leute drehen sich schon nach uns um.“

In der Tat waren einige Pärchen stehengeblieben. In ihren Augen lag eine Art Neugier. Sie nahmen wohl an, sie hätten eine Pop-Up-Touristenattraktion vor sich. Ein krakeelendes Pärchen, das Krabbenbrötchen auf dem Asphalt verteilte und nach Möwen trat. Wow!

„Ach, falls Sie die Leute da meinen“, erwiderte der Möwenhasser. „Die tun nichts. Das sind nur die Statisten.“

„Sagen Sie, irgendwie kommen Sie mir immer bekannter vor“, sagte Jenny. „Wären Sie so nett und würden Ihre Sonnenbrille abnehmen, damit ich Sie erkennen kann?“

„Wurde ja auch Zeit.“ Der Mann nahm die Brille ab. Dahinter tauchten die Augen ihres Bruders auf.

„Jens? Du bist es?“, rief Jenny erstaunt. „Haben sie dich etwa wieder freigelassen? Wie hast du das denn geschafft?“

„War eigentlich ganz einfach“, entgegnete er und drehte sich um. „Aber ich muss leider weiter. Habe zu tun.“

„Warte noch!“

Jens hielt kurz inne, zog sich das T-Shirt aus und warf es ihr zu. „Hier!“

„Was soll das?“, rief Jenny. Erst jetzt fiel ihr auf, dass er mehrere T-Shirts übereinander trug.

„Das wirst du schon herausfinden.“ Jens entfernte sich langsam. Nach ein paar Schritten zog er sich das nächste Shirt aus und schleuderte es von sich. Das Ganze wiederholte er solange, bis er zwischen den Menschen ver-

schwunden war. Jetzt erst kam Jenny auf die Idee, die Shirts einzusammeln. Die neugierigen Blicke der Spaziergänger ignorierte sie.

25. Kapitel

Als sie aufwachte, sah sie ein blutverschmiertes Gesicht über sich. Es gehörte ihrem Niebüller Kollegen Leif Beeker. Instinktiv sah sie sich nach Simon um und stellte fest, dass sie sich noch in der Düne befand. Ein unentschlossener Wind zupfte hier und da am Heidekraut. In der Ferne segelten ein paar Möwen in der weiten See des Himmels.

„Simon liegt noch unten", sagte Leif. „Keine Angst. Er ist bei Bewusstsein, aber etwas schwach auf den Beinen. Alleine schaffe ich es nicht, ihn hinaufzuholen. Ich habe bereits angerufen. Sie müssten jeden Moment hier sein."

„Wie hast du uns gefunden?", stöhnte Jenny.

„Simons Beschreibung war recht gut", erklärte der Kollege. „Ich habe natürlich nicht daran gedacht, dass ich wirklich etwas finden würde."

„Was hast du denn sonst gedacht?" Jenny zog die Augenbrauen zusammen. Ihr Kopf schmerzte.

„Ich habe vermutet, dass er sein Handy verloren hat." Leif zuckte mit den Schultern. „Wenn ich ganz ehrlich sein soll, habe ich einen Scherz auch nicht ganz ausgeschlossen."

„Was?", rief Jenny.

„Ich habe heute Geburtstag", erklärte Leif. „Und ich kann mich durchaus noch an den einen oder anderen Geburtstagsgag unter Kollegen erinnern."

„Na ja, es war jedenfalls kein Gag“, erwiderte Jenny, immer noch verwirrt. „Und was ist mit deinem Gesicht passiert?“

Doch bevor Leif Beeker ihr eine Antwort geben konnte, ertönte ein wildes Stimmgewirr. Dann tauchten mehrere Köpfe hinter ihm auf. Jenny erkannte Notarzt und Rettungssanitäter.

„Wie viele seid ihr?“, rief der Notarzt, ein großer Mann mit dunklen Haaren und getönter Brille.

„Unten ist noch einer“, erwiderte Beeker. „Mir geht es gut. Ist nur eine Schramme.“

„Na, dann wollen wir den mal da rausholen“, rief einer der Rettungssanitäter und stieg in den Bunker hinab. Zwei weitere Kollegen folgten ihm mit der Trage.

„Moin!“ Die Schirmmütze eines Schutzpolizisten tauchte jetzt auch auf. „Was ist denn hier passiert?“

„Keine Ahnung“, erwiderte Jenny und stützte sich auf ihre Ellenbogen. Sie sah, wie die Rettungssanitäter Simon aus dem Bunker holten, während sie ununterbrochen auf ihn einredeten.

„Wie ist Ihr Name? ... Können Sie mich hören? ... Tut Ihnen was weh?“

„Ich denke, meine Kollegin und ich wurden vergiftet“, entgegnete Simon. „Außerdem braucht sie eine Impfung gegen Tollwut.“

Die Rettungssanitäter tauschten verwunderte Blicke aus. Jenny nickte ihrem Kollegen dankend zu. Sie hatte den Fledermausbiss schon längst wieder vergessen.

„Wenn das so ist, dann sollten wir uns beeilen“, erwiderte der Notarzt und blickte zu den Rettungssanitätern. „Auf die Trage mit ihr. Die müssen beide mit.“

Während Jenny sich auf die Trage legte, bekam sie mit, wie der Notarzt Simon nach den Symptomen befragte.

„Taube Beine … Schwindelgefühl … Halluzinationen“, gab Simon zurück.

„Bei mir auch“, murmelte Jenny.

Es musste das Wasser gewesen sein.

26. Kapitel

Ein paar Stunden später saß Jenny auf einem Stuhl in der Akutabteilung der Sylter Nordseeklinik. Bis auf leichte Kopfschmerzen hatte sie keine Beschwerden mehr. Die Ärzte hatten ihr zur Sicherheit noch eine Impfung gegen die Tollwut verabreicht und Blut für die toxikologische Untersuchung abgenommen. Simon hatte ihr bereits eine Nachricht geschickt. Ihm ginge es besser und er habe bereits mit Spengler und Jakobi gesprochen. Jenny wählte Leifs Nummer.

„Hi!"

„Wie geht es dir?", erkundigte sich Jenny. „Was ist da draußen passiert? Warum hast du geblutet?"

„Ach, nichts weiter" , wiegelte Leif ab. „Ich habe mich zu dämlich angestellt. Das ist alles."

„Raus mit der Sprache!", forderte ihn Jenny auf.

„Die Klappe, unter der ihr euch befunden habt, war mit einem Schloss verriegelt", erklärte er. „Ich habe dich schreien hören und sofort meine Waffe gezogen. Das Projektil ist an der Stahlplatte abgeprallt und hat meine Hand gestreift. Alles halb so wild."

„Du hast Glück gehabt", entgegnete Jenny. „Danke dir."

„Du weißt nicht mehr, dass du geschrien hast, oder?"

„Nein", erwiderte Jenny. „Warum?"

„Deine Schreie klangen schrecklich“, sagte Leif. „Ich wurde nervös. Es hätte ja sonst was dort unten vorgehen können. Deswegen der ungenaue Schuss.“

Jenny wunderte sich. Sie selbst konnte sich gar nicht daran erinnern, dass sie geschrien hatte. Erst jetzt merkte sie, dass sie noch immer nicht klar denken konnte. „Hast du irgendwelche Spuren an der Klappe entdeckt? Irgendjemand muss uns ja dort eingeschlossen haben.“

„Ein paar Fußabdrücke im Dünensand. Nicht sonderlich vielversprechend.“

„Sind die gesichert worden?“, fragte Jenny.

„Ich denke, schon“, erwiderte Leif. „Du kannst dir ja denken, dass der ganze Bereich intensiv abgesucht wird. Spengler hat Verstärkung vom LKA angefordert. Die sollen angeblich mit zehn Mann vor Ort sein. Das wird Tage dauern, bis sie den ganzen Bunker erkundet haben.“

„Hat der Chef noch irgendetwas zu dir gesagt?“, erkundigte sich Jenny.

„Na ja, nicht viel“, antwortete Leif. „Aber auch nichts Gutes. Ich befürchte, er wird sich demnächst bei dir melden.“

„Danke dir nochmals, Leif“, sagte Jenny. „Ich bin dir was schuldig.“

„Kein Thema.“

Als sie aufgelegt hatten, ging Jenny wieder zurück ins Krankenzimmer. Sie setzte sich auf einen Stuhl und betrachtete ihre Zimmernachbarin. Es handelte sich um eine alte Frau, ungefähr achtzig, die sich offenbar die Hüfte gebrochen hatte. Sie schlief. Ihr Gesichtsausdruck war friedlich und beunruhigend zugleich. Jenny fragte sich, ob die Frau das Krankenhaus jemals wieder verlassen würde. Im Stillen hoffte sie es. Doch je länger sie sie betrachtete, desto mehr Zweifel überkamen sie. Wie erstarrt lag sie in ihrem Krankenbett. Ihr Gesicht glänzte wächsern, wie das einer Toten.

Jenny stellte sich vor, sie selbst wäre diese Frau. Was wäre der Unterschied zu ihrem heutigen Ich? Fünfzig Jahre und eine Reihe von mehr oder weniger guten Erfahrungen? Vielleicht gab es aber auch keinen Unterschied und sie beide waren gleich weit vom Tod entfernt. Vielleicht war die Frau in dem Bett sogar im Vorteil. Denn sie hatte ja bereits gelebt. Wenn sie heute noch sterben würde, wäre sie zumindest alt gestorben. War das nicht eine Art Genugtuung? Eine Sicherheit? Jenny hingegen musste mit der Ungewissheit leben, vielleicht doch noch jung zu sterben. Sie schreckte hoch, als ihr Handy vibrierte. Es war Spengler. Leise verließ sie das Zimmer.

„Wie geht es Ihnen?“, erkundigte sich ihr Vorgesetzter mit sachlicher Stimme.

„Die Ärzte sagen, meine Vitalfunktionen seien in Ordnung.“ Jenny wusste, dass Spengler nicht mehr verlangt hatte als die nackte Information. Er wollte nicht höflich sein, er folgte nur dem Protokoll. Und gleich würde er sicher zum eigentlichen Grund seines Anrufs übergehen.

„Ich halte Sie für eine fähige Kollegin und bin froh, Sie in meinem Team zu haben“, begann Spengler. „Deshalb können Sie sicher auch nachvollziehen, dass mir solche Gespräche nicht gerade leicht fallen.“

„Tun Sie sich keinen Zwang an“, erwiderte Jenny.

„Zuallererst sehe ich mich genötigt, Sie zu rügen, weil Sie sich einer Dienstanweisung widersetzt haben“, erklärte Spengler. „Ich hatte Sie aufgefordert, den Ermittlungen zum Fall Behrend fernzubleiben. Darüber hinaus erweckt es den Anschein, als hätten Sie eine Krankheit vorgetäuscht, um eigenständig Ermittlungen durchzuführen. Stimmt das?“

Jenny hatte sich keine Antwort auf diese Frage zurecht gelegt, obwohl sie gewusst hatte, dass sie kommen würde. Es musste auch so gehen. „Mein Bruder sitzt mit einer Mordanklage im Gefängnis und ich habe Grund zur Annahme, dass er unschuldig ist. Nach den Ereignissen in den Lister Dünen mehr denn je."

„Dazu kommen wir noch", wandte Spengler ein. „Zunächst muss ich Ihnen mitteilen, zu welchen Schritten ich mich in Anbetracht Ihres Fehlverhaltens genötigt sehe."

„Jetzt muss ich Sie aber mal unterbrechen", protestierte Jenny. „Ich finde es nämlich nicht ganz unerheblich, wie es zu dem Einsatz in den Dünen gekommen ist. Jemand hat mich auf meinem Handy angerufen ..."

„ ... und Sie haben sich in die Falle locken lassen", unterbrach Spengler sie. „Das war nicht gerade professionell. Sondern hochgradig naiv."

„Wir haben die nötigen Sicherheitsvorkehrungen getroffen", erwiderte Jenny. Sie wusste, dass dieses Argument nicht besonders überzeugend wirkte. Aber sie hatte ja auch noch ein paar Pfeile im Köcher. „Was hätte ich tun sollen? Hätten Sie aufgrund eines einzigen Anrufs einen Großeinsatz ausgelöst? Seien Sie ehrlich, Herr Spengler! Sie hätten auch nichts anderes getan, als ein Zweierteam zu schicken."

„Ich weiß nicht, was ich getan hätte, und konnte es auch gar nicht wissen, denn schließlich haben Sie mich ja nicht informiert", argumentierte Spengler.

„Sie lassen nach wie vor außer Acht, dass es dort draußen jemanden gibt, der mich davon abhalten möchte, Beweise für die Unschuld meines Bruders zu sammeln."

„Da hat er etwas mit mir gemeinsam", sagte Spengler trocken.

„Diese Bemerkung habe ich jetzt mal überhört", fuhr Jenny ihn an. „Denn es ist ja wohl klar, dass nur Behrends Mörder selbst an der falschen Beschuldigung eines Unschuldigen interessiert sein kann."

„Ihr Bruder hat sonst keine Feinde?", fragte Spengler.

„Gut möglich", entgegnete Jenny. „Aber wieso sollte eine unbeteiligte Person versuchen, meinem Bruder einen Mord anzuhängen? Es muss der Mörder gewesen sein."

„Können Sie das belegen?"

„Ja, und zwar mit den Beweisen selbst", erklärte Jenny. „Sie wirken allesamt platziert. Die Lenkradkralle, die Hundescheiße und das blutige T-Shirt."

„Steile These", erwiderte Spengler. Und Jenny wusste, dass seine Zweifel berechtigt waren. Doch leider konnte sie noch nicht alle ihre Trümpfe aus dem Ärmel ziehen.

„Ich werde ...", wollte Jenny erwidern, doch Spengler schnitt ihr das Wort ab.

„Sie werden", sagte er, „ab kommender Woche für einen Monat die Kollegen der Verkehrspolizei unterstützen, pünktlich zu unserer alljährlichen großen Verkehrskontrolle. Sie hätten den Zeitpunkt nicht besser wählen können."

„Ist das Ihr Ernst?"

„Höre ich mich an wie ein Komiker? Meinen Sie, dass ich Ihnen Ihre Eskapaden einfach so durchgehen lasse?", giftete Spengler zurück. „Flensburg schaut mir auf die Finger. Der Mist, den Sie verzapfen, fällt auf mich zurück."

„Schieben Sie es nicht auf Flensburg! Sie handeln eigenverantwortlich, also stehen Sie auch dazu."

„Wen interessiert das nun wieder?", erwiderte er.

„Sollten Sie mich umsetzen, bin ich beim Personalrat. Haben Sie sonst noch etwas?"

„Was wollen Sie beim Personalrat, Frau Arens? Alles noch schlimmer machen?", entgegnete Spengler. „Durch

Ihr Verhalten haben sie das Leben eines Kollegen gefährdet. Sie können froh sein, dass ich es bei einer befristeten Umsetzung belasse. Ich könnte Sie genauso gut endgültig abordnen lassen. Wissen Sie, wie sich das anfühlt, wenn man als Zwangsversetzter in ein neues Team kommt?"

„Will mein Vorgesetzter mich davon abhalten, zum Personalrat zu gehen?", fragte Jenny zurück.

„Machen Sie, was Sie wollen", ätzte Spengler. „Ab Montag werden Sie Fahrradbeleuchtungen kontrollieren. So viel steht fest. Auf Wiederhören!"

„Nicht schlecht", murmelte Jenny, nachdem das Gespräch beendet war. Sie stand auf und schaute sich nach einer Krankenpflegerin um. Sie musste dringend hier raus.

27. Kapitel

Jenny kam in der Norderstraße an und warf einen Blick in den Gastraum von ‚Tinos Pension'. Dort erkannte sie lediglich Frau Langer, die mit spitzen Lippen an einer Tasse Tee nippte. Von Yildiz gab es nach wie vor keine Spur. Sie drückte sich ein wenig auf der Terrasse des Restaurants herum und überlegte, wo sie weitermachen konnte. Vielleicht kam ja der Antiquitätenhändler doch noch vorbei. Oder es tauchte noch ein Kunde von Frau Langer auf. Oder, oder, oder …

Als ihr eine heftige Böe die erste Ladung Regen frontal ins Gesicht klatschte, hatte sie genug vom Warten auf Godot. Sie begab sich auf ihr Zimmerchen, setzte sich auf das schmale Bett und begann, in ihre Gedanken hineinzulauschen. Dort musste irgendwo die Lösung vergraben liegen. Nur wo? Spenglers kehlige Stimme erklang in ihrem Kopf. Sein wutrotes Gesicht tauchte vor ihrem geistigen Auge auf. War sie zu weit gegangen? Möglicherweise. Aber es ging schließlich um ihren Bruder. Ein Eimer Regen prasselte laut aufs Fensterbrett. Sie hob den Blick. Die dunkelgraue Dämmerung hing wie alte Farbe am Himmel fest und auf der Dachkante des gegenüberliegenden Spa-Hotels saßen zwei Krähen, die zu ihr ins Zimmer glotzten.

Es blieben ihr noch drei Tage bis zum Dienstantritt bei der Verkehrspolizei. Drei Tage, um den Mörder zu finden.

Drei Tage, um ihren Bruder zu entlasten. Drei Tage, um Spengler zu überzeugen. Im stummen Zwiegespräch mit den Rabenvögeln von gegenüber würde sie das alles sicher nicht schaffen. So viel stand fest. Eine weitere Krankschreibung, die nicht vom Polizeiarzt kam, würde Spengler kaum akzeptieren. Was sollte sie also tun? Sie wählte die Kontakte auf dem Bildschirm ihres Handys an und suchte nach Andrea Strauss. Allein der Name weckte wieder ein klein wenig Hoffnung in ihr. Eine Berührung mit der Fingerkuppe und sie vernahm den Freiton. Es klingelte.

„Jenny?", meldete sich Andrea. „Was kann ich für dich tun?"

„Hi! Kannst du mir sagen, welche Farbe das blutverschmierte T-Shirt hatte, das die Kollegen der Spurensicherung gefunden haben? Du hast ihm doch Proben fürs Labor entnommen, nicht wahr?", erkundigte sich Jenny.

„Warte mal", erwiderte die Forensikerin zögerlich. „Ich denke, es war weiß. Es war von irgendeiner Fußballmannschaft. Ich habe mir aber nicht gemerkt, welche."

„Bis du sicher, was die Farbe angeht?"

„Vielleicht war es auch hellgrau", gab Andrea zurück.

„Dunkelblau war es nicht?", hakte Jenny nach.

„Definitiv nicht", versicherte Andrea. „Wieso?"

„Mmh ... Irgendetwas stimmt mit dem T-Shirt nicht", erwiderte Jenny. „Ich denke, ich sollte diesen Koch noch mal sprechen."

„Glaubst du, er hat etwas mit dem Mord zu tun?"

„Dafür habe ich bislang keinen Anhaltspunkt. Aber er kann mir vielleicht sagen, ob Jens nach dem Arbeitstag das T-Shirt gewechselt hat", antwortete Jenny.

„Dann solltest du keine Zeit verlieren", entgegnete Andrea.

Nachdem Jenny sich bei der Medizinerin bedankt und aufgelegt hatte, schlug sie Grotmanns Nummer in ihrem Notizbuch nach. Der Koch war kein einfacher Fall. Wahrscheinlich würde er nicht einmal ans Telefon gehen. Nach einem tiefen Seufzer wählte sie seine Nummer.

„Moin!"

Das ging aber schnell, dachte Jenny. „Arens hier, von der Kripo Niebüll."

„Sie sind doch gar nicht mehr mit dem Fall betraut", stellte der Koch fest. „Hat die Chefin zumindest erzählt."

„Frau Hansen?" Jenny wunderte sich. Wieso sprach Simons Schwester mit dem Koch über ihre Ermittlungsarbeit? Was wusste sie noch? Und woher?

„Wer sonst?" Grotmann ließ ein Lachen vernehmen, das irgendwie nach Atemnot klang. „Was wollen Sie denn von mir?"

„Ich würde Ihnen gern genau zwei Fragen stellen", erwiderte Jenny. „Darf ich?"

„Und warum sollten mich Ihre Fragen interessieren?", fragte Grotmann und es klang ein wenig so, als würde er es genießen, dass Jenny ihn bekniete. Widerlicher Kerl, schoss es ihr durch den Kopf. Er ahnte wohl, was als Nächstes kommen würde.

„Sie wissen, dass es um meinen Bruder geht", erwiderte sie.

„Ja, und?" Grotmann lachte. „Offensichtlich war er es ja auch, wenn man den Nachrichten Glauben schenken kann."

„Manchmal kann man das, aber in diesem Fall tue ich es nicht", fuhr Jenny fort. „Außerdem habe ich unserem kranken Vater das Versprechen abgenommen, dass ich alles für Jens tun werde. Das müssen Sie verstehen."

„Jetzt kommt sie mir mit ihrem Vater“, murmelte Grotmann.

Jenny fand, dass die dritte Person zwar eine Distanz schuf, aber gleichzeitig etwas Kumpelhaftes hatte. Würde er vielleicht doch mit ihr reden? „Selbst wenn es gegen meine Überzeugung wäre, würde ich versuchen, Sie zu befragen. Ich muss es für meinen Vater tun. Stellen Sie sich vor, er ist bald nicht mehr und …“

„ … dann würden Sie sich ihr Leben lang Vorwürfe machen“, unterbrach Grotmann sie. „Das versteht sogar ein ungebildeter Koch wie ich.“

„Wieso sagen Sie das?“ Jenny sah sofort ihre Chance. Jetzt schnell ein bisschen Honig ums Maul schmieren! Das funktionierte meistens. „Der Kochberuf ist sehr anspruchsvoll, wenn man ihn ernst nimmt. Man muss planen und improvisieren können, braucht ein gutes Augenmaß und viel Kreativität. Also, ich wäre froh, wenn ich gut kochen könnte. Aber leider bin ich am Herd eine Vollniete.“

„Und essen müssen die Leute auch immer. Hat schon meine Mutter gesagt.“ Grotmann schnurrte zufrieden. Jennys Strategie schien aufgegangen zu sein. Er würde reden. „Worum geht es denn bei Ihren Fragen?“

„Können Sie sich erinnern, welche Farbe das T-Shirt hatte, in dem Jens zur Arbeit gekommen ist?“, fragte sie.

Grotmann lachte laut auf. „Allerdings kann ich das. Ein graues Hansa-T-Shirt. Damit hat er mich als Holstein-Kiel-Fan nämlich direkt provoziert. Ein weißes Hemd hatte er gar nicht dabei.“

„Das hätte er mitbringen sollen?“, fragte Jenny weiter.

„Ja, war aber nicht weiter schlimm. Wir haben ihm eins gestellt. Das hat er dann über das Hansa-Ding drüber gezogen“, erwiderte der Koch. „Das weiß ich noch genau.

Ich habe nämlich den ganzen Tag das Hansa-Rostock-Logo durch das weiße Hemd schimmern sehen.“

„Und mit dem grauen Shirt hat er die Pension dann verlassen?“, bohrte Jenny weiter.

„Nein!“, rief Grotmann. „Er hat das Scheißding ausgezogen und ist in einem blauen T-Shirt abgehauen. Darüber trug er eine schwarze Jacke.“

„Und wissen Sie auch …“

Doch weiter kam die Kommissarin nicht, da der Koch ihr das Wort abschnitt: „ … das waren doch schon zwei Fragen.“

Lautes Lachen erklang, gefolgt von einem Hustenkrampf. Grotmann schien gut drauf zu sein. Sie hörte, dass er etwas trank. Deutlich drangen die Schlucklaute durch die Leitung.

„Ich muss aber wissen, ob er das graue Hansa-Shirt mitgenommen hat“, insistierte Jenny.

„Ja, hat er“, gab der Koch zurück. „Ich habe ihm noch zugerufen, er soll es gleich dalassen, damit ich es für ihn entsorgen kann. Wollte er aber nicht.“

Jenny rang sich ein verkrampftes Lachen ab, lobte den Koch nochmals für die gute Berufswahl und verabschiedete sich höflich.

Hatte Jens das T-Shirt eigens für den Mord wieder angezogen? Nein, definitiv nicht. Ihr Bruder war eher ein reinlicher Mensch, der ein durchgeschwitztes Shirt nicht noch einmal angezogen hätte. Wozu hätte er das auch tun sollen? Zumal er ja schon in dem Shirt gesehen worden war. Nein, das ergab vorn und hinten keinen Sinn. Wo also hatte er das T-Shirt abgelegt? Wahrscheinlich in seinem Auto. Und wie sie ja an der aufgebrochenen Tür gesehen hatte, konnte es jeder von dort entwendet haben. Jeder und wohl auch der Mörder.

28. Kapitel

Die Menschen schlenderten über die Westerländer Friedrichstraße und blieben dann und wann vor einem Schaufenster stehen. Sie murmelten vertraut, lachten laut, diskutierten, riefen ihrem Hund einen Befehl entgegen oder schmiegten sich einfach nur stumm aneinander. Aber alle waren sie zu zweit. Jenny wurde ungeduldig, als sie sie so sah.

Es gab einfach noch zu viele offene Fragen. Wo steckte der Antiquitätenhändler Nuri Yildiz? Wenn Spengler doch nur eine Fahndung nach ihm auslösen würde. Hatte Jens ihr wirklich alles gesagt, was er wusste? Was genau hatte sich am Abend der Tat in ‚Tinos Pension' abgespielt? Was war in den Dünen geschehen? Wer steckte hinter den Angriffen auf sie, auf ihre Eltern?

Sie hatte sich gerade einem alten Mann zugewandt, der friedlich auf einer Bank döste, als sie plötzlich einen kräftigen Stoß von hinten bekam. Dank ihrer Grundausbildung rollte sie sich sicher zur Seite ab und konnte gerade noch einen Blick auf den Angreifer werfen. Er saß auf einem Fahrrad und trat kräftig in die Pedale. Wenige Sekunden später verschwand er in der nächsten Seitenstraße.

„Hey!", schrie der alte Mann auf der Bank, anscheinend ein Obdachloser, wie Jenny jetzt erst erkannte.

„Stehenbleiben!“, rief auch Jenny. Doch es war aussichtslos. Bei dem Antritt musste es sich um ein E-Bike gehandelt haben. Der Kerl konnte mittlerweile sonstwo sein.

„Ich habe es gesehen“, krächzte der Alte. Zwischen einer dicken Wollmütze und einem zerzaustem Bart schauten sie zwei wache, blaue Augen an. Der Mann war in mehrere Lagen Kleidung eingehüllt. Seine Füße steckten in dicken Stiefeln.

„Was haben Sie gesehen?“, fragte Jenny.

„Ungefähr einen Meter achtzig groß, dunkle Kleidung, Schal vor dem Gesicht, schwarze Mütze, das E-Bike war von der Marke Cannondale“, erwiderte er. „Eher ein günstiges Modell.“

„Nicht schlecht“, stellte Jenny anerkennend fest.

„Wenn man auf der Straße lebt, muss man ein guter Beobachter sein“, entgegnete der Bärtige. „Ob auf Sylt oder in Frankfurt.“

„Guten Abend“, stellte Jenny sich vor. „Ich bin …“

„Kommissarin Jenny Arens von der Kripo Niebüll.“ Der Alte richtete sich die Mütze. Unter dem Bart zeichnete sich ein Lächeln ab.

„Sie kennen mich?“ Jenny verbarg ihre Überraschung nicht. Was wusste dieser Mann noch alles?

„Entschuldigen Sie, dass ich mich noch nicht vorgestellt habe“, fuhr der Alte fort. „Ich bin Steve. Sie scheinen mich ja nicht zu kennen.“

„Bislang noch nicht“, murmelte Jenny. Mit einem Seitenblick registrierte sie ein Pärchen, das einige Meter neben ihnen stehengeblieben war und verwundert zu Steve und ihr herübersah. „Und woher kennen Sie mich?“

„Ich habe meine Quellen“, erwiderte Steve und deutete auf die zwei stehengebliebenen Passanten. „Aber ich glaube, die Herrschaften wollen etwas von Ihnen.“

Jenny drehte sich um. Die beiden trugen identische Regenjacken und feste Schuhe. In ihren Gesichtern lag ein bisschen vorgetäuschte Besorgnis.

„Wir wollten fragen, ob alles in Ordnung ist“, sagte die Frau und warf dem Obdachlosen einen pikierten Blick zu. „Wir haben es gesehen.“

„Eine Frechheit war das“, versuchte sich der dazugehörige Mann zu empören.

„Mit mir ist alles in Ordnung“, gab Jenny zurück. „Haben Sie den Mann erkannt?“

„Nein, leider nicht“, erwiderte die Frau.

„Gar nichts?“, hakte Jenny nach.

„Es ging alles viel zu schnell.“

„Schade.“ Jenny drehte sich wieder zu Steve.

„Na dann“, verabschiedeten sich die beiden zögerlich. Jenny spürte ihre neugierigen Blicke. Mit Sicherheit fragten sie sich gerade, warum sie bei dem Obdachlosen stehengeblieben war. Was sollte der Alte schon gesehen haben? Warum war er überhaupt so interessant für die junge Frau mit der geschwollenen Nase. „Einen schönen Abend noch.“

„Tschüss!“ Jenny war erleichtert, dass das Pärchen rasch weitergelaufen war. Jetzt konnte sie Steve noch ein paar Fragen stellen. Ohne Zuhörer.

„Sie wollten wissen, woher ich Sie kenne, nicht wahr?“, fragte der Alte kokett.

„Allerdings“, gab Jenny zu.

„Wenn man so lange hier ist wie ich, dann kennt man sich eben aus“, antwortete Steve. Ein Grinsen entblößte sein mitgenommenes Gebiss.

„Wollen Sie mir jetzt verraten, woher Sie mich kennen, oder nicht?“ Jenny tat ein wenig genervt. Sie wusste, dass es ein Spiel war. Und es machte ihr nichts aus, mitzuspielen. Außerdem wollte sie nicht zurück in ihre triste Unterkunft. Zumindest nicht, solange der Zusammenstoß mit dem Radler noch in ihrem Körper flimmerte.

„Sie haben hier mal einen Fall gelöst“, erklärte Steve. „Das hat sich herumgesprochen. Und außerdem haben Sie der ‚Sylter Rundschau‘ ein Interview gegeben. Denken Sie, wir Penner lesen nicht auch ab und zu mal die Zeitung?“

Steve lachte laut. Jenny fragte sich, ob er nicht vielleicht noch ein paar andere Dinge wusste. Sie nahm neben ihm auf der Bank Platz. Ein Windstoß trieb ihr seinen süßlichen Gestank sofort als Willkommensgruß in die Nase.

„Was wissen Sie über die ganzen Tunnel und Bunker, die es auf Sylt gibt?“, fragte Jenny ihn aus heiterem Himmel.

„Interessantes Thema“, brummte Steve und besah sich seine Fingernägel, die eine gewisse Ähnlichkeit mit Bernstein hatten. Rundgewaschen, goldgelb und mit dunklen Einschlüssen. „Aber damit kenne ich mich leider nicht aus.“

„Gibt es vielleicht Obdachlose, die dort Unterschlupf suchen?“, bohrte Jenny weiter.

Steve rollte energisch mit den Augen. „Ich sagte doch, dass ich nichts weiß.“

„Ich kann verstehen, dass Sie nicht mit der Polizei darüber reden wollen“, bemerkte Jenny. „Aber es geht mir nicht um die Verstecke von irgendwelchen Tippelbrüdern, sondern um Mord. Die Tunnel haben womöglich damit zu tun.“

„Das ist mir schon klar“, brummte Steve. „Aber dazu kann ich Ihnen wirklich nichts sagen. Ich weiß nur, dass die Bundeswehr etliche von ihnen zubetoniert hat. Es gibt Leute, die behaupten, dass sich hinter den zugemauerten Abschnitten noch irgendwelche Kostbarkeiten verbergen. Juckt mich aber nicht. Ich bin zu alt für solche Abenteuer. Und wie Sie unschwer erkennen können, ist mir meine Freiheit wichtiger als der schnöde Mammon. Ich genieße lieber die frische Luft. Bin kein Höhlenforscher.“

„Sie haben von dem Mord gehört?“, fragte Jenny.

„Allerdings. Der Typ hieß Arno Behrend und war Ex-Knacki“, antwortete Steve. „Trieb sich schon ein paar Monate lang auf Sylt herum und fragte alle möglichen Leute danach, ob sie seinen Cousin gekannt haben.“

„Kennen Sie den Namen dieses Cousins?“

„Dörkop“, entgegnete Steve. „Habe ich mal aufgeschnappt. An den Vornamen kann ich mich nicht erinnern.“

„Was wissen Sie noch über diesen Behrend?“, hakte Jenny weiter nach.

„Er hat gesoffen und gehurt“, entgegnete Steve. „Und er ist einigen Leuten Geld schuldig geblieben.“

„Behrend soll sich bei mehreren Personen nach einem gewissen Wolfi erkundigt haben“, fuhr Jenny fort. „Wissen Sie etwas darüber?“

„Ich erinnere mich.“ Der Alte fuhr sich mit seinen gelben Krallen in den Bart und kratzte sich ausgiebig. „Auf den war der Behrend absolut nicht gut zu sprechen. Zwischen den beiden muss es mal was gegeben haben. Wir von der Straße kannten diesen Wolf oder Wolfgang aber nicht. Nie gehört. Wer auch immer das sein mag, er kann froh sein, dass es den Behrend nicht mehr gibt.“

„Hat Behrend mal angedeutet, was er von diesem Wolfi wollte?", hakte Jenny weiter nach.

„Also, meine Gute, Sie tun ja so, als wäre der Behrend mein Seelenverwandter gewesen. Und dabei habe ich ihn vielleicht zweimal persönlich getroffen." Steve drückte sich die Wollmütze etwas tiefer in die Stirn. Als ginge er in Deckung. „Ich kann Ihnen nur sagen, was ich vermute, aber das wird Ihnen nicht weiterhelfen."

„Ach, sagen Sie das nicht."

„Also, wenn Sie mich fragen, haben die drei mal ein Ding zusammen gedreht", erklärte Steve. „Behrend, Dörkop und Wolfi. Weiß der Teufel, was aus Dörkop geworden ist. Vielleicht sitzt er irgendwo in Bayern in seinem Rollstuhl und wartet, bis Behrend mit der gemeinsamen Pensionskasse zurück ist. Oder er schmort selbst noch hinter Schloss und Riegel. Was Wolfi angeht, so glaube ich, dass Behrend eine Spur verfolgt hat. Er schien sich ziemlich sicher zu sein, dass Wolfi hier auf Sylt weilte."

„Jetzt verstehe ich", murmelte Jenny.

Noch am selben Abend benachrichtigte Jenny Simon und Leif. Sie sollten sämtliche Systeme nach Björn Dörkop durchforsten.

29. Kapitel

Auf der Terrasse vor ‚Tinos Pension' spielten ein paar Möwen Stuhltanz, eine Böe fuhr in die melancholischen Heckenrosen, um ihnen die Blätter auszureißen, und dem Himmel fiel dazu nichts anderes ein, als ein weinerliches Gesicht aufzusetzen.

„Und wie war dein Besuch bei Jens?", fragte Jenny, die nachdenklich aus dem Fenster sah und dem frischen Croissant in ihrer Hand ganz langsam den Kopf abbiss.

„Es ging so", erwiderte Simon, während er an seinem Cappuccino nippte. „Eigentlich hatte ich mir mehr erhofft. Er saß mit geschwollenem Jochbein vor mir und schwieg erst mal fünf Minuten. War wohl eine Schlägerei mit Mitgefangenen. Ich habe ihn aber nicht weiter danach gefragt. Stattdessen habe ich ihm erzählt, was uns in den Lister Dünen passiert ist. Und irgendwie hatte ich den Eindruck, dass ihm das nicht egal war. Jedenfalls hat er gesagt, dass wir seinetwegen nicht so einen Aufriss machen sollen."

„Er ist nicht der beste Redner."

„Danach konnte ich ihm trotzdem noch etwas entlocken. Angeblich hat er nämlich bereits am frühen Nachmittag seines Probetages gesehen, wie Behrend mit Yildiz geschnackt hat."

„Wusste er auch, worum es ging?“, fragte Jenny. Vielleicht hätte Simon Jens schon früher verhören sollen. Denn offenbar hatte er einen guten Draht zu ihm.

„Um Geschäfte“, erwiderte Simon. „Jens zufolge haben die beiden über Verkäufe geredet. Wer was an wen verkauft hat, hat er aber nicht heraushören können.“

„Mmh ... Im Moment werde ich noch nicht schlau daraus“, antwortete Jenny. „Aber ich muss immer wieder an den Obdachlosen denken, von dem ich dir vorhin erzählt habe. Der hat mich nämlich tatsächlich auf die Idee gebracht, dass Behrend gemeinsam mit seinem Cousin Björn Dörkop und unserem Wolfi ein Ding gedreht haben könnte. Möglicherweise war Behrend nach Sylt gekommen, um seinen Anteil einzufordern, was Wolfi nicht gefallen hat.“

„Sie könnten die Beute irgendwo in den Bunkern versteckt haben“, vermutete Simon. „Und während Behrend seine Zeit abgesessen hat, hat Wolfi sich an der Beute zu schaffen gemacht und ... “

„ ... sie verkauft“, führte Jenny seinen Satz zu Ende. „Aber was soll das gewesen sein? Uniformen und Orden?“

Im Hintergrund lachte plötzlich jemand laut auf. Jenny und Simon drehten sich um. Außer ihnen saßen noch zwei Paare aus Nordrhein-Westfalen beim Frühstück, deren lautstarkem Gespräch die beiden Kollegen jetzt ungefragt folgten. Es drehte sich um eine Wattwanderung, bei der einer der Männer auf die dämliche Idee gekommen war, einen Priel durchschwimmen zu wollen. Nicht wenige Menschen starben letztendlich aus reiner Langeweile, dachte Jenny, als ein Handy klingelte.

„Leif", sagte Simon und nahm das Gespräch entgegen. Anschließend stöpselte er sein Headset ein und reichte Jenny einen Kopfhörer. „Moin, Kollege!"

„Hallo! Ist Jenny bei dir?", erkundigte sich Leif.

„Hi! Ich höre mit", gab sie zurück.

„Das ist gut", begann Leif seine Ausführungen. „Ich habe Neuigkeiten zu eurem Björn Dörkop. Er ist vor genau zehn Jahren bei einem Unfall im Lister Watt ums Leben gekommen."

„Was für ein Unfall? Hast du es auch genauer?", hakte Jenny mit gedämpfter Stimme und einem Seitenblick zu den anderen Gästen nach. Doch ihre Sorgen, dass von denen jemand mithörte, waren unbegründet. Die waren viel zu sehr mit ihren Abenteuern beschäftigt.

„Laut rechtsmedizinischer Untersuchung ist er ertrunken. Seine Leiche wurde bei Ebbe auf einer Sandbank bei List gefunden. Es hat keine Ermittlungen wegen eines Gewaltdeliktes gegeben. Damals nahm man an, dass er sich nicht mit den Tiden auskannte und sich schlicht überschätzt hat."

„Er war also auf Urlaub?", fragte Jenny.

„Das kann ich leider nicht sagen", erwiderte Leif. „Aber wenn ihr mehr über den Fall wissen wollt, könnt ihr euch ja mal an den Kollegen Christian Manssen vom Polizeirevier Sylt wenden. Er war damals zuständig. Ist aber, glaube ich, schon pensioniert."

„Danke dir, Leif", sagte Simon.

„Keine Ursache", antwortete der Kollege. Seine Stimme stockte für einen Moment. „Hast du es schon gehört, Jenny? Das mit Jens?"

„Du meinst die Prügelei?", fragte Jenny zurück. „Hat mir Simon gerade berichtet."

„Sie haben ihn in Einzelhaft gesteckt“, erwiderte Leif. „Vielleicht kann ihm ja mal einer erklären, dass sich das vor Gericht nicht gerade günstig auswirkt.“

„An den kommt niemand ran“, antwortete Jenny. „Auch ich nicht.“

„Es ist der Stress“, versuchte sich Simon in einer Erklärung. „Und da ihm ja offenbar die Mittel fehlen, sich angemessen auszudrücken, schlägt er einfach zu, wenn es zu viel wird.“

„Sorry! Aber das sollten wir vielleicht besser einem professionellen Therapeuten überlassen. Außerdem wissen wir nicht, was dort drinnen passiert ist“, beendete Jenny Simons Ausflug in die Küchenpsychologie. „Was gibt es sonst noch, Leif?“

„Ob dir das Thema so viel Spaß macht, wage ich zu bezweifeln“, erwiderte Leif zögerlich. „Es geht um eure Bunker-Aktion.“

„Wieso?“, fragte Jenny und warf Simon einen Blick zu.

„Hat Simon noch nicht mit dir gesprochen?“, erkundigte sich Leif.

„Wollte gerade damit anfangen“, rechtfertigte sich Simon. „Dann hast du angerufen.“

„Schieß los!“, fordert Jenny ihn auf.

„Also, Spengler nimmt an, dass jemand die Tür offen vorgefunden und dann vorsorglich geschlossen haben könnte“, fuhr Leif fort.

„Na klar, weil ja auch permanent Leute durch die Dünen wandern“, erwiderte Jenny.

„Wie dem auch sei, Spengler wollte nicht wahrhaben, dass es sich um einen geplanten Angriff auf euch gehandelt hat“, erwiderte Simon.

„Und die Vergiftung?“, wandte Jenny ein. „Die Halluzinationen, die Übelkeit, die vorübergehende Ohnmacht?“

„Er will den rechtsmedizinischen Befund abwarten“, erklärte Leif, „macht aber die Fledermausbisse dafür verantwortlich.“

„Aber Simon wurde ja gar nicht gebissen!“, widersprach Jenny.

„Doch! Ich hätte es angeblich nur nicht gemerkt“, fiel Simon ein und schnitt eine Grimasse.

„Die Tatsache, dass die Spurensicherung dort unten nichts weiter gefunden hat, gibt ihm allerdings Recht“, erklärte Leif und räusperte sich. „So, Kollegen, ich muss leider auflegen. Habe eine Fortbildung in Kiel.“

„Ach, du Glücklicher!“, bemitleidete ihn Jenny.

Nachdem sie aufgelegt hatten, beendeten sie ihr Frühstück und begaben sich zum Wagen. Eine steife Brise fegte über sie hinweg. Simon blickte nervös um sich, bevor er einstieg.

„Was ist?“, fragte Jenny, als sie nebeneinander saßen „Willst du nicht mit mir gesehen werden?“

„Weiß nicht, ob das so gut ist nach der gestrigen Aktion“, erwiderte Simon.

„Der Spengler muss dich ja mächtig bearbeitet haben.“

„Ich dachte, es würde schlimmer für mich kommen. Merkwürdigerweise hatte er nichts an mir auszusetzen“, erklärte Simon. „Für ihn bist du die Hauptverantwortliche.“

„Na super!“, stöhnte Jenny. „Heißt das auch, dass ich von jetzt an auf mich allein gestellt bin?“

„Du lässt nicht locker, was?“, fragte Simon.

„Jemand hat uns in den Bunker gesperrt und vielleicht sogar unter Drogen gesetzt“, entgegnete Jenny. „Das war kein Zufall und sonderlich großen Spaß hat es mir auch nicht gemacht. Ich habe noch genau drei Tage, um den Kerl zu finden, der dahinter steckt. Und ich bin mir sehr sicher, dass es sich um den Mörder von Arno Behrend handelt."

„Solange Spengler mich nicht von dem Fall abzieht, hast du meine Unterstützung. Nach dem, was uns gestern passiert ist, gehe ich auch nicht mehr davon aus, dass Jens der Mörder ist. Nur fürs Protokoll …", entgegnete er. „Die Sylter Kollegen sollten es trotzdem nicht mitbekommen, dass wir zusammenarbeiten. Der Jakobi ist ziemlich scharf darauf, uns bei Spengler anzuschwärzen."

„Dann werde ich wohl allein zu Yildiz fahren müssen", erwiderte Jenny. „Da wollte ich nämlich noch mal hin."

„Es tut mir leid, aber ich kann dich wirklich nicht begleiten", entschuldigte sich Simon. „Außerdem habe ich den Kriminaltechnikern zugesichert, dass ich heute mit ihnen zusammen noch mal in den Bunker gehe. Sie wollen ganz genau wissen, was wo passiert ist."

Jenny beschlich das Gefühl, dass die Begehung des Bunkers vorgeschoben war, ließ sich aber nichts anmerken.

Aber vielleicht war es ja auch gar nicht so schlecht, dass sie allein zu Yildiz fuhr …

30. Kapitel

Ihren Wagen hatte sie vorsichtshalber ein paar Straßen vom Mühlenweg entfernt geparkt. Direkt vor ihr räumte ein junges Pärchen seine Louis-Vuitton-Koffer in einen weißen Porsche Cayenne. Als Jenny ausstieg, grüßten beide höflich und warfen zuerst einen neugierigen Blick auf ihr kaputtes Seitenfenster und dann einen mitleidigen Blick in ihr lädiertes Gesicht. Wahrscheinlich rechneten sie damit, dass Jenny gleich die Putzeimer aus dem Kofferraum holte und ihre Schicht begann. Grinsend lief sie die Bastianstraße hinab und bog in die Gartenstraße ein. Aus den Augenwinkeln scannte sie die Vorgärten. Auf der gegenüberliegenden Straßenseite liefen zwei Frauen, die sich angeregt unterhielten. Jenny sperrte die Ohren auf, konnte aber kein Wort verstehen. An der Ecke Mühlenweg stand eine Frau mit weißem Haar und starrte auf einen in die Jahre gekommenen Mops, der gerade ausgiebig einen Holzzaun beschnupperte.

„Moin“, grüßte Jenny die Frau kaum hörbar.

Als sie an Yildiz‘ Haus angelangt war, blickte sie sich kurz um. Nachbarn waren nicht in Sicht und vom Besitzer gab es auch keine Spur. Sie betrat das Grundstück und lief an der Hecke entlang zur Rückseite des Gebäudes. Dort angelangt machten ihre Augen sofort die Schwachstelle des Hauses aus. Im Obergeschoss stand ein Fenster offen.

An der Stirnseite des Grundstückes befand sich ein Friesenwall, der mit einer Heckenrose bewachsen war. Dahinter kam eine große unbebaute Fläche. Von dort war kaum etwas zu befürchten. Die Hecke zum Nachbargrundstück wies ein paar Lücken auf, durch die das nahegelegene Haus zu sehen war. Von dem ging schon eher Gefahr aus. Jenny horchte in die vormittägliche Stille hinein. Irgendwo bellte ein Hund, auf der Straße brummte ein Motorrad vorbei. Dann griff sie nach einem hölzernen Gartenstuhl und schob ihn sich so zurecht, dass sie auf das wackelige Vordach klettern konnte. Vorsichtig balancierte sie sich zur Hauswand. Mit ein paar Handgriffen hatte sie das Fenster ausgehängt. Offenbar gab es keine Alarmanlage. Kurz bevor sie in das Haus einstieg, vernahm sie die Stimme des Nachbarn. Was hatte er gesagt? Er musste direkt hinter der Hecke stehen. Seine Stimme drang deutlich zu ihr herüber. Hatte er sie gesehen?

„Mist!", zischte Jenny und ließ sich langsam in das Zimmer gleiten. Jetzt nur keinen Lärm machen. Weich setzte sie ihre Füße auf einen dicken Teppich. Sie warf einen Blick zum Nachbarhaus. Dort rührte sich nichts. Der Nachbar war wieder verschwunden.

Dann sah sie sich in dem kleinen Raum um. Ein antiker Sekretär stand neben einer bauchigen Kommode und Vitrinenschränken mit filigranen Intarsien. An den Wänden hingen zahlreiche Zierteller, Uhren und ein paar kleinere Gemälde. Hinter geschliffenen Bleiglasscheiben waren dicke Buchrücken mit Titeln in Fraktur aufgereiht. Wahllos begann Jenny Schubladen aufzuziehen. Sie stieß auf verstaubte Postkarten und Briefe, Münzen, Etuis mit Taschenuhren, Brieföffner mit Elfenbeingriffen, Figuren aus Porzellan, Messing, Holz und Perlmutt.

„Wie soll ich mich hier zurechtfinden?“, flüsterte Jenny.

Sie trat in einen schmalen Korridor, wo die Regale bis unter die Decke reichten. In ihnen waren Hunderte von Büchern aufgereiht. Ab und an zwängte sich eine Vase, eine Bronzeskulptur oder eine reich verzierte Teekanne zwischen den Bänden. Am Ende des Flures drang das graue Licht des Vormittags durch eine offenstehende Tür.

Plötzlich ließ sie ein Knarren zusammenzucken. Es war eindeutig aus dem unteren Stockwerk des Hauses zu ihr nach oben gedrungen. Eine tolpatschige Katze, das alte Gebälk? Jenny horchte ins Haus hinein, aber es blieb still. Unbeirrt ging sie weiter und drückte die Tür zu dem Zimmer am Gangende auf. Im Gegensatz zum ersten Raum war es aufgeräumt. Jenny wurde augenblicklich klar, dass Yildiz hier sein Arbeitszimmer hatte. An einer Seite befand sich ein großer, hölzerner Schreibtisch, der mit schwarzem Linoleum bezogen war. Gegenüber stand ein Bücherregal und eine Art Aktenschrank. Jenny wandte sich dem Schreibtisch zu und zog die oberste Schublade auf. Ihr stach sofort ein Bündel Briefe ins Auge. Sie waren handschriftlich und auf hellblauem Luftpostpapier geschrieben. Es überraschte sie nicht, als sie sah, dass es sich um die Korrespondenz zwischen Björn Dörkop und Arno Behrend handelte.

„Sieh mal einer an“, sagte Jenny zu sich und überflog ein paar Seiten. Es waren Dörkops Briefe an den Cousin. Die Schrift war kaum zu entziffern. Sie würde sie unmöglich hier lesen können. Dazu war sie viel zu aufgeregt. Außerdem würde sie sich sicher erst durch einen Wust an Banalitäten hindurcharbeiten müssen. Sie hatte ja nicht die geringste Ahnung, wonach sie suchte. Im Gegensatz zu Yildiz, der wohl genau wusste, welche Art von

Information in den Briefen steckte. Wären sie sonst in seinem Besitz?

„Mitnehmen oder hierlassen?“, murmelte Jenny.

Es half nichts. Die Briefe mussten mit! Die Kommissarin stopfte den Stapel in die Innentasche ihrer Jacke und machte sich an einen Stoß großer Couverts, die in der nächsten Schublade lagen. Als sie einen Luftpolsterumschlag in die Hand nehmen wollte, rutschten mehrere Farbfotos heraus.

„Was!“ Jenny konnte sich einen Aufschrei nicht verkneifen.

Die Bilder zeigten Goldbarren, auf denen ein Wappentier prangte, das Jenny nur allzu bekannt war: Die Flügel ausgebreitet, den Kopf nach Westen gedreht und in den Krallen einen Kranz aus Eichenlaub, in dessen Mitte die Swastika prangte. Darunter waren in serifenlosen Majuskeln die Wörter ‚Deutsche Reichsbank‘, die Gewichtsangabe, der Feingehalt und eine Seriennummer eingestanzt. Auf dem nächsten Foto war ein Goldbarren mit anderer Seriennummer und gleichem Adler zu sehen. Dann noch einer. Und noch einer. Wenn Yildiz zu diesen Abbildern auch reale Entsprechungen besäße, dann wäre er im Besitz eines Millionenschatzes. Dazu musste Jenny nicht lange herumrechnen.

„Er wird es wohl kaum hier im Haus aufbewahren.“

Keine Alarmanlage, offenstehende Fenster. Wer tat so etwas? Die Insel war sicher, keine Frage. Gemessen an dem hohen Menschenaufkommen kam es auf Sylt verhältnismäßig selten zu Hauseinbrüchen. Aber das lag eben auch daran, dass die Häuser in der Regel sehr gut gesichert waren.

Sie legte den Umschlag mit den Fotos wieder zurück und sah sich weiter in dem Arbeitszimmer um. Erst jetzt fiel ihr die Vitrine in der Zimmerecke auf. Sie ähnelte einem Schaukasten in einem Museum. Auf gläsernen Ständern waren zahlreiche Klingen platziert. Rechteckige Papierschilder gaben Auskunft über Alter und Herkunft der Waffen. Es handelte sich um Bajonette unterschiedlichster Provenienz. Österreichisches Heer, Osmanisches Reich, Französische Fremdenlegion, Bayerisches Königreich, Päpstliche Schweizergarde. Das Alter der Seitengewehre reichte bis ins siebzehnte Jahrhundert zurück. Jennys Blick wanderte über die Wände, an denen einige antike Gewehre hingen, und über die Regale, in denen etliche dicke Ordner standen. Einen Tresor für das Gold sah sie nicht. Sie musste das Untergeschoss durchsuchen!

Zügig verließ sie das Zimmer und kam über den Korridor zu einer schmalen Treppe, deren Ende im Dunkeln lag. Sie zückte ihr Handy, um sich den Weg zu leuchten, und stieg die hölzernen Stufen hinab. Es knarzte und der Geruch von Mottenkugeln und Staub drang in ihre Nase. Die Treppe endete in einer Art Foyer, von dem zwei Türen abgingen. Eine davon war als die Innenseite der Haustür zu erkennen. Die zweite führte in ein Durchgangszimmer, das wie die Lobby eines Fin-de-Siècle-Hotels aussah. Es fehlten weder das Biedermeiersofa auf klobigen Füßen, noch die Ohrensessel oder der Wurzelholz-Couchtisch. An den Wänden verstaubten ein paar Gemälde mit dramatischen Küstenmotiven. Ein Teil der Dielen war mit einem abgetretenen Orientteppich bedeckt. Außerdem gab es ein Fenster mit heruntergelassenem Rollladen und zwei weitere Türen. Jenny öffnete eine von ihnen und fand sich in dem Raum wieder, den sie bereits von außen eingesehen hatte. Sie erkannte die Uniformen und mehrere massive Schränke, die mit Schlössern versehen waren. Sie ergriff einen beliebigen Schubladenknauf und rüttelte vergeblich daran. Doch ehe sie es beim nächsten versuchen konnte, vernahm sie ein metallisches Geräusch. Das Schloss! Die Tür! Jemand kam ins Haus! Yildiz!

Sie zögerte für eine Sekunde. Dann lief sie zur Treppe, mit jedem Schritt knarrte eine Diele. Mist! Der hatte sie bestimmt längst gehört. Auf dem Weg ins Obergeschoss stolperte sie und schlug mit den Knien auf die Treppenstufen. Sie hörte einen lauten Knall. Das war die Tür. Jetzt war er drinnen. Wer auch immer es war.

„Wer ist da?“ Die schrille Stimme eines Mannes drang zu ihr hinauf. Das musste Yildiz sein. Wusste er, dass sie hier oben war? Sie schlich zurück in das Zimmer, über das sie eingestiegen war. Mit dem Fuß stieß sie gegen einen metallenen Gegenstand. Es schepperte laut.

„Hallo?“, hallte es von unten.

„Scheiße!“, zischte sie und eilte zum Fenster. Von der Treppe her vernahm sie die schweren Schritte des Hausbesitzers. Sie ließ sich auf das Terrassendach gleiten und hangelte sich von dort auf den Boden.

Jenny rannte zur Stirnseite des Gartens. Hinter der Hagebutte, die sich um einen hüfthohen Lattenzaun rankte, begann das Nachbargrundstück. In ihrem Rücken ertönte ein metallisches Klicken, das ihr nur allzu bekannt war. Nicht laut, aber deutlich. Ohne zu zögern sprang sie durch eine Lücke in der Hecke. Die dornigen Zweige rissen an ihren Haaren und zerkratzten ihr das Gesicht. Der erste Schuss fiel, als sie auf der anderen Seite landete.

Die zweite Kugel traf.

31. Kapitel

Simon und sein Kollege Hannes von der Spurensicherung standen vor der Bootshalle in List. Der Wind roch nach Meer und ein klein wenig nach Frittenbude. Ein Wolkengebirge in allen Blautönen thronte malerisch über dem Hafen.

Hannes war ein braungebrannter Surfertyp mit blondierten Strähnen und grünen Augen. Die beiden kannten sich von der Polizeischule. Während Simon als Ermittler bei der Kripo Niebüll gelandet war, hatte Hannes sich für die Kriminaltechnik entschieden. Vor zwei Jahren war er zur Polizeidirektion Flensburg gegangen.

„Erstklassig“, lobte Simon und biss in sein Brötchen. „Ich ziehe einen geräucherten Matjes tausendmal dem vielgepriesenen Krabbenbrötchen vor. Bei dem Hering hast du wenigstens richtig was zu beißen. Ein paar schöne Zwiebelringe dazu, lecker! Bin kein Krabbentyp. Dieses Gewusel ist nicht meins.“

„Vor allem aber ist es umsonst“, erwiderte Hannes. „Seitdem mein Schwager hier Geschäftsführer ist, komme ich jedes Mal her, wenn ich auf Sylt bin.“

„Und da die Tarifanhebung erst nächstes Jahr kommt, nehmen wir jedes kostenlose Mittagessen mit“, sagte Simon mit vollem Mund und grinste.

„Dabei hat doch deine Schwester ihre Pension in Westerland“, erkundigte sich Hannes. „Gibt es da etwa kein Essen?“

„Doch, das schon“, antwortete Simon. „Aber ich habe eben nicht immer Lust auf ihr Gejammer.“

„Ach, ich weiß gar nicht, was du hast. Ich jedenfalls hätte nichts einzuwenden gegen ein Date mit Enna.“ Hannes zeigte sein süßestes Surferlächeln. „Ich fand sie immer schon recht ansprechend.“

„Hat in den letzten Jahren emotional stark abgebaut“, antwortete Simon. „Sie beschwert sich über jede Kleinigkeit, seitdem sie auf Sylt lebt.“

„Was denn? Besorgt es ihr der Tino nicht mehr richtig, oder was?“ Als Hannes sah, dass die Bemerkung nicht so gut bei seinem Gegenüber angekommen war, versuchte er es mit einem betroffenen Gesicht. „Sorry!“

„Ich glaube, es liegt an der Pension“, erwiderte Simon. „Die Selbständigkeit ist eben nicht für jedermann. Der permanente Erfolgsdruck zermürbt sie. Tino ist da ganz anders. Er will expandieren. Hat ständig neue Ideen.“

„Und warum sucht sie sich keine andere Arbeit?“, erkundigte sich Hannes.

„Ist bei einem Familienunternehmen eben nicht ganz leicht. Da steht dann immer gleich das große Ganze auf dem Spiel“, entgegnete Simon. „Und noch hängt sie an Tino.“

„Mensch, reden denn die Leute gar nicht mehr miteinander?“, rief Hannes aus. „Sie kann ihm doch sagen, dass sie die Arbeit fertig macht. Die Frauen, die ich bislang hatte, hätten sich das jedenfalls nicht gefallen lassen.“

„Verzeih mir, dass ich so direkt bin, aber dafür haben deine Beziehungen auch nie lange gehalten“, gab Simon zurück.

„Du musst dich melden!“ Hannes lachte laut. Ein paar Möwen schienen ihm kreischend Recht zu geben. „Du hast erst gar keine Beziehungen. Das ist natürlich noch einfacher.“

Simon brummte, biss in sein Brötchen und verdrehte die Augen. Recht hatte Hannes ja. Wie lange war seine letzte Beziehung schon her? Zwei Jahre? Zweieinhalb?

„Was ist mit Jenny?“, schob Hannes hinterher. „Warst du da nicht mal dran?“

„Sie datet keine Kollegen.“ Die Antwort kam schnell und trocken.

„Ach! So weit wart ihr also schon, ja?“ Hannes zog die Augenbrauen hoch. „Was meint sie denn mit ‚Kollegen‘?“

„Dieselbe Dienststelle geht eben nicht“, entgegnete Simon. „Sie hat schlechte Erfahrungen gemacht.“

„Ich käme also in Frage?“ Hannes‘ Blick folgte einem vorbeilaufenden Beinpaar in hautengen Jeans.

„Keine Ahnung.“ Simon zuckte mit den Schultern. „Kannst es ja mal versuchen.“

„Nun komm schon! War doch nur Spaß!“, rief Hannes. „Die scheint dir ja mächtig den Kopf verdreht zu haben. Warum kommst du nicht zu uns nach Flensburg? Zwei Fliegen mit einer Klappe und so …“

„Ich weiß nicht …“

„Wäre natürlich ein hoher Einsatz“, gab Hannes zu. „Nicht, dass sie danach eine neue Ausrede parat hat.“

„Das wäre mir egal.“ Simon blickte nachdenklich in den Himmel. „Aber solange meine Mutter noch lebt, will ich nicht aus Niebüll weg.“

„Du meinst es also ernst mit Frau Kommissarin Jenny Arens. Gut, dass ich das weiß. Dann lass ich die Finger von ihr“, sagte Hannes lachend.

Simon schüttelte den Kopf. Die Unterhaltung behagte ihm nicht. Ironie hin oder her.

32. Kapitel

Jenny stürzte, stöhnte laut auf und spürte dann erst den Schmerz. Sie griff sich an die Schulter. Ihre Jacke war zerrissen. An ihren Fingern klebte Blut. Ein Streifschuss. Andernfalls würde sie hier nicht mehr knien. Was war nur in diesen Verrückten gefahren? Sie stand auf und brachte sich hinter einer Hausecke in Sicherheit. Von einem Nachbargrundstück drang Hundegebell. Schrille Schreie ertönten. Menschen waren zum Glück nicht zu sehen. Sie rannte durch einen Vorgarten. Das Tor zur Straße stand offen. Sie stürzte hinaus. Erst eine Straßenecke weiter kam ihr jemand entgegen. Eine junge Frau mit dicken Kopfhörern auf den Ohren und einem freundlichen Lächeln in den Augen. Sie hatte offensichtlich weder die Schüsse gehört noch auf ihre Verletzung geachtet. Würde sie Jenny wiedererkennen?

Zwei Minuten später ließ sie sich auf den Sitz ihres Wagens fallen. Der Schmerz hatte nachgelassen. Sie tastete nach ihrem Telefon. Es war nicht da.

„Scheiße!", schrie sie und startete den Wagen. Auf Sylt waren zu jeder Zeit mindestens zwei Streifenwagen unterwegs. Es müsste mit dem Teufel zugehen, wenn einer von denen gerade in Alt-Westerland unterwegs wäre. Allerdings bräuchte ein Einsatzwagen keine fünf Minuten von der Stephanstraße bis in den Mühlenweg. Sie musste Simon kontaktieren! Aber wie?

Sie trat aufs Gas. Schon an der Kjeirstraße kamen ihr die ersten Kollegen mit Blaulicht entgegen. Sie fuhr weiter bis zur Pension. Dort hielt sie im absoluten Halteverbot, zog die zerrissene Jacke aus und streifte sich einen Kapuzenpulli über, den sie auf der Rückbank fand. Von der Wunde war nichts mehr zu sehen. Jetzt musste sie den Schalter im Kopf umlegen. Atmung und Puls herunterregulieren. Es war ein stinknormaler Mittag auf Sylt und sie hatte keine Schussverletzung an der Schulter. *Alles gut!*

Im Gastraum traf sie auf Simons Schwester Enna. Ihre Augen waren gerötet. Es sah so aus, als hätte sie geweint.

„Hi!"

„Moin!" Enna rieb sich das Gesicht und deutete mit dem Kinn auf den Kapuzenpulli. „Hast du Sport gemacht?"

„Ähm, ja", stammelte Jenny und starrte auf das Smartphone in Ennas Hand. „Und dabei habe ich dummerweise mein Handy verloren."

„Mist! Das tut mir aber leid!", erwiderte Enna. „Wo denn?"

„Das weiß ich gar nicht so genau", gab Jenny zurück. „Aber würdest du mir mal deins leihen, damit ich Simon anrufen kann?"

„Kein Thema." Enna wählte den Kontakt ihres Bruder an und reichte ihr das Telefon.

„Danke." Mit einem verlegenen Lächeln wandte sie sich ab. Es klingelte. Doch Simon antwortete nicht. Da war wohl die falsche Nummer auf dem Display erschienen ... Jenny schickte eine Nachricht: *„Ich bin es, Jenny. Bitte ruf schnell zurück!"*

Enna stand ein paar Meter entfernt und schaute neugierig zu ihr herüber. Dann klingelte es. Es war Simon.

„Hi!“, sagte der Kollege. „Wir haben gerade über dich gesprochen.“

„Schon gehört?“, fragte Jenny zurück, ohne auf seine Bemerkung einzugehen. „Bei Yildiz wurde eingebrochen.“

„Ach, das war bei Yildiz!“, erwiderte Simon, der offenbar bereits von dem Einsatz in Alt-Westerland erfahren hatte.

„Ja“, fuhr Jenny mit gedämpfter Stimme fort. „Und du musst da hin und mein Handy suchen.“

Für ein paar Augenblicke herrschte Schweigen. Jenny glaubte zwar nicht an Telepathie, aber sie hielt Simon für ein cleveres Kerlchen. Auch wenn es manchmal nicht den Anschein hatte.

„Verstehe“, entgegnete Simon schließlich. Am Klang seiner Stimme erkannte Jenny, dass er tatsächlich verstanden hatte. Und nicht begeistert war. „Wo denn?“

„Im Garten hinter dem Haus“, erklärte Jenny. „An dem Zaun an der Stirnseite oder auf dem direkten Weg dorthin.“

„Ich mache mich sofort auf die Socken“, antwortete Simon. „Wo kann ich dich erreichen, wenn ich es habe? In der Pension?“

Jenny drehte sich zu Simons Schwester. Obwohl sie gute zehn Meter entfernt stand, war das geheimnisvolle Funkeln in ihren Augen nicht zu übersehen. „Ja, ich bin hier. Und ich habe eine neue Spur.“

33. Kapitel

Vor dem Haus im Mühlenweg parkten bereits mehre Einsatzwagen der Polizei sowie ein Rettungsfahrzeug. Ein paar Nachbarn standen in sicherer Entfernung auf dem Gehweg und kommentierten aufgeregt das Geschehen. Simon begrüßte die Uniformierten vor dem Haus. Sie nickten ihm zu und zogen verlegen an ihren Zigaretten, frei nach dem Motto: Ein wenig unpassend war die Quarzerei schon, aber wirklich vermeidbar war sie nun auch wieder nicht.

Das musste Nuri Yildiz sein, dachte Simon, als er den Mann an der Eingangstür erblickte. Die mittellangen, schwarzen Haare waren mit Gel frisiert. Unter den hellbraunen Augen lagen tiefe Ränder. Den sauber getrimmten Bart zierte ein zentimeterdicker, weißer Mittelstreifen, der dem ganzen Gesicht etwas Eigentümliches gab. Er sah aus wie ein Dachs, schoss es Simon durch den Kopf. Auf den schön geschnittenen Lippen des Mannes hing ein windschiefes Lächeln.

„Moin! Kommissar Kaarst, Kripo Niebüll."

„Hallo! Yildiz mein Name. Ich bin der Besitzer des Hauses."

„Der oder die Einbrecher sind flüchtig. Die Kollegen von der Spurensicherung müssten gleich hier sein", bemerkte ein Sylter Polizeihauptmeister von der Seite.

„Danke. Darüber hinaus schon irgendwelche Erkenntnisse?“, erkundigte sich Simon, der etwas unentschieden zwischen Yildiz und dem uniformierten Kollegen stand.

„Ich habe zwei Kugeln auf den Flüchtigen abgefeuert“ erklärte Yildiz. „Er ist über das Nachbargrundstück geflohen.“

„Wie bitte?“, rief Simon erschrocken. Er traute seinen Ohren kaum. Hatte dieser Kerl wirklich auf Jenny geschossen? „Haben Sie denn einen Waffenschein?“

„Kein Problem“, gab Yildiz zurück und begab sich ins Haus. „Hole ich sofort.“

Simon nutzte die Chance und schob sich an dem Polizeihauptmeister vorbei. Den Uniformierten, die ihm auf seinem Weg um das Haus herum begegneten, warf er ein geschäftiges „Moin!“ entgegen.

Die Wiese hinter dem Haus war nicht gemäht. Wie sollte er das Ding hier bloß finden? An der Rückseite des Grundstücks erblickte er eine Lücke in der Hecke. Dort stand der Holzzaun, über den Jenny auf das Nachbargrundstück gelangt sein musste. War da nicht sogar eine Zaunlatte abgebrochen? Simon drehte sich zum Haus, vor dem die uniformierten Kollegen standen und lautstark Mutmaßungen über die Körpergröße des Einbrechers anstellten. Offenbar war sie über das Vordach der Terrasse ins Haus gelangt. Simon befand sich jetzt genau auf halber Strecke zwischen der Terrassenbrüstung und der Heckenlücke. Über diese Linie musste sie abgehauen sein. Langsam schritt er das Stück bis zum Zaun ab. Dann sah er es. Unmittelbar vor dem Zaun. Das Display glänzte verräterisch zwischen den Blättern der Hagebutte hindurch. Seine Hand öffnete sich bereits und wollte gerade in die Knie gehen, als er die Stimme vernahm.

„Herr Kaarst!“

Ruckartig drehte er sich um. Die Kollegen der Sylter Kripo waren gekommen. Auch Jakobi war unter ihnen. Er stand am anderen Ende der Wiese und nickte ihm zu.

„Hallo!“, grüßte Simon mit belegter Stimme.

„Was manipulieren Sie an meinem Tatort herum?“, rief Jakobi und schickte ein krachendes Lachen hinterher. „Mordfall schon gelöst, oder was?“

Simon hob die Hand, abwehrend und kumpelhaft zugleich. Es war die einzige Geste, die ihm auf die Schnelle einfiel. Aber sie funktionierte. Jakobi wandte sich für einen Augenblick seinen Kollegen zu. Simon nutzte die Gelegenheit, indem er sich blitzschnell hinunterbeugte, das Smartphone aufhob und es in seiner Jackentasche verschwinden ließ. Was tat er hier bloß? Strafvereitelung im Amt war kein Falschparken. Die Aktion konnte ihn nicht nur seine Stelle als Polizist kosten, sondern auch noch ein Strafverfahren einbringen. Was tat man nicht alles für die Angebetete, dachte er und fühlte einen bitteren Geschmack auf der Zunge. Grinsend ging er auf Jakobi und seine Leute zu.

„Was machen Sie denn hier?“ In Jakobis Augen blitzte der Argwohn.

„Yildiz ist ein Zeuge im Fall Behrend“, entgegnete Simon. Seine Hand wanderte hinauf ans Kinn. Ein halbherziges Kratzen folgte. Nur nicht unsicher werden, dachte Simon. Jakobi schien jede seiner Bewegungen zu registrieren. Das Blut pochte in seinen Schläfen. Wie lautete gleich noch der Paragraph der Strafvereitelung?

„Das erklärt immer noch nicht, wieso Sie hier sind, Kommissar Kaarst“, fuhr Jakobi fort. Er war zu ausgebufft, um Simons Unsicherheit nicht zu spüren. Seine Seitenblicke auf die Kollegen zeigten, dass er sich der Wirkung seines Auftritts bewusst war. Simon kannte dieses Alpha-Gehabe bereits.

„Yildiz ist Zeuge …“ Doch Simon konnte seinen Satz nicht beenden.

„Sie scheinen mich nicht zu verstehen“, fuhr ihm Jakobi unwirsch über den Mund. „Wer hat Sie gerufen?“

„Ich war auf dem Weg hierher“, log Simon, „um Nuri Yildiz zu befragen.“

„Sie sind also rein zufällig vorbeigekommen“, spöttelte Jakobi und nickte seinen Kollegen zu. „Sieh mal einer an!“

„Seltsam“, murmelte eine dunkelhaarige Endvierzigerin aus dem Sylter Kripo-Team.

„Wir finden schon noch heraus, wer Ihnen Bescheid gegeben hat“, drohte Jakobi.

Simon fragte sich, was in Jakobis Kopf vorging. Die Wahrheit konnte er ja wohl kaum kennen. Jennys Smartphone hatte er unbemerkt in seine Tasche befördern können. Und in die drang selbst Jakobis stechender Blick nicht ein. Während er auf Jakobis glattes Kinn starrte, zitierte er in Gedanken den Paragraphen für Strafvereitelung. *Wer absichtlich vereitelt, dass eine andere Person wegen einer rechtswidrigen Tat bestraft wird, hat mit einer Freiheitsstrafe bis zu fünf Jahren oder mit einer Geldstrafe zu rechnen.* War das der originale Wortlaut? Was fehlte noch?

„Ich würde jetzt gern Herrn Yildiz befragen“, entgegnete Simon und blickte zu dem Antiquitätenhändler hinüber, der auf die Terrasse seines Hauses getreten war und eine kleine schwarze Mappe in der Hand hielt. Nur nichts anmerken lassen, sagte er sich.

„Verraten Sie mir doch bei Gelegenheit mal, wer Ihrer Meinung nach der Täter ist und was Herr Yildiz damit zu tun hat", sagte Jakobi in forderndem Ton. „Denn offensichtlich halten Sie Jens Arens auch für unschuldig."

„Tja." Die Geschehnisse in den Lister Dünen hatten Simon endgültig klar gemacht, dass der Mordfall Behrend nicht mit Jens Arens' Verurteilung enden durfte. „Das überlasse ich dem Gericht. Und bis dahin ermittle ich, solange es mein Dienstherr und die Staatsanwaltschaft von mir verlangen. Ganz einfach."

Jakobi brummte noch etwas von baldiger Verurteilung, was Simon jedoch ignorierte. Er ging schnurstracks auf Yildiz zu, der gerade aus dem Haus gekommen war und ihm bereitwillig seinen Waffenschein entgegenstreckte.

„Jahrelang hatte ich nur die Waffenbesitzkarte für meine Sammlerstücke", erklärte Yildiz ungefragt. „Doch irgendwann kam die Lust am Schießen. Ich weiß nicht, wieso. Also habe ich einen Jagdschein erworben. Es ist schon ein Unterschied, eine Schusswaffe aus dem achtzehnten Jahrhundert nur aufzubewahren oder sie auch mal abzufeuern, verstehen Sie?"

„Kann sein", murmelte Simon. Seine Gedanken waren immer noch bei dem Gespräch mit Jakobi, der keine fünf Meter von ihm entfernt stand und neugierig herüberschielte. „Wo haben Sie sich während der letzten Tage aufgehalten, Herr Yildiz? Wir wollten Sie vernehmen und konnten Sie nicht ausfindig machen."

„Sind Sie wegen des Einbruchs hier?", fragte Yildiz zurück. „Oder wie muss ich mir Ihr Anliegen erklären?"

„Verraten Sie mir doch einfach, wo Sie waren", insistierte Simon nervös.

„Ich habe mich nach Flensburg in mein Lager zurückgezogen, um Inventur zu machen", antwortete Yildiz. „Das ist alles."

„Im Übrigen bin nicht wegen des Einbruchs hier“, fuhr Simon fort. „Sondern wegen des sogenannten Austernmordes. Sie werden davon gehört haben, nehme ich an.“

„Ja“, erwiderte Yildiz. „Aber Sie verstehen auch, dass mir der Kopf gerade woanders steht, oder? Bei mir ist eingebrochen worden und vermutlich sind mir ein paar sehr wertvolle Gegenstände gestohlen worden. Ließen sich Ihre Fragen nicht auch zu einem anderen Zeitpunkt beantworten?“

„Das sehe ich auch so“, ging Jakobi dazwischen. „Sie haben sich einen denkbar schlechten Moment für Ihre Befragung ausgesucht, Herr Kaarst.“

„Ich kann warten“, sagte Simon, verschränkte die Arme und trat einen Schritt zurück. In seiner Tasche klingelte ein Telefon. Er zog es wie selbstverständlich aus seiner Tasche und sah auf den Display. Dort stand ‚Enna‘. Er stellte den Ton ab und ließ es wieder in seine Tasche fallen.

„Kommen Sie besser morgen wieder, Herr Kaarst! Wir haben hier gerade andere Dinge zu tun.“ Jakobis Stimme ließ keinen Zweifel daran zu, dass Simon mit einer größeren Auseinandersetzung zu rechnen hatte, sollte er widersprechen. Also gut, dachte er sich. Es bot sich ja ohnehin an. So konnte Jenny vielleicht später ja auch dabei sein.

„Uhrzeit?“, fragte er Yildiz.

„Kommen Sie morgen Nachmittag gegen vier“, erwiderte der Antiquitätenhändler. „Dann nehme ich mir für Ihre Fragen Zeit.“

„Jetzt gucken Sie nicht so, Herr Kaarst!“, rief Jakobi und lachte. „Ihren Zeugen wird Ihnen schon niemand wegnehmen.“

34. Kapitel

Jenny saß an einem winzigen Schreibtisch, auf dem etliche handgeschriebene Briefe ausgebreitet lagen. Erschrocken zuckte sie zusammen, als es an der Fensterscheibe klopfte. Das musste Simon sein. Warum hatte er nicht geklingelt? Die Ereignisse der letzten Tage hatten sie vorsichtig werden lassen. Sie griff nach ihrer Dienstwaffe und entsicherte sie. Dann deckte sie die Schriftstücke auf dem Tisch notdürftig mit einem Pullover ab und knipste die Schreibtischlampe aus. Vorsichtig spähte sie durch einen Spalt im Vorhang. Dort stand tatsächlich Simon. Sie öffnete das Fenster und atmete erleichtert auf. Die Luft hatte sich abgekühlt. Sie besaß die herbe Frische, wie es sie nur an der Küste gab.

„Warum so konspirativ?“, fragte sie ihn.

„Klingel kaputt“, erwiderte Simon und zuckte mit den Schultern. In seinen Augen loderte die Ungeduld.

„Müsste man mal dem Vermieter melden“, antwortete Jenny mit einem Grinsen und eilte zur Tür. „Tritt ein in mein Reich!“

„Hi!“ Er trat sich die Schuhe ab und sah sich um. „Ich hätte nicht gedacht, dass es so beengt ist.“

Der lütte Korridor wäre bei anderen Leuten nicht mal als Kleiderschrank durchgegangen und das eigentliche Zimmer war keine zehn Quadratmeter groß. Es enthielt ein schmales Bett, den Schreibtisch plus Stuhl, einen Kleiderschrank und eine mikroskopische Küchenzeile.

„Mir reicht es“, erwiderte Jenny, schaltete die Schreibtischlampe wieder ein und nahm den Pullover von den Briefen. „Es war ursprünglich mal ein Personalzimmer. Heute bietet man es klammen Urlaubern oder gebeutelten Kriminalkommissarinnen an. Oder?“

„Ich glaube, ja.“ Simon nickte mit einem schüchternen Grinsen. Dann zeigte er auf die Briefe. „Das ist die Beute?“

„Ja, aber nicht die ganze.“

„Du bist der Wahnsinn!“ Er starrte sie an und schüttelte den Kopf. „Wie bist du nur auf die Idee gekommen, dort einzusteigen?“

„Meinst du, ich hätte mich damit abgefunden, dass dieser Yildiz einfach so von der Bildfläche verschwindet?“

„Tja, insofern war dein Einbruch doppelt gut“, erwiderte Simon. „Denn er hat Yildiz ans Tageslicht gelockt. Er stand dort inmitten der ganzen Kollegen.“

„Und?“

„Jakobi wollte mich nicht zum Zug kommen lassen, aber ich habe einen Termin für morgen vereinbart.“

„Sehr schön. Da bin ich dabei.“ Jenny streckte die Hand aus. „Hast du mein Handy?“

„Lass es bei deinem nächsten Bruch zu Hause, O.K.?“ Simon gab ihr das Smartphone mit dem gesprungenen Display zurück.

„Du hast mich schon wieder gerettet.“ Jenny lachte erleichtert. „Ich bin dir so was von dankbar! Komm her!“

Sie legte die Arme um seine Schultern und drückte zu. Doch die Umarmung endete jäh, als Simon nichtsahnend sein Kinn gegen Jennys Schulter presste.

„Autsch!“, schrie sie.

„Was ist los?" Simon machte einen Satz zurück und stieß sich an einem leeren Bücherregal. Mit der Handfläche rieb er sich den Hinterkopf. „Scheiße!"

„Jetzt sind wir beide verletzt", bemerkte Jenny lächelnd.

„Mach keinen Quatsch!" Simons Stimme hatte augenblicklich einen anderen Ton angenommen. „Hat dich dieser Spinner wirklich erwischt? Wo denn? Ist es schlimm?"

„Nur ein Kratzer", beschwichtigte ihn Jenny.

„Das klingst aber nicht so!"

„Mag sein, aber es ist nichts", wiegelte Jenny ab. „Ich sollte für eine Weile auf Schulterklopfer verzichten. Aber die gebühren ja ohnehin nur dir. Danke nochmals, dass du für mich in die Bresche gesprungen bist. Ohne dich wäre Jakobi jetzt im Besitz meines Handys und ich wahrscheinlich meinen Job los."

„Schon in Ordnung", erwiderte Simon und deutete mit einem Kopfnicken zum Schreibtisch. „Außerdem kommt es darauf an, was du da rausgeschleppt hast."

„Genau", entgegnete Jenny mit geheimnisvoller Stimme, ging zum Schreibtisch, nahm einen der Briefbögen in die Hand und begann zu lesen:

„Moin Arno,

es tut mir immer noch leid, dass es dich erwischt hat. Aber keine Sorge, wenn ich hier Erfolg habe, dann kann ich dir deine Zeit da drinnen ein bisschen versüßen. Versprochen! Und die Rücklagen für später wären uns auch sicher. Ich würde das Ding gern echt mit dir zusammen heben. Die alten Karten, die du besorgt hast, waren goldrichtig, wenn du verstehst, was ich meine. Zwei B. haben wir schon aufgestöbert. Es waren leider nur kleine Exemplare, aber für die ersten Ausgaben reichen sie aus.

Sorgen bereitet mir immer noch dieser Wolfi. Er kennt sich gut mit Geschichte aus und war auch beim Bund.

Aber ich traue ihm nicht. Könnte sein, dass er was ausheckt. Ich kenne ja nicht einmal seinen richtigen Namen. Und seine neunmalkluge Art gefällt mir auch nicht. Hält sich für was Besseres. Er soll nicht vergessen, wer hier das Sagen hat. Nämlich du und ich, Alter!

Sei gegrüßt! Dein Björn."

„Kleine Exemplare …", murmelte Simon.

„Na? Ahnst du, worum es geht?", fragte Jenny.

„Wir wissen, dass unser unbekannter Freund namens Wolfi Soldat war und wohl noch Probleme machen wird, wenn es an die Aufteilung des Gewinns geht. So viel steht fest." Simon richtete seine Augen suchend auf den Haufen Briefpapier. „Was auch immer dieses ‚B' bedeuten mag. Es scheint sich finanziell zu lohnen. Eigentlich merkwürdig, denn für fette Beute halte ich ein paar Eiserne Kreuze nicht. Sie müssten schon einen ganzen Haufen davon finden, ehe sie den ersten Tausender verdienen. Vielleicht steht ‚B' ja auch für Bunker. Was meinst du?"

„Warm", entgegnete Jenny, zog ein Foto unter den Briefen hervor und hielt es ihrem Kollegen hin. „Aber du liegst immer noch daneben."

„Wow!", rief Simon aus, als er die Aufnahme erblickte. „Die ‚kleinen Exemplare' machen also doch Sinn. ‚B' steht für Barren. Na, bei Goldbarren sieht die Gewinnspanne schon ganz anders aus."

„Allerdings", antwortete Jenny. „Denn offensichtlich hat es im Zweiten Weltkrieg nicht nur Bunker, Flakstellungen und Munitionslager auf Sylt gegeben, sondern auch geheime Golddepots, die wohl von vorausschauenden Nazis angelegt worden sind."

„Und die soll nach 1945 niemand gehoben haben?", meldete Simon seine Zweifel an. „Was ist mit den

Alliierten oder der Bundeswehr? Wieso haben die das Gold nicht da rausgeholt?“

„Weil sie nichts davon wussten“, erwiderte Jenny. „Ganz einfach. Warum hätten die Herren, die das Gold versteckt hatten, ihr Wissen auch in der Öffentlichkeit breittreten sollen? Falls sie den Krieg überhaupt überlebt haben sollten. Außerdem wurden nicht wenige Bunker gesprengt.“

„Wer auch immer die Verstecke angelegt hatte, die dazugehörigen Lagepläne sind irgendwie in die Hände von Björn Dörkop und Arno Behrend gelangt“, vermutete Simon. „Sehe ich das richtig?“

„Richtige Glückspilze, unsere beiden Berufsgangster“, erwiderte Jenny. „Na ja, wenn ihnen der böse Wolfi nicht in die Quere gekommen wäre.“

„Ich muss noch mal auf die Bundeswehr zurückkommen“, bemerkte Simon. „Haben die keine Metallsonden eingesetzt, um die Bunker nach alter Munition abzusuchen? So hätten sie doch auf das Gold stoßen müssen. Sie waren schließlich lange genug auf der Insel.“

„Meines Wissens nach sind die Dünen immer noch voll mit Bomben und Munitionsresten.“ Jenny schüttelte den Kopf. „Da fallen so ein paar Goldbarren nicht weiter auf. Du hast doch gesehen, wie verwinkelt die Tunnel sind. Es musste unzählige Möglichkeiten geben, das Gold zu verstecken.“

„Die Briefe und das Foto geben dir jedenfalls Recht“, erwiderte Simon. Das Display seines Handys leuchtete auf. Es war Leif Beeker.

„Moin, Kollege!“, meldete er sich.

„Hi, min Jung!“, kam es aus dem Handy. „Ich habe etwas für dich.“

„Dann leg mal los!“ Simon stellte den Lautsprecher an. „Wir sind gespannt. Jenny sitzt auch neben mir.“

„ Björn Dörkop war vorbestraft wegen versuchten Raubes“, erklärte Leif.

„Gab es Mittäter?“, hakte Simon nach. Nach der Lektüre des Briefes von Dörkop an Behrend überraschte sie diese Nachricht nicht mehr. Die beiden waren offensichtlich langjährige Komplizen.

„Das ging leider nicht aus den Akten hervor“, entgegnete Leif. „Man weiß allerdings, dass er nach seiner Haft als Möbelpacker gearbeitet hat. Die Firma, bei der er angestellt war, hat Wohnungsauflösungen gemacht.“

„Ein Möbelpacker, der bei seinem Sylturlaub ums Leben gekommen ist“, warf Jenny ein. „Sieh mal einer an.“

„Weißt du, wie die Firma hieß oder wo sie ansässig war?“, bohrte Simon weiter.

„Günes-Wohnungsauflösungen aus Flensburg“, antwortete Leif. „Existiert aber nicht mehr.“

„Meinst du, du kannst etwas über die Inhaber herausfinden?“, fragte Simon.

„Vielleicht“, gab Leif zurück. „Dafür bräuchte ich aber Zeit.“

„Danke dir.“

„Und du meinst wirklich, dass dich das weiterbringt? Ist der Drops im Fall Behrend nicht eh schon gelutscht?“, erkundigte sich Leif.

„Werden wir ja sehen“, murmelte Simon und warf Jenny einen verschwörerischen Blick zu.

„Na dann, viel Glück!“, sagte Leif. „Wir bleiben in Kontakt.“

„Mach es gut!“

Jenny hatte unterdessen ihren Laptop aufgeklappt und im Internet sogleich ein paar Treffer zur Firma Günes aus

Flensburg erhalten. Brauchbare und vor allem aktuelle Informationen schienen jedoch nicht darunter zu sein.

„Gut möglich, dass meine Phantasie mal wieder mit mir durchgeht, aber könnte es nicht sein, dass so ein Möbelschlepper auch mal unerwartet Zugang zu alten Aufzeichnungen erhält?“, bemerkte Jenny. „So rein zufällig?“

„Lagepläne zu Goldverstecken, angefertigt von einem alten Nazi?“, ergänzte Simon.

„Zum Beispiel die hier“, sagte Jenny, griff nach einem Buch, das auf dem fast verwaisten Regalbrett über dem Schreibtisch lag, und zog eine handgezeichnete Karte von Sylt hervor, auf der sämtliche Namen fehlten. Weder Städte, Dörfer, Straßen oder Häfen kamen vor. Lediglich ein paar Strände und Dünen waren eingezeichnet. Dazu kamen einige Ziffern und Buchstaben, die auf der ganzen Insel verstreut waren. Sollten das die Depots sein? Oder die Bunker?

„Das ist doch die Karte aus Behrends Auto!“, rief Simon aus.

„Richtig. Und sie ist die Verbindung zwischen Björn Dörkop und Nuri Yildiz“, erklärte Jenny. „Yildiz muss der geheimnisvolle Wolfi sein. Er war der Mann, dem Dörkop nicht traute. Der Kunstsammler hat die beiden Knastbrüder an der Nase herumgeführt, ihnen die Karten gestohlen und sich den Goldschatz unter den Nagel gerissen.“

„Yildiz hat nicht nur Behrends Briefe entwendet, sondern auch schon dessen Cousin Dörkop bestohlen“, erwiderte Simon.

„Aber hat er Behrend ermordet, um an die Briefe zu gelangen?“, fragte Jenny.

„Sie waren der Schlüssel zum Gold.“

„Und in Jens könnte Yildiz den perfekten Verdächtigen gefunden haben“, fuhr Jenny fort und setzte sich auf die

Bettkante. „Während mein Bruder am Strand gesoffen hat, ist er in seinen Wagen eingebrochen, und hat das T-Shirt und die Lenkradkralle gestohlen. Dann hat er Behrend aufgesucht und ihn erschlagen. Die Mordwaffe und das Shirt hat er in der Nähe des Tatortes als falsche Beweisstücke abgelegt. Anschließend ist er für ein paar Tage von Sylt verschwunden. Klingt doch nicht unwahrscheinlich, oder?"

„Und wie ist die Hundescheiße an Jens' Schuh gekommen?" Simon zog die Augenbrauen hoch.

„Jens döste stark alkoholisiert in seinem Wagen. Es kann nicht sonderlich schwer gewesen sein, ihm den Dreck an die Sohlen zu schmieren", antwortete Jenny.

„Vielleicht hat Yildiz ja deswegen auf dich geschossen", sagte Simon. „Befürchtet er womöglich, dass du deinen Bruder raushauen könntest und der Verdacht dann auf ihn fällt?"

„Nein, nein ", wandte Jenny ein. „Ich denke kaum, dass er mich erkannt hat. Meine Vermutung ist eher, dass er paranoid ist. Jemand, der ein Menschenleben auf dem Gewissen hat und zudem eine Menge Gold hortet, der verfällt irgendwann ganz automatisch dem Verfolgungswahn. Yildiz sieht in allem eine Bedrohung, ganz einfach, weil er selbst eine ist."

„Eine wandelnde Zeitbombe", fasste Simon zusammen. „Bewaffnet und hochgefährlich."

„Richtig. Unsere beziehungsweise deine Aufgabe wird es jetzt sein, Spengler von dieser Version zu überzeugen. Natürlich erst, nachdem wir Yildiz verhört haben. Wir sollten die Artillerie auf keinen Fall zu früh auffahren." Jenny griff sich mit der Hand an die Schulter. Ihr notdürftiger Verband schien sich gelockert zu haben.

„Da muss ein neuer Verband drauf." Simon stand auf und beugte sich über Jennys Schulter.

„Ach, das geht schon", wiegelte sie ab.

„Hast du Verbandszeug hier?", erkundigte sich Simon.

„Der Verbandskasten aus meinem Auto." Jenny zeigte an das Fußende des Bettes. Simon entnahm ihm einen frischen Verband und eine Flasche mit Desinfektionsmittel.

„Zeig mal", sagte er und schob ihren Pullover vorsichtig zur Seite.

„Autsch!" Jenny stöhnte auf.

„Ich glaube, den müsstest du mal ausziehen."

Vorsichtig zog Jenny sich das Oberteil über den Kopf. In einer flüchtige Geste zupfte sie sich den trägerlosen BH zurecht. Anschließend begann sie, den Verband zu lösen. Simon hielt sie zurück. „Ich mache das."

Rau glitten seine Fingerkuppen über ihre Haut. Sie hätte nicht gedacht, dass seine Hände so spröde wären. Oder kamen sie ihr nur so vor? Ein Frösteln lief über ihre Schulterblätter. Er beugte sich über sie. Sein Geruch drang in ihre Nase. Er kam ihr vertraut vor. Und doch irgendwie neu. Langsam drehte sie ihr Gesicht in seine Richtung. Ernst schaute er ihr in die Augen. Der Verband war erneuert. Doch seine Hände waren immer noch da. Sie wanderten an ihren Nacken. Seine Fingerspitzen fuhren in ihren Haaransatz. Jenny schloss die Augen.

35. Kapitel

Ein strahlender Morgen drängelte sich am Vorhang vorbei ins Zimmer. Dazu kam diese leichte innere Unruhe, die es Jenny nicht erlaubte, noch länger im Bett zu dösen. Sie nahm eine schnelle Dusche und streifte sich die Klamotten über. Ab nach draußen! Zwischen den Häusern hing schwere, salzige Küstenluft. Ein lauer Wind streifte ihr Gesicht. Die ersten Menschen waren bereits unterwegs. Das Inselzentrum erwachte langsam zum Leben. Eigentlich ein schöner Tag. Wenn es da nicht dieses immer stärker werdende Unbehagen in ihr gegeben hätte.

Was hatte sie bloß getan? Simon war im Morgengrauen wortlos verschwunden. Wohin, das wusste sie nicht. Anschließend hatte sie noch ein wenig weitergeschlafen. Die unguten Gedanken waren erst mit dem Tageslicht gekommen. Als ob es der Nacht gleichgültig wäre, was in ihr geschähe. Nur Jenny war es nicht egal, was zwischen Simon und ihr passiert war. Und ihre Sorgen würden zunehmen. Das wusste sie.

Wie sollte es mit ihr weitergehen? Sie hatte sich nicht nur über die Anweisungen ihres Vorgesetzten hinweggesetzt und ein mittelschweres Dienstvergehen begangen, sondern obendrein auch noch mit ihrem engsten Kollegen geschlafen. Als ob sie sich nach all den Verfehlungen selbst auch noch einen ganz persönlichen Grund geben wollte, aus dem Polizeidienst auszuscheiden. Mehr Unprofessionalität ging wirklich nicht.

Erst als sie am Strand anlangte und die blaue See erblickte, beruhigte sie sich. Tief sog sie die frische Luft ein. Das Meeresrauschen kam ihr wie eine uralte Formel zur Entspannung vor. Zu ihren Füßen murmelte, gluckste und schäumte es. Die Sonne stieg höher und Jenny schlenderte gemächlich gen Norden. Spaziergänger warfen ihr zufriedene Blicke zu, Läufer überholten sie schwer atmend. Die Möwen zeterten am Himmel. Es lief sich gut auf dem feuchten Sand. Auf der Höhe der Nordseeklinik war ihr Kopf endlich klar genug. Sie war wieder imstande, Entscheidungen zu treffen. Und sie wusste, wo sie jetzt hinmusste. Ihre Schritte beschleunigten sich, nachdem sie Kehrt gemacht hatte.

Eine halbe Stunde später stand sie vor dem Reetdachhaus mit der leicht mitgenommenen Fassade im Mühlenweg Dreizehn in Alt-Westerland. Die Sonne hatte sich hinter ein paar Wolken zurückgezogen, die dort oben am Himmel festhingen wie die Selbstzweifel in ihrem Kopf. Jenny drückte den Klingelknopf. Und wartete.

„Hi!" An der Hausecke war ein dunkler Kopf erschienen. „Kann ich etwas für Sie tun?"

„Moin! Sind Sie Herr Yildiz?", fragte Jenny den Mann. Er kam ihr attraktiv vor mit dem graumelierten Bart und den braunen Augen. In seinen Bewegungen gab es etwas Zerbrechliches. Konnte das ein Mörder sein? „Ich bin Jenny Arens von der Kripo Niebüll."

„Sie sind von der Polizei? Dann kommen Sie bitte gleich mal!", antwortete er.

„Ich hätte da ein paar Fragen an Sie", fuhr Jenny fort und ließ ihre Hand unbewusst an die Schulter wandern. Dann folgte sie Yildiz auf die Rückseite des Hauses.

„Ich habe Ihren Kollegen schon alles verraten, was ich weiß“, erwiderte Yildiz und griff nach einem kleinen, metallischem Gegenstand, der auf der Verandabrüstung lag, über die Jenny gestern in das Haus gelangt war. „Aber dafür kann ich mit etwas anderem dienen. Sehen Sie mal! Ich habe sie heute morgen gefunden.“

„Eine Patronenhülse“, stellte Jenny fest und blickte auf den Handteller des Mannes. Es war ein mittelgroßes Kaliber. Sie konnte spüren, wie die Wunde an ihrer Schulter anfing zu pulsieren.

„Ihre Kollegen haben gestern nur eine aufgespürt. Ich hatte aber zwei abgefeuert“, erklärte Yildiz. „Die sind fast wahnsinnig geworden. Nach fast zehn Stunden haben Sie es aufgegeben. Und heute morgen glitzerte sie in der Sonne, als ich aus dem Fenster geschaut habe. Sie lag auf dem Vordach. Da fährt die Polizei ihre ganze Technik auf und dabei brauchte es nur ein paar Sonnenstrahlen aus der richtigen Richtung.“

„Na ja, Polizisten sind schließlich auch nur Menschen.“ Jenny lächelte. „Ist Ihnen zu gestern denn noch etwas eingefallen? Manchmal kommt das ja vor, wenn man eine Nacht drüber schläft.“

Yildiz machte einen erstaunten Gesichtsausdruck. Wahrscheinlich fragte er sich gerade, ob Jenny unter den Beamten gewesen war, die ihn gestern befragt hatten. „Was meinen Sie?“

„Ich sehe schon, Sie erinnern sich nicht. Aber haben Sie mittlerweile wenigstens einen kompletten Überblick darüber bekommen, was Ihnen alles gestohlen wurde?“, bohrte Jenny weiter.

„Allerdings.“ Yildiz‘ Augen hatten eine andere Form angenommen. Sie schienen dunkler geworden zu sein. Misstrauen sprach aus ihnen. „Nichts.“

„Wieso sind Sie sich da so sicher?“, erwiderte Jenny. „Ihr Haus ist doch voll mit …“

„ … Gerümpel“, unterbrach Yildiz sie und lachte gezwungen. „Sagen Sie es ruhig.“

„Haben Sie deshalb keine Alarmanlage?“, fragte Jenny weiter.

„Ich habe eine. Die funktioniert aber momentan nur in einigen Räumen im Untergeschoss. Dort lagern noch ein paar andere Dinge, außer wertlosen Staubfängern“, erklärte Yildiz und zupfte sich am Hemdkragen. „Morgen kommt die Sicherheitsfirma und baut mir eine neue Anlage fürs ganze Haus ein. Zumindest hoffe ich das.“

„Von welchen Dingen sprechen Sie? Den Uniformen?“

Yildiz lachte. „Wie kommen Sie denn darauf? Nein, nicht die. Ich habe ein wenig Goldschmuck geerbt, das ist alles. Er liegt in einem gesicherten Tresor im Keller.“

Jenny nickte und ließ ihren Blick über die Terrasse schweifen. Plötzlich entdeckte sie eine Packung Schlaftabletten auf dem Tisch. „Sie schlafen schlecht?“

„Ja. Die brauche ich leider, um abschalten zu können“, antwortete Yildiz, nahm die Tabletten an sich und sah Jenny mit finsterer Miene an. „Sagen Sie, waren Sie gestern überhaupt dabei? Nicht, dass ich Ihnen nicht gerne weiterhelfe, aber ich glaube, ich sehe Sie heute zum ersten Mal.“

„Ehrlich gesagt, ermittle ich nicht in Ihrem Fall“, gab Jenny zu.

Yildiz‘ Adamsapfel machte einen Satz. Ein schiefes Lächeln erschien auf seinen Lippen. Verlegen räusperte er sich. „Ach? Und in welchem Fall ermitteln Sie?“

„Es geht um den Mord an Arno Behrend.“ Der Satz fiel wie ein Axthieb. Yildiz sank auf einen der Terrassenstühle nieder.

„Wollen Sie sich nicht auch setzen?“, fragte er die Kommissarin. „Ein Kollege von Ihnen wollte heute auch noch kommen und …“

„Kann sein.“ Jenny versuchte, Yildiz in die Augen zu schauen, doch der wich ihrem Blick immer wieder aus. „Und Sie sind sich wirklich ganz sicher, dass Sie nicht zufällig ein paar Briefe vermissen?“

Yildiz sackte weiter in sich zusammen, den Blick starr auf seine feinen Hände gerichtet. Dieselben, die gestern auf Jenny geschossen hatten. Waren es auch dieselben, die Behrend hinterrücks erschlagen hatten?

„Woher wissen Sie das?“, fragte er. Die Frage klang wie ein krampfhaftes Luftholen.

„Wie sind die Briefe in Ihren Besitz gelangt, Herr Yildiz?“ Der Antiquitätenhändler sollte deutlich spüren, wem von ihnen beiden hier die Rolle des Fragestellers zukam. „Haben Sie sie aus Behrends Wohnmobil gestohlen?“

„Was?“, stammelte Yildiz. „Woher wissen Sie das alles? Was geht hier vor sich?“

Jenny stand auf und stellte sich auf die oberste Stufe der kleinen Treppe, die zur Terrasse führte. Hinter sich vernahm sie das Rauschen der Baumkronen im Wind. Ein paar Dohlen ließen ihre schrillen, abgehackten Rufe vernehmen. Jenny blickte sich um. Waren sie tatsächlich allein? Kein Nachbar in der Nähe? Nein. Nur eine Katze, die an der Hecke entlangstrich und aus den Augenwinkeln herübersah.

„Ich habe die Briefe“, sagte Jenny schließlich.

„Woher? Wie das?“, erwiderte Yildiz. „Ich verstehe gar nichts mehr.“

„Das verrate ich Ihnen, wenn Sie mir sagen, wie Sie an die Briefe gelangt sind.“

„Was hat das zu bedeuten?“ Yildiz erhob sich wieder von seinem Stuhl. Er war blass geworden. „Verdächtigen Sie mich des Mordes?“

„Nein, nein, haben Sie keine Sorge.“ Jenny musterte den Antiquitätensammler wie ein seltenes Tier im Zoo. Sie wurde nicht so recht schlau aus ihm. „Ich weiß, dass Sie es nicht waren. Aber ich brauche trotzdem Ihre Hilfe.“

„Was meinen Sie?“, entgegnete Yildiz unschlüssig und griff nach seinem Smartphone.

„Sie wissen über die Golddepots Bescheid, Herr Yildiz“, gab Jenny zurück. „Habe ich Recht?“

„Das ist …“, stammelte Yildiz, „ … so eine Art Hobby von mir.“

„Ein sehr einträgliches Hobby, wenn es das Gold tatsächlich gibt“, erwidert Jenny. „Haben Sie jemals welches gefunden?“

„Ähm …“ Yildiz druckste herum.

„Zeigen die Fotografien aus Ihrem Schreibtisch Gold, das in Ihrem Besitz ist?“, erkundigte sich Jenny. „Oder gehört es jemand anderem?“

„Ach, die haben Sie also auch …“ Yildiz stieß einen tiefen Seufzer hervor. „Nein, die sind nicht von mir. Ich habe immer nur kleine Mengen gefunden. Insgesamt nicht mal ein Kilo.“

„Wem gehören die Barren auf den Fotos?“, bohrte Jenny weiter.

„Ich habe sie aus dem Netz“, antwortete Yildiz. „Aber sie stammen alle von Sylt. Das erkennt man an den Seriennummern. Sie sind kurz vor Kriegsende versteckt worden. Ich beschäftige mich seit Jahrzehnten mit dem Thema und versuche ein komplettes Verzeichnis aller auf der Insel gefundenen Goldbarren anzulegen.“

„Gibt es außer Ihnen noch weitere Leute, die hinter den Sylter Golddepots her sind?“, hakte Jenny nach.

„Ja. Leider. Wir sind sozusagen eine kleine ... Community. Allerdings nicht im positiven Sinne, denn wir stehen in Konkurrenz zueinander. Niemand gibt Informationen preis, weder über die Fundorte noch über sich selbst. Wir wissen nur, dass es uns gibt“ erklärte Yildiz. „Ich habe von mindestens vier weiteren Personen Kenntnis, die hinter den Goldverstecken her sind. Einer von ihnen hat bereits im großen Stil gefunden.“

„Und Sie wissen nichts über ihn? Keinen Namen und keinen Wohnort?“

„Ich kenne seinen Decknamen aus dem Forum, in dem er verkehrt. Das ist alles. Er heißt ‚der Koch‘“, erwiderte Yildiz und setzte ein nachdenkliches Gesicht auf. „Aber warten Sie mal. Wie war Ihr Name doch gleich?“

„Jenny Arens.“ Sie ahnte, was gleich kommen würde.

„So heißt doch der Hauptverdächtige in dem Mordfall, oder?“ Yildiz begann, auf seinem Handy herumzutippen. „Der Kellner aus ‚Tinos Pension‘. Sind Sie mit dem verwandt?“

„Nein“, log Jenny. „Wir haben nur rein zufällig den gleichen Nachnamen.“

„Da fällt mir ein, dass ich Ihren Dienstausweis gar nicht gesehen habe“, sagte Yildiz. „Würden Sie ihn mir bitte zeigen?“

„Ich frage Sie jetzt noch einmal“, sagte Jenny, während sie ihm ihren Ausweis hinhielt. „Wie sind Sie in den Besitz der Briefe gelangt, Herr Yildiz?“

„Ich ...“ Der Antiquar schluckte mehrmals. Verwirrt wanderten seine Blicke zwischen Jennys Dienstausweis und ihrem Gesicht hin und her. „Ich habe sie aus

Behrends Wohnwagen gestohlen, aber ich schwöre Ihnen, dass ich nichts mit dem Mord zu tun habe."

„Wann haben Sie sie entwendet?", hakte Jenny nach.

„An dem Abend, als Behrend sich mit diesem neuen Kellner aus dem ‚Tinos' prügelte", erwiderte Yildiz. „Während Ihre Kollegen die Personalien der beiden Streithähne aufnahmen, bin ich in den Wohnwagen eingebrochen."

„Woher wussten Sie, dass Behrend im Besitz dieser Briefe war?", bohrte die Kommissarin weiter.

„Er hat es ja überall herumerzählt", entgegnete Yildiz. „Wildfremde Personen hat er nach seinem Cousin Björn Dörkop gefragt. Er musste Dörkops Briefe haben."

„Sie kannten Björn Dörkop?"

„Tja ...", gab Yildiz mit stockender Stimme zurück. „Das kann man so sagen. Er hat mir mehrere seiner Goldfunde verkauft. Natürlich nur kleinere Mengen."

„Dörkop war auch ein Goldsammler! Aber das muss über zehn Jahre her sein. Dann haben Sie vielleicht auch eine Ahnung, wer dieser Wolfi ist, nach dem sich Behrend überall erkundigt hat."

„Nein", entgegnete Yildiz. „Persönlich bin ich nur Dörkop begegnet. Wolfis Name kenne ich ausschließlich aus den Briefen und von Behrends Fragerei."

„Sie meinen also, dass Behrend diesen Wolfi bis zu seinem Tod nicht gefunden hat?" , erkundigte sich Jenny.

„Keine Ahnung", gab Yildiz zurück. „Vielleicht fragen Sie das mal die Person, mit der Behrend bis zum Schluss noch verkehrt hat. Vielleicht weiß die ja was."

„Und wer wäre das?"

„Sybille Langer."

36. Kapitel

Während ihres Gesprächs hatte sich der Himmel zugezogen. Aber das Wetter war jetzt Jennys geringstes Problem. Sie konnte es kaum erwarten, mit Frau Langer zu sprechen. Hatte sie ihr bei der Vernehmung neulich nur die halbe Wahrheit gesagt? Wusste sie doch etwas über den geheimnisvollen Wolfi, den ehemaligen Bundeswehrsoldaten und Goldsammler? Kannte sie sogar seine Identität? Oder hatte Yildiz Jenny in die Irre geführt und war in Wirklichkeit doch selbst der Gesuchte? Ihr Bauchgefühl sagte ihr, dass der Antiquitätenhändler nicht gelogen hatte. Und falls doch, dann würde sie es sicher bald herausfinden.

Bis in die Danziger Straße waren es gute zwanzig Minuten zu Fuß. Sie wählte Simons Nummer. Vielleicht war er ja in der Nähe und konnte sie einsammeln.

„Hi!" Seine Stimme klang seltsam. Und sie katapultierte sofort eine Handvoll Bilder von letzter Nacht zurück in ihren Kopf. Da war doch etwas gewesen. Etwas, das sich nicht mehr wegwischen ließ. Etwas, das Konsequenzen haben würde. Später. Das würde alles später dran sein.

„Wo bist du?", fragte Jenny energisch. „Ich bin ohne Auto unterwegs und wollte Frau Langer besuchen. Da dachte ich vielleicht …"

„So ein Zufall“, rief Simon. „Ich bin in List und könnte gleich losfahren. In circa fünfzehn Minuten wäre ich bei dir.“

„Mmh ... lohnt sich nicht. In der Zeit schaffe ich es auch per pedes“, antwortete Jenny. „Und was war daran jetzt Zufall?“

„Nachdem ich noch einmal in den Lister Dünen war, habe ich einen Halt bei den Kollegen eingelegt, die hier eine Verkehrskontrolle durchführen. Alte Bekannte von mir. Den Klaasen kenne ich schon seit Schulzeiten.“ Simon legte eine kurze Pause ein. „Und während ich dort stehe und mit denen schnacke, ziehen sie ausgerechnet Sybille Langer wegen Telefonierens am Steuer aus dem Verkehr. Was hältst du davon? Die Langer kannte einen der Beamten und machte auf lieb Kind, aber es hat ihr nichts geholfen. Sie meinte, sie sei gerade auf dem Friedhof gewesen und deshalb noch ein bisschen mitgenommen. Na ja, das Bußgeld war trotzdem fällig.“

„Möglicherweise ist sie also gar nicht Zuhause“, murmelte Jenny.

„Sie war in Richtung Westerland unterwegs“, erwiderte Simon. „Du könntest Glück haben.“

„Ich melde mich bei dir, wenn ich bei ihr angekommen bin. Dann erzähle ich dir auch, wie es bei Yildiz gelaufen ist.“

„Du warst schon bei Nuri Yildiz?“ Simon verbarg sein Erstaunen nicht.

„Mehr dazu später“, entgegnete Jenny. „Ciao!“

*

Eine gute Viertelstunde später kam Jenny in der Danziger Straße an. Am Parkplatz vor dem Wohnhaus fiel ihr ein roter VW Polo auf, der zur Hälfte auf dem Bürgersteig stand. In der Heckscheibe hing ein Plüschherz. Langers Auto? Wusste sie nicht, dass das Ordnungsamt auf Sylt nie pausierte? Wer so parkte, hatte hier schnell sein Knöllchen weg. Just als sie klingelte, kam ihr ein junger Mann entgegen. Jenny schlüpfte an ihm vorbei in den Hausflur. Während sie die Stufen hochhastete, hörte sie mit einem Ohr hinab. War der Türsummer tatsächlich stumm geblieben? Als sie an der Wohnungstür klingelte und auch hier keine Reaktion erhielt, war ihr klar, dass Sybille Langer nicht zuhause war. Sie war umsonst hergehetzt.

„Moin!"

Jenny drehte sich um. Die Nachbartür hatte sich geöffnet und der ergraute Haarschopf einer Frau jenseits der Achtzig erschien.

„Hallo!" Auf dem Klingelschild las Jenny den Namen der Dame. „Frau Janssen."

„Wollen Sie zu Sybille Langer?", fragte die Nachbarin.

„Ist sie denn zuhause?", erkundigte sich Jenny.

„Sieht zumindest so aus." Die Nachbarin lächelte zaghaft. „Sind Sie die Tochter?"

„Nein", gab Jenny zurück. „Ich …"

„Doch, sie muss da sein!", ertönte in dem Moment die Stimme eines Mannes aus dem Innern der Wohnung. Das war wohl Herr Janssen gewesen.

„Was redest du schon wieder?", rief Frau Janssen. „Die junge Frau hier hat doch gerade geklingelt und es hat keiner aufgemacht."

„Vielleicht sitzt sie ja mit Dünnpfiff auf dem Klo!", kam es zurück.

„Ach, du schon wieder!" Die Nachbarin schüttelte den Kopf. „Entschuldigen Sie! Aber manchmal frage ich mich wirklich, wo er seine Manieren gelassen hat. Er war mal so ein gut erzogener Kerl."

„Sie ist aber da!", insistierte Herr Janssen von drinnen, machte jedoch weiterhin keinerlei Anstalten, an die Tür zu kommen. „Ich habe sie doch reingehen sehen. Außerdem steht ihr Auto vor der Tür. Hat wieder unmöglich geparkt."

„Ach so!", erwiderte die Nachbarin. „Wenn das so ist. Da hören Sie es."

„Einfach noch mal klingeln!", kam es von Herrn Janssen.

„Kannst du nicht herkommen, Bertram?", rief Frau Janssen in die Wohnung.

„Du weißt, dass ich gerade meinen Tee trinke", erwiderte Herr Janssen. „Aber ich will mal nicht so sein."

„So ist er eben." Frau Janssen zuckte ratlos mit den Schultern. Jenny betätigte unterdessen noch einige Male den Klingelknopf.

Schließlich erschien der kahle Kopf von Herrn Janssen in der Tür, die Augenbrauen aufgestellt und die Nase gerümpft. „So, jetzt bin ich hier. Wer sind Sie denn überhaupt?"

„Ach, entschuldigen Sie", erwiderte Jenny und hielt ihm ihren Dienstausweis hin. Sie hatte gehofft, inkognito bleiben zu können. Gerade der Alte schien ein guter Beobachter zu sein. Gut möglich, dass er ihren Namen an der falschen Stelle durchsteckte. „Arens, Kripo Niebüll. Ich wollte Frau Langer vernehmen."

„Schon seltsam, dass sie nicht aufmacht", murmelte Frau Janssen. Die Anwesenheit der ganzen Polizisten beflügelte sichtlich ihre Phantasie. „Ihr wird hoffentlich nichts passiert sein."

„Na, gib ihr doch einfach den Schlüssel", fuhr der Alte seine Frau an. „Dann kann sie nachsehen."

„Wir haben eine Kopie“, fügte Frau Langer hinzu und verschwand in ihrer Wohnung, um kurz darauf wieder mit einem Schlüssel in der Hand zurückzukommen. „Hier.“

„Das trifft sich ja.“ Jenny hatte zwar den Eindruck, dass die Janssens interessierter waren als sie selbst, in die Wohnung der Nachbarin hineinzuschnüffeln, aber ganz unglücklich war sie über die Gelegenheit nicht. Auch sie würde ihr Näschen gern noch einmal in Langers Leben stecken. „Aber das überlass ich besser Ihnen. Sie sind schließlich autorisiert dazu.“

„Wie bitte?“ Frau Janssen zuckte ratlos mit den Schultern.

„Sie ist Polizistin“, klärte Herr Janssen seine Frau in einem ruppigen Tonfall auf. „Sie kann nicht einfach so in fremde Wohnungen gehen.“

„Auch nicht, wenn der Frau Langer dort drinnen etwas passiert ist?“, fragte Frau Janssen besorgt. In ihrem Gesicht hatten sich mittlerweile deutliche Falten der Furcht eingegraben. Ahnte sie etwas? Jenny merkte, wie sie die Beunruhigung der Alten ansteckte. War der Langer tatsächlich etwas widerfahren?

„Das kommt immer darauf an“, antwortete Jenny. „Aber ich plädiere dafür, dass Herr Janssen jetzt mal die Tür aufschließt.“

„Mach ich liebend gern“, erwiderte Janssen mit einem breiten Grinsen auf dem Gesicht, nahm seiner Frau den Schlüssel aus der Hand, ging zur Nachbartür und schloss auf. „War ja gar nicht abgeschlossen.“

Jenny sah dem Alten über die Schulter. Ihr stockte der Atem. „Was ist denn …?“

Die kleine, aufgeräumte Wohnung war nicht mehr wiederzuerkennen. Zahllose Gegenstände waren aus den Schränken geholt und auf dem Fußboden verteilt worden,

Bilder von der Wand gerissen, Klamotten und Schuhe verstreut. Leere Schubladen lagen herum. Regalbretter waren aus ihren Gestellen gerutscht. Die Porzellanfigur einer Tänzerin lag mit abgebrochenem Kopf am Boden. Nur die Arme waren merkwürdigerweise unbeschadet geblieben. Sie wölbten sich in einer grazilen Geste über den traurigen Stumpf mit der glatten Abbruchkante.

„Was ist denn da los?“, kam es von Herrn Janssen, der erschrocken ein paar Schritte zurückgewichen war. Die buschigen Augenbrauen finster über der riesigen Nase zusammengezogen und das unsauber rasierte Gesicht in tiefe Furchen geworfen ging er Schritt für Schritt zurück, bis er auf der eigenen Türschwelle angelangt war. Sicheres Territorium.

„Ich denke, Sie können schon mal die Polizei rufen“, erwiderte Jenny und betrat Langers Wohnung. Auch im Wohnzimmer herrschte ein heilloses Durcheinander. Und eines stand fest. Der Eindringling hatte etwas gesucht. Erst auf den zweiten oder dritten Blick fiel der Kommissarin das Beinpaar auf. Es lag inmitten eines Bergs aus Kleidung, aus dem mehrere Bügel wie Messer herausragten.

„Scheiße“, zischte Jenny.

Ihre Augen wanderten über die verdrehte Hüfte hin zum Oberkörper, der in einer dunklen Rüschenbluse steckte. Aus dem weiten Ausschnitt quoll der große, weiße Busen hervor. Der Kopf war von einem roten Shirt verdeckt. Zeichneten sich dort Blutflecken ab? Langsam hob sie das Kleidungsstück an.

37. Kapitel

Simon war zeitgleich mit dem ersten Streifenwagen am Tatort. Während die beiden uniformierten Kollegen das Flatterband vor dem Haus aufspannten, betrachtete er die Tote. Es kam nicht oft vor, dass er die erste Person am Tatort war. Das geschäftige Treiben der Spurensicherung war noch fern. Es fühlte sich seltsam an. Man war der Tat irgendwie näher. Und damit auch dem Mörder.

„Hier stimmt doch was nicht", murmelte er.

Langers Leichnam lag auf der Seite, der Mund war leicht geöffnet und vom rechten Auge war lediglich ein dunkelrotes Loch übrig geblieben. Das Blut war sternförmig in alle Richtungen verlaufen. Es klebte im Haaransatz, im Ohr, auf dem Kinn, unter der Nase, im Mund, am Boden. Simon beugte sich hinunter und suchte den Hinterkopf ab. Und tatsächlich! Es gab ein winziges Austrittsloch. Der Mörder musste ihr durchs Auge geschossen haben. Aber warum umfasste die Eintrittswunde die komplette Augenhöhle und das hintere Loch war kreisrund und kaum fingernagelgroß? Das war unüblich bei einem Kopfschuss. Das Austrittsloch pflegte viel größer und ausgefranster zu sein.

„Moin!"

Simon erschrak, als der Notarzt plötzlich hinter ihm stand. „Hallo!"

Während der Mediziner den Totenschein ausstellte, erreichten immer mehr Kollegen den Tatort. Die ersten Beamten begannen damit, bei den Hausbewohnern zu klingeln und Informationen zu sammeln. Unterdessen fragte Simon sich, wie er seinen Vorgesetzten erklären sollte, dass ausgerechnet seine zwangsbeurlaubte Partnerin die Leiche gefunden hatte.

„Die Todesursache ist vermutlich ein Kopfschuss", informierte ihn der Mediziner. „Sicher bin ich mir allerdings nicht."

„Dann müsste doch auch irgendjemand etwas gehört haben", entgegnete Simon.

Als er in der Danziger Straße angekommen war, hatte er sofort die alten Leute befragt, die direkt nebenan wohnten. Die waren ganz durch den Wind gewesen, hatten aber beteuert, dass sie nichts mitbekommen hätten. War das nicht seltsam? Ihre Wohnungstür war doch nur wenige Meter entfernt. Ein zweiter Versuch kann nichts schaden, dachte Simon, begab sich zu den Nachbarn und klingelte. Möglicherweise hatten sie sich ja etwas beruhigt und ihr Gedächtnis wiedergefunden.

„Hallo?" Herr Janssen war in Sekundenschnelle an der Tür erschienen. Mit nach oben gezogenen Augenbrauen stand er da und sah ihn an. Kurz darauf tauchte seine Frau neben ihm auf.

„Kommissar Kaarst, der von eben", sagte Simon. „Ich muss mich noch mal versichern, dass Sie wirklich nichts gehört haben. Auch keinen Knall oder einen Schuss? Ist das korrekt?"

„Meine Augen sind gut, aber die Lauscher taugen nichts mehr", entgegnete Janssen und deutete auf seine Ohren. „Meine neuen Hörgeräte bekomme ich erst nächste Woche."

„Ich trage meine zwar, aber wenn ich im hinteren Zimmer bin, dann kriege ich nicht mit, was im Hausflur passiert“, schob Frau Janssen hinterher.

„Aber ich kann Ihnen vielleicht etwas anderes zu Frau Langer verraten“, fuhr Janssen ungefragt fort. „Jetzt, da sie schon mal da sind.“

„Tun Sie sich keinen Zwang an“, forderte ihn Simon auf.

„Ich will es mal so ausdrücken“, begann Janssen. „Ehrlich gesagt wundert es mich bei ihr nicht, dass so etwas passiert ist. In dem Gewerbe … “

„Sie war eine Escortdame“, ergänzte Frau Janssen. „Das glauben wir zumindest.“

„Für ihr Alter war sie noch sehr gut in Schuss“, warf Herr Janssen ein und nickte eifrig.

„Also, hör mal!“ Frau Janssen gab ihrem Mann einen Stoß in die Seite.

„Wie kommen Sie denn darauf?“, erkundigte sich Simon, der jedoch nicht viel Neues erwartete. Diese Info hatte Jenny ja schon vor Tagen gehabt.

„Ich habe Sie dabei gesehen“, antwortete Herr Janssen. „Immer mit anderen Männern, auch mal in teuren Autos.“

„Außerdem kam sie oft nachts nach Hause“, pflichtete ihm seine Frau bei.

„Dazu kam ihr ganzer Stil. Sie war immer sehr elegant gekleidet“, ergänzte Janssen. „Die Frau machte echt was her.“

„Haben Sie sie mal darauf angesprochen?“, erkundigte sich Simon.

„Nein, nein, wir haben nur beobachtet.“ Janssen lächelte zufrieden. „Von der Küche aus sehe ich fast die ganze Straße.“

„Er hat sich extra einen neuen Türspion einbauen lassen“, sagte Frau Janssen und zeigte auf die Wohnungstür.

„Mit Vergrößerung.“ Das Grinsen aus Janssens Gesicht wollte gar nicht mehr verschwinden.

War es nicht normal, dass der Mensch sich stärker aufs Beobachten verlegte, je älter er wurde? Natürlich nur, sofern die dafür erforderlichen Sinne noch in brauchbarem Zustand waren. Der eigene Aktionsradius nahm ab, aber dafür wuchs das Interesse an der Umwelt. Die Polizei konnte im Grunde froh sein über Leute wie Herrn Janssen. Dennoch gab es etwas an dem Rentner, das Simon nicht behagte. Vielleicht lag es daran, dass er ihm einen Tick zu obsessiv erschien. Vielleicht war es auch die Vorstellung, irgendwann selbst einmal so einen Nachbarn zu haben.

„Herr Kaarst?“, kam es plötzlich aus Langers Wohnung. „Wenn Sie dort fertig sind, können Sie sich das hier ja einmal ansehen.“

Simon versicherte dem Ehepaar, dass er später noch einmal auf sie zurückkommen würde, machte eine entschuldigende Geste und bat sie darum, die Wohnungstür zu schließen. Ohne sein Lächeln vom Gesicht zu nehmen, kam Herr Janssen der Aufforderung nach. Simon spürte, dass der Rentner sich gern noch eine Weile mit ihm unterhalten hätte. Er warf einen flüchtigen Blick auf Janssens Türspion und begab sich dann zu dem Kollegen. „Was haben Sie für mich, Herr Jung?“

Der Kommissar gehörte zu dem Zweierteam der Sylter Kripo, das die Spuren am Tatort sichern sollte. Ein hochgewachsener, konzentriert wirkender Mann mit randloser Intellektuellenbrille und kurzem dunkelblonden Haar. Einer, der mal Karriere machen würde, dachte Simon.

„Schauen Sie!“, forderte Jung ihn auf und deutete auf den Türrahmen. „Hier begann es.“

„Blutspritzer“, stellte Simon fest, als er die kleinen, rotbraunen Flecken sah.

„Und da ging es weiter“, fuhr der Kommissar fort und trat in den Korridor. Er wies auf die Scheuerleiste, an der sich längliche Schmierspuren befanden.

„Der Täter hat sie auf der Türschwelle getötet und den Körper dann in die Wohnung gezerrt“, folgerte Simon. „Da wundert es einen noch mehr, dass niemand etwas gehört hat.“

„Na ja, der Notarzt war sich nicht hundertprozentig sicher, ob es sich um eine Schusswunde handelt“, fuhr Jung fort. „Und bis jetzt haben wir ja auch noch kein Projektil gefunden.“

„Aber was könnte es dann gewesen sein?“, murmelte Simon und blickte suchend umher. Vielleicht doch eine Stichwaffe? Plötzlich erschien ein uniformierter Kollege an der Tür. Er machte einen erregten Eindruck.

„Ein Nachbar aus dem Erdgeschoss hat beobachtet, dass heute ein anderer Paketbote als sonst da war“, sagte der Schutzpolizist. „Vielleicht hilft uns das ja weiter.“

„Auf jeden Fall“, erwiderte Simon. „Was hat er noch gesagt?“

„Ich habe ihn gefragt, wie er gekommen ist, im Auto oder mit dem Rad“, erwiderte der Polizeihauptmeister. „Aber dazu konnte er keine Angabe machen.“

„Personenbeschreibung?“, hakte Jung nach.

„Mittelgroß, Mütze, Brille und Vollbart“, entgegnete der Kollege. „Klang nach Verkleidung, wenn Sie mich fragen.“

„Wir lösen sofort eine Großfahndung aus.“

38. Kapitel

Jenny hatte den Weg von der Danziger Straße bis zu ihrer Unterkunft zu Fuß zurückgelegt und darauf geachtet, dass keiner der Sylter Kollegen sie in Tatortnähe sehen konnte. In ihrem Appartement angelangt, hatte sie noch in einem Auszug aus *Die Festung Sylt* lesen wollen, war aber weggenickt. Als sie gute zwei Stunden und einen verworrenen Traum später mit einem Knick in der Optik wach wurde, wusste sie, dass ihr nur ein doppelter Espresso bei ‚Tino' wieder auf die Beine helfen würde. Auf dem Weg ins Restaurant, das keine zwanzig Meter von ihrem Zimmer entfernt war, fragte sie sich, wo Simon wohl gerade sei und ob die Obduktion von Langers Leiche bereits stattgefunden hätte.

Kaum hatte Jenny bei ‚Tino' Platz genommen, gesellte sich Simons Schwester Enna zu ihr. Außer ihnen waren noch drei weitere Tische besetzt. Nach der letzten Nacht fühlte es sich merkwürdig an, Enna gegenüber zu sitzen. Ob sie etwas ahnte?

„Hi!" Enna gab sich keine Mühe, ihre schlechte Stimmung zu verbergen. Ihre Stimme war von einem kräftigen Moll eingefärbt, so dass die depressive Note unüberhörbar war. Wie so oft bei ihr.

„Ist alles in Ordnung?", fragte Jenny sie.

„Ja, ja, es ist nichts.“ Ennas Augen flimmerten nervös. „Ich bin einfach nicht mehr gern hier. Ich wollte nie Gastronomin sein.“

„Und hast du etwa nicht vor, das zu ändern?“, fragte Jenny sie.

„Ach ja.“ Enna setzte ein wehleidiges Gesicht auf. „Lass uns lieber das Thema wechseln.“

„Wie du möchtest.“

„Wie lange ist Simon jetzt eigentlich schon dein Teampartner?“, fragte Enna sie.

„Die Teams wechseln eigentlich ständig“, erwiderte Jenny. „Aber ich bin jetzt fast anderthalb Jahre in Niebüll, falls du das meinst.“

„Ich bin froh, dass ihr euch so gut versteht, weißt du?“

„Ja, ich auch.“ Jenny fragte sich, was da wohl noch kommen würde.

„Simon hat ja auch keine Freundin oder so“, bemerkte Enna.

„Ach, wirklich?“ Jenny stieg sofort eine unangenehme Wärme ins Gesicht. Was bezweckte sie mit ihren Fragen?

„Tino und ich haben keine Kinder. Aber ich wäre einfach gern Tante.“ Enna stieß ein kurzes, kindisches Kichern hervor.

„Ach ja?“ Das Höchstmaß an Fremdscham war erreicht. Wie sollte sie nur aus dieser Situation herauskommen? Dann klingelte ihr Handy. Es wirkte wie eine Erlösung. Simon.

„Kannst du bitte in die Nordseeklinik kommen? Das musst du dir ansehen!“

*

Als Jenny den Obduktionsraum betrat, ging ihr das schräge Gespräch mit Enna noch durch den Kopf. Sie grüßte Simon und Andrea mit einem zurückhaltenden Kopfnicken.

„Hallo, Jenny!“ Die Rechtsmedizinerin stand vor der entkleideten Leiche von Sybille Langer. „Ich habe deinem Kollegen soeben erklärt, dass Frau Langer definitiv nicht durch ein Projektil zu Tode gekommen ist.“

„Und womit dann?“, erwiderte Jenny, während sie sich die Hände desinfizierte.

„Es war ein spitz zulaufender, metallischer Gegenstand mit T-Querschnitt“, entgegnete Andrea und deutete auf eine stählerne Schale. „Das Ding dort.“

„Sieht aus wie ein überdimensionierter Zelthering, findest du nicht?“, bemerkte Simon und warf ihr einen schüchternen Blick zu.

Jenny beugte sich über die Schale und hielt den Atem an. Etwas in der Art hatte sie doch erst vor kurzem zu Gesicht bekommen. „Wo habt ihr das her?“

„Aus Langers Wohnung. Die Spurensicherung hat es entdeckt, als die Leiche abtransportiert wurde“, erwiderte Simon. „Weißt du, was das ist? Ich habe es nicht erraten. Kommissar Jung musste mich erst darauf bringen.“

„Es ist ein Bajonett“, antwortete Jenny.

„Richtig!“, rief Simon aus. „Du kennst dich aus, wie ich sehe. Unsere neue Spezialistin für Militärgeschichte.“

„Und bei dem Ding handelt es sich ohne jeden Zweifel um die Mordwaffe“, bemerkte Andrea. „Der Angreifer hat ihr die Klinge geradewegs durch das Auge in den Schädel gerammt. Ihr hättet lange nach einem Projektil suchen können.“

„Er muss recht kräftig gewesen sein“, gab Simon von sich, während Jenny nur nachdenklich nickte.

„Ich nehme eher an, dass er ziemlich gut mit Messern umgehen konnte“, wandte Andrea ein. „Durch meinen Beruf bin ich ja nun auch einigermaßen mit Schneidewerkzeugen vertraut und ich kann euch verraten, dass man nicht zufällig so präzise zusticht. Das erfordert jede Menge Übung.“

„Ich muss euch was sagen“, bemerkte Jenny mit ernster Stimme. „Ich kenne dieses Bajonett. Dieses und andere. Yildiz verfügt über eine ganze Sammlung davon.“

„Yildiz sammelt die Dinger?“, rief Simon und riss die Augen auf.

„Ja, aber mir will nicht so recht in den Kopf gehen, wieso es am Tatort gelegen hat. Warum sollte Yildiz etwas mit dem Tod von Sybille Langer zu tun haben?“, fuhr Jenny fort. „Und warum sollte er die Mordwaffe zurücklassen?“

„Wie bitte?“, rief Simon und zückte bereits sein Handy. „In dem Fall muss ich umgehend Spengler informieren. Yildiz‘ Name ist bereits vorhin bei der Besprechung gefallen. Kommissar Jung hatte sich erkundigt, ob der Antiquitätenhändler nicht auch alte Waffen in seinem Sortiment hat. Spengler wollte einen Durchsuchungsbeschluss für sein Haus erwirken, ist dann aber doch davon abgerückt. Außerdem will ich dich nur an unser gestriges Gespräch erinnern.“

„Mag sein“, murmelte Jenny. „Aber was zum Teufel hatte Yildiz mit Langer zu schaffen? Ihre Dienste als Escortlady hat er wohl kaum in Anspruch genommen, denn soweit ich weiß, ist er nicht an Frauen interessiert.“

„In der Nacht, in der Behrend ermordet wurde, hielten sich beide in der Pension auf. Sie kannten Behrend und sie kannten sich auch untereinander. Damit kommen einfach zu viele Dinge zusammen. Doch, doch, dieser Yildiz ist ein heißer Kandidat für einen Haftbefehl", insistierte Simon und verließ den Raum, um Spengler zu kontaktieren. Jenny sah zu Andrea und zuckte nur mit den Schultern.

„Hast du schon Bescheid bekommen, was die Laborbefunde deiner Bluttests angeht?", wechselte Andrea das Thema.

„Ähm … nein. Bin ja eigentlich nicht im Dienst", erwiderte Jenny überrascht. „Wieso? Hast du sie?"

„Die Kollegen aus der forensischen Toxikologie haben sich vor ein paar Stunden per E-Mail gemeldet", erklärte die Medizinerin. „Ich dachte, eure Vorgesetzten hätten euch bereits deswegen kontaktiert."

„Nein. Wieso?"

„In eurem Blut wurden Spuren eines Nervengiftes festgestellt."

„Was?" Jenny riss die Augen auf.

„BZ, bei beiden", erwiderte Andrea und lächelte. „Und damit meine ich kein bewusstseinsveränderndes Käseblatt aus der Hauptstadt."

„Du sprichst wieder mal in Rätseln."

„Hattet ihr beide nicht von Halluzinationen, Angstzuständen und Bewusstlosigkeit berichtet, als ihr in dem Dünenbunker in List eingesperrt wart?", erkundigte sich die Rechtsmedizinerin und runzelte die Stirn.

„Ja, genau!", rief Jenny. „Was war das für ein Zeug?"

„Benzilsäureester oder kurz: BZ", entgegnete die Medizinerin. „Das ist ein sogenannter Psychokampfstoff. Die Amerikaner haben ihn entwickelt und versuchsweise in Vietnam eingesetzt. Sie nennen das Zeug auch *incapaciting agent*, weil die Opfer sich nicht wehren können und sich an nichts erinnern. In den Neunzigern fand BZ seinen Weg in die Hände von Milosovic, Assad und Co. Mittlerweile wird der Stoff in Osteuropa an jeder Ecke gehandelt.

Er wird häufig bei Vergewaltigungen und Entführungen verwendet.“

„Das klingt ja heftig.“ Jenny wischte sich den Schweiß von der Stirn.

„Ist es auch. Ein paar Gramm könnten die ganze Insel lahmlegen“, erklärte Andrea. „Aber ich kann dich beruhigen. Bleibende Schäden gibt es keine. Man ist eben nur für eine Weile ausgeknockt.“

„O.K.“ Jenny atmete tief durch.

Plötzlich polterte Simon zur Tür hinein und sah sie mit großen Augen an. „Spengler schickt jetzt das SEK zu Yildiz!“

39. Kapitel

Es gibt Menschen, die behaupten, das Spezialeinsatzkommando sei unter Kriminalern nicht sonderlich hoch angesehen. Denn während die Gattung der Ermittler eher unauffällig agiere, sagen sie, seien die Kollegen vom SEK fürs Draufhauen bekannt. Meister der leisen Töne gegen Rambos, introvertierte Feingeister gegen primitive Brutalos. Fairerweise sollte nicht unerwähnt bleiben, dass die Spezialkräfte im Normalfall jünger als fünfundvierzig Jahre sein müssen. Und war die Jugend nicht immer schon etwas aufbrausender? So weit die Klischees, dachte er und sah aus dem Helikopterfenster. Unter ihm lag das Watt wie ein gigantischer nasser Lappen. Aufwischen, wo andere gekleckert hatten. So konnte man seine Arbeit auch zusammenfassen.

Tante Gerd war einen Meter neunzig groß, wog hundert Kilo, hatte einen Dreitagebart und bekleidete einen höheren Rang bei den Elite-Polizisten. Trotz seiner achtundvierzig Jahre verrichtete er weiterhin seinen Dienst als Spezialkraft. Wegen herausragender Fitness. Offiziell bescheinigt.

Beim SEK war es üblich, dass man sich Spitznamen gab. Bei denen konnten sich die harten Männer mal so richtig kreativ zeigen. Denn neben der exzellenten körperlichen Verfassung war ihre verdeckte Identität oberstes Gebot. Ganz gleich, ob sie einen Rocker-Chef festzunehmen oder einen Selbstmord zu verhindern hatten, sie blieben anonym.

Tante Gerd liebte es, wenn es um etwas ging. Und er wusste, dass die Mitglieder seiner Truppe nicht gerufen wurden, um Gedichte zu interpretieren. Sie hobelten, sie machten Späne. Sie kamen, wenn nichts mehr half. Möglicherweise auch, weil andere Kollegen falsch oder zu lange gar nicht gehandelt hatten. Standardmäßig rückten sie jedoch bei Personen aus, die bewaffnet waren und von denen Gefahr ausging. Die Einschätzung, wann genau das der Fall war, übernahmen die Kollegen aus dem Regeldienst, Schutzpolizei oder Kripo. Das SEK war nur der ausführende Arm, das Instrument, die Waffe.

Nuri Yildiz war auch bewaffnet. Das stand wohl bereits seit ein paar Tagen fest. Nur neuerdings galt er zudem als gefährlich. Das hatte Kriminalhauptkommissar Spengler aus Niebüll so entschieden, nachdem er das rechtsmedizinische Gutachten zu Sybille Langers Leiche gelesen und den Hinweis auf Yildiz‘ Bajonettsammlung erhalten hatte. Die Spezialkräfte hatte er angefordert, weil Yildiz offenbar zuhause war und die Tür nicht öffnen wollte. Trotz Durchsuchungsbeschluss und Haftbefehl.

*

Als der Elite-Polizist und sein Team im Mühlenweg ankamen, hatte die Dämmerung bereits eingesetzt. Die Straße erstrahlte in blauer Festbeleuchtung. Einsatzwagen der Polizei, Feuerwehr, Rettungswagen, Notarzt. Es war angerichtet. Tante Gerd wandte sich an Einsatzleiter Jakobi.

„Wann hat die Zielperson zum letzten Mal ein Lebenszeichen von sich gegeben?“, erkundigte sich der maskierte Einhundert-Kilo-Mann.

„Die Kollegen, die ihn festnehmen sollten, haben ihn angeblich am Fenster gesehen“, erwiderte Jakobi. „Anschließend haben sie einen Schuss gehört.“

„Es war sicher ein Schuss?“, hakte der SEK-Teamchef nach. „Haben wir ein Projektil oder eine Einschussstelle?“

„Wir haben nur die zwei Beamten, die sagen, sie hätten es gehört“, entgegnete Jakobi.

„Und auf Ansprachen hat er nicht reagiert?“, hakte Tante Gerd nach.

„Wir beschallen ihn bereits seit einer halben Stunde“, antwortete Jakobi.

„Na gut, dann gehen wir jetzt rein“, sagte Tante Gerd trocken.

Danach folgten nur noch knappe Anweisungen an das Team. Man wusste, was zu tun war. Es hatte bereits auf dem Hinweg festgestanden, dass Peter Pan heute die Nummer Eins abgeben würde. Das bedeutete, dass er voranginge, das schusssichere Schild in der Hand. Peter Pan war erst zweiundzwanzig Jahre alt. Wahrscheinlich hatte er sich deswegen auch diesen Alias ausgesucht. So genau wusste es niemand. Fliegen konnte er jedenfalls nicht. Wenn er auch sehr schnell war.

Für die Männer, die von Amts wegen dazu verpflichtet waren, mindestens sechzig Kilo auf der Drückerbank stemmen zu können, stellte die Eingangstür kein erwähnenswertes Hindernis dar. Die Türen, mit denen sie übten, waren dicker. Mit lautem Poltern stürmten sie in das Haus des Antiquitätenhändlers. Die Alarmanlage ging los. Ihre Schreie hallten durch die Räume: „Polizei!“

Die Kollegen, die außerhalb des Hauses in Stellung gegangen waren, verfolgten jede noch so kleine Regung durch die Zielfernrohre ihrer Langwaffen. Das war der Zeitpunkt, an dem sie am ehesten mit einem Ausbruch rechnen mussten. Doch es rührte sich nichts.

Im Hausinnern hatten die Kollegen unterdessen routiniert sämtliche Räume durchsucht. Die Nummer Eins stand vor einer verschlossenen, stabil wirkenden Tür, als in den Lärm der Alarmanlage hinein plötzlich ein Knall ertönte. Nicht laut, nicht leise, irgendwie gedämpft. Ein Schuss? Die fünf Kollegen, die direkt hinter Peter Pan postiert waren, zögerten nicht für den Bruchteil einer Sekunde, sondern feuerten gemeinsam ein paar Kugeln auf die Tür. Vielleicht zwanzig. Oder auch dreißig.

„Los!“, rief die Nummer Eins. Dann trat der Kollege links von ihm gekonnt gegen die zersiebte Tür, dass die Splitter nur so flogen. Bereits durch die losen Türteile, die an Scharnieren und Zarge baumelten und einst gute Handwerksarbeit gewesen sein mochten, erkannten die Männer das Blut. Es war überall. Auf dem Boden, den Wänden, dem Holz der Tür und bald auch an den Schuhsohlen von Nummer Eins.

„Zielperson tot“, sprach Tante Gerd in sein Funkgerät.

40. Kapitel

Jeder Sylter, der den dicken Morgennebel auf den Straßen und Dünen sah, wusste, dass der heutige Tag eine zähe Angelegenheit in Grau werden würde. Simon bereute, dass er sich nicht noch eine Schicht mehr übergeworfen hatte. Fröstelnd stand er im Garten vor dem Haus des Antiquitätenhändlers, ein leichter Wind spielte mit dem angewelkten Laub in den Bäumen, eine Amsel raschelte durch die Hecke und aus den offenen Fenstern drang das konzentrierte Gemurmel der Kollegen, bei denen es sich überwiegend um Kriminaltechniker des Landeskriminalamtes handelte, die gerade dabei waren, jeden Zentimeter des Hauses umzukrempeln.

„Herr Kaarst?", rief Jung aus dem Fenster im Obergeschoss. „Wir stehen hier vor der Glasvitrine, von der Sie gesprochen haben."

„Und?", fragte Simon nach. Wurde ja auch endlich Zeit, dachte er. „Sieht sie komplett aus?"

„Da scheint keins zu fehlen", gab der Kollege zurück, worauf sein Kopf wieder verschwand.

„Muss trotzdem nichts heißen", brummte Simon. Für ihn bestand der Verdacht gegen Yildiz weiter. So unwahrscheinlich es sein mochte, dass der Waffensammler einen Mord mit einem historischen Seitengewehr begangen hatte, so schwer war es, diesen Zusammenhang zu bestreiten. Schließlich sammelte er die Dinger. Aber es war nicht nur die Waffe, die auf Yildiz wies, sondern es waren auch Behrends Briefe, die Jenny bei ihm gefunden hatte. Yildiz hatte Behrend ermordet und die Schriftstücke in seinen Besitz gebracht, weil er sich von ihnen Hinweise auf die Golddepots erhofft hatte. Anschließend hatte er Sybille Langer umgebracht, weil sie von alledem gewusst hatte. Vermutlich war Behrend doch einer ihrer Kunden gewesen. Was bislang noch fehlte, war das Gold …

„Herr Kaarst!" Eine Kollegin, die zu der Flensburger Spurensicherung gehörte, kam aufgeregt auf ihn zu. „Kommen Sie! Das wird Sie interessieren."

„Was gibt es denn?", erkundigte sich Simon.

„Sie hatten doch das Gold erwähnt, nicht wahr?", rief die Kollegin. „Wir haben es."

„Wie bitte?"

„Unter dem Vordereingang liegt ein versteckter Keller", erwiderte sie. „In dem haben wir mehrere Goldbarren entdeckt. Sie tragen alle die Prägung der Deutschen Reichsbank mit dem Hakenkreuz. Ganz so, wie Sie gesagt haben."

Simon folgte der Kriminaltechnikerin über eine schmale Treppe in einen winzigen fensterlosen Kellerraum, in dessen Mitte ein kleiner Karton stand. Der federführende Hauptkommissar aus Flensburg grinste ihn an. Ein paar Kriminaltechniker stemmten stolz die Hände in die Hüften. Simon beugte sich über die Pappschachtel, leuchtete mit seinem Handy hinein und wurde von einem gelblichen Funkeln überrascht. Dort lagen mindestens zehn Barren zu je einem halben Kilo. „Was denn, da drinnen?"

„Der Rest wird wohl eher hier lagern", erwiderte einer der Kollegen und zeigte auf eine Stahltür, die so groß wie ein Laptop war. Ein in den Boden eingelassener Tresor.

„Möglicherweise kam das Gold im Karton erst vor kurzem dazu und Yildiz schaffte nicht mehr, es zu sichern."

„Vielleicht war der Tresor ja schon voll", mutmaßte ein Kollege und grinste.

„Das werden wir wohl hoffentlich bald herausfinden", entgegnete Simon, während er einem der Kriminaltechniker dabei zusah, wie der einen der Barren aus dem Karton holte.

„Tut mir leid", sagte der Kollege trocken. „Aber das ist kein Gold."

41. Kapitel

Tante Gerd war in Zivil zu dem Gespräch mit Hauptkommissar Spengler erschienen. Von den anderen Kollegen unbemerkt hatten sie sich in einen kleinen Raum zurückgezogen, der derzeit als Asservatenkammer fungierte. Spengler hatte das Zimmer eigenhändig mit zwei Stühlen und einem Tisch ausgestattet. Hinter ihnen stand ein schmales Metallregal mit einigen Kisten.

„Nett habt ihr es hier“, bemerkte der SEK-Mann und grinste. Dabei wusste er, warum sie in diesem Kabuff saßen.

„Wenn die Umstände es erfordern, dann halten wir auch Meetings auf dem Klo ab“, erwiderte Spengler. „Aber kommen wir zur Sache.“

„Ich nehme an, die Spurensicherung hat keine Waffe bei Yildiz gefunden“, sagte der SEK-Mann, den diese Tatsache nicht weiter aus der Ruhe zu bringen schien.

„Es gab zwar eine, die abschussbereit war, aber die ist nicht abgefeuert worden“, antwortete der Kriminalhauptkommissar.

„Wie viele Schüsse haben wir abgegeben?“, wollte der Teamleiter wissen.

„Die Spusi hat zweiundzwanzig Projektile gefunden“, erwiderte Spengler. „Davon steckten sieben im Körper von Nuri Yildiz.“

„Und genau um die sieben geht es, habe ich Recht?" Tante Gerd zog die sauber getrimmten Augenbrauen hoch.

„Die rechtsmedizinischen Untersuchungen haben gezeigt, dass der Mann Schlaftabletten genommen hatte und sich im Tiefschlaf befand", erwiderte Spengler. „Die Staatsanwaltschaft ist bereits im Bilde."

„Eurer Einschätzung nach war er bewaffnet und gefährlich", entgegnete der SEK-Mann. „Und wenn wir glauben, dass es brenzlig wird, dann schießen wir. Dafür sind wir ja bekanntermaßen da."

„Das wissen wir doch alles", sagte Spengler. „Aber wurde es denn brenzlig?"

„Also, ich kann es ja noch mal wiederholen", erwiderte Tante Gerd. „Ihr wusstet, dass der Mann mehrere Waffen in seinem Haus hortete und hattet zudem Hinweise darauf, dass er vermutlich einen Raubmord an Arno Behrend und einen weiteren Vertuschungsmord an Sybille Langer verübt hatte. Damit ist doch alles gesagt. War nicht sogar die Rede von irgendwelchen Bekennerschreiben?"

„Nein, das muss ein Missverständnis gewesen sein. Wir waren und sind lediglich im Besitz mehrerer Briefe, die Yildiz von Behrend gestohlen haben musste. Vermutlich versprach er sich von ihnen Hinweise auf weitere Goldverstecke", erwiderte Spengler. „Aber darum geht es ja jetzt gar nicht."

„Worum dann?"

„Es geht um die Frage, warum ihr geschossen habt." Spengler räusperte sich. „Ganz einfach."

„Bei uns schießt selten einer allein. Wenn ein Kollege Gebrauch von seiner Waffe macht, dann tun es die anderen ihm schnell nach", wich der Einhundert-Kilo-Mann aus. „Gestern ist es zu so einer Kettenreaktion gekommen."

„Und wer war das erste Glied und weshalb hat er geschossen?"

„Schwer zu sagen, welcher Kollege es war". Tante Gerd blickte zur Tür. „Aber vermutlich hat die Alarmanlage, die plötzlich ansprang, einen Reflex ausgelöst. In so einer Situation sitzt der Finger am Abzug locker. Das liegt in der Natur des Einsatzes begründet."

„Die Alarmanlage. Verstehe. Die sehen wir uns noch mal an", murmelte Spengler. „Mir geht es nicht um Rechtfertigungen, sondern darum, dass der Staatsanwalt nicht von jedem Beteiligten eine andere Version zu hören bekommt."

„Es hat ja nicht den Falschen getroffen", fasste der SEK-Mann die Problematik pragmatisch zusammen. Für ihn war das Problem damit erledigt.

„Das wollen wir hoffen."

42. Kapitel

Jenny stocherte mit ihrer Gabel in dem Käsekuchen herum und fragte sich, wieso er ihr heute nicht schmeckte. Die letzten dreißig Jahre hatte sie den Kuchen ihres Vaters gern gegessen. Kröpelin-Cheesecake, anstatt New-York-Cheesecake. Nur heute war irgendetwas anders. Vielleicht ein neues Rezept? Sollte sie sich bei ihm erkundigen? Allerdings war das ein sensibles Thema. Er könnte es in den falschen Hals bekommen und sich wieder angegriffen fühlen. Er regte sich ja über jede Kleinigkeit auf, obwohl er wusste, dass es nicht gut für sein Herz war. Und wahrscheinlich lag der veränderte Geschmack sowieso an ihr selbst. Ihre Geschmacksknospen mussten durch den Stress der letzten Tage Schaden genommen haben. Sie hob den Blick und begegnete auch schon seinen glühenden Augen. Sie ahnte, was gleich kommen würde. Und es gab keine Chance, es zu verhindern.

„Super Idee!", begann der Vater. „Das mit Sylt."

„Das kann man so sagen", brummte Jens, der links neben Jenny saß. Sie wusste, dass er sie nicht unterstützen würde. Jens hatte nicht die geringste Ahnung, warum er letztendlich wieder frei gekommen war. Armer Kerl.

„Hört doch auf!", sagte ihre Mutter. „Wir sitzen so schön beieinander."

Na ja, schön geht anders, dachte Jenny. Aber immerhin waren sie zusammengekommen. Einen Tag nach dem

Einsatz in Yildiz' Haus hatte der Untersuchungsrichter Jens' Freilassung angeordnet. Die Kollegen in Niebüll und Flensburg waren fest davon überzeugt, mit Nuri Yildiz den Schuldigen gefunden zu haben. Gold war ein stärkeres Motiv als ein verschüttetes Bier. Und die ermordete Sybille Langer sprach für sich. Sie wurde ermordet, während Jens in der JVA schmorte. Sogar Jakobi hatte am Ende zugegeben, dass die Mordwaffe im Fall Behrend allzu platziert gewirkt hatte. Jenny war sofort nach Flensburg gefahren und hatte ihren Bruder abgeholt. Während der Fahrt nach Kröpelin hatte Jens kaum ein Wort geredet.

„Wir gehören eben nicht nach Sylt", fuhr ihr Vater fort.

„Merkst du nicht, dass dieses Thema langsam nervt?", entgegnete Jenny. „Meinst du, das interessiert auf Sylt irgendjemanden? Das alles findet nur in deinem Kopf statt! Außerdem sind die Leute in Nordfriesland viel offener als du denkst. Du solltest mal hinfahren."

„Und wahrscheinlich sind sie auch netter als die Leute hier", stimmte ihre Mutter ihr zu.

„Ha! Bevor ich nach Sylt fahre, muss schon was passieren!", ätzte der alte Griesgram. Und bestätigte damit die Worte seiner Frau, ohne sich dessen bewusst zu werden.

„Jedenfalls hat Jens sich das ganz allein eingebrockt", fuhr Jenny fort. „Und nicht die Insel."

„Alles nur Gerede", entgegnete der Vater. „In Kröpelin wäre ihm das nicht passiert. Hier kennt er die Leute."

„In Kröpelin widerfahren eben anderen Leuten die schlimmen Dinge", widersprach ihre Mutter. „Neulich haben sie einen jungen Mann auf dem Marktplatz zusammengeschlagen. Direkt vor der Kirche."

„Vielleicht hat er es ja verdient", knurrte Jens gehässig.

„Wäre schön gewesen, wenn du dich in der U-Haft nur halb so redselig gezeigt hättest“, erwiderte Jenny.

„Ich habe doch alles gesagt, was ich wusste“, gab Jens gereizt zurück.

Breitbeinig saß er vor ihr, ein einseitiges Grinsen im Gesicht, den kalten Blick ins Nichts gerichtet. Er war so unglaublich weit von ihr entfernt, dachte Jenny. Wie war es dazu gekommen? Sie fragte sich, was Jens wohl dabei empfand, wieder zurück in seinem normalen, missratenen Leben zu sein. Konnte es sein, dass er die Untersuchungshaft auf eine gewisse Art genossen hatte, weil man ihm endlich mal ungeteilte Aufmerksamkeit geschenkt hatte? Schließlich hatte er als Hauptverdächtiger im Fokus von lauter wichtigen Persönlichkeiten gestanden. Vom Untersuchungsrichter über den Staatsanwalt bis hin zu polizeilichen Ermittlern, Anwälten und besorgten Familienangehörigen. Nicht zu vergessen die Medien. Alle hatten auf ihn geblickt und sich für ihn interessiert. War es möglich, dass darin die Erklärung für sein merkwürdiges, unkooperatives Verhalten lag? Zum ersten Mal in seinem Leben war er wirklich wichtig gewesen. Jenny schauderte es bei dieser Vorstellung. Sie dachte ja schließlich nicht über einen wildfremden Psychopathen nach, sondern über ihren leiblichen Bruder. Mit ihm war sie aufgewachsen. Sie hatten Spielzeug und Badewanne geteilt. Was war da unterwegs nur schiefgelaufen?

„Haben sie den Richtigen jetzt gefasst?“, unterbrach ihre Mutter ihre düsteren Überlegungen.

„Dazu kann ich nichts sagen“, gab Jenny zurück. „Aber manchmal ändert sich die Beweislage eben und dann wird die Untersuchungshaft ausgesetzt.“

„Er muss also nicht zurück ins Gefängnis?“, fragte sie weiter.

„Nein, Mama“, erwiderte Jenny.

Als sie zu Jens blickte, glaubte sie, einen Ausdruck des Bedauerns auf seinem Gesicht wahrzunehmen. Als wollte er sagen: *Schade, dass alles schon wieder vorbei ist!*

43. Kapitel

Ein paar Tage später saßen Jenny und Simon wieder gemeinsam im Auto. Am Himmel über ihnen riss schon zum zweiten oder dritten Mal in Folge der Wolkenvorhang auf. Sonnenstrahlen brachten die zitternden Tropfen auf der Windschutzscheibe zum Glitzern. Nordseewetter. Gleich wäre es wieder stockfinster und würde in Strömen regnen. Der Porschefahrer, der vor ihnen auf dem Autozug stand, hätte jedoch bald ganz andere Sorgen als das Wetter, wenn er den Motor noch einmal aufheulen lassen würde. Der Kerl wollte offenbar seine langmähnige Begleiterin beeindrucken, stand aber kurz davor, sich einen Strafbescheid einzufangen.

Jenny war nach einer Woche Zwangsbeurlaubung wieder dienstlich und ganz offiziell mit ihrem Kollegen unterwegs, und zwar nicht bei der alljährlichen, großangelegten Verkehrskontrolle in Niebüll. Sondern im Fall Langer auf Sylt.

„Und weswegen hat Spengler uns beiden noch einen Tag auf Sylt gegeben?", erkundigte sich Simon. „Das hätte ich ja am wenigsten erwartet."

„Als Wiedergutmachung natürlich." Jenny grinste. Es fühlte sich so gut an, als Siegerin vom Platz zu gehen. „Außerdem habe ich ihm klar gemacht, dass es immer noch zu viele offene Fragen gibt. Hat Yildiz sich wirklich als Postbote verkleidet und ist in weniger als einer

Viertelstunde von der Vernehmung im Mühlenweg zu Langers Wohnung geeilt? Was ist mit den Angriffen auf mich und das Haus meiner Eltern? Steckte er auch dahinter? Falls ja, muss er mindestens einen Mithelfer gehabt haben. Wer war das?"

„Ich weiß nicht, aber irgendwie passt das trotzdem nicht zu Spengler." Simon runzelte die Stirn. „Normalerweise hätte er nur einen von uns geschickt oder die Sache gleich an die Sylter Kollegen delegiert."

„Also gut, da gab es noch etwas, das ihn dazu bewogen haben könnte, uns beide zu schicken", gab Jenny zu und machte eine kurze Kunstpause. „Ich habe meine Umsetzung nach Flensburg beantragt."

„Was?", rief Simon.

„Wahrscheinlich hat ihn das weich werden lassen und er hat ausnahmsweise mal auf mich gehört", fuhr Jenny fort. „Eine Art Abschiedsgeschenk. Ist doch nett, dass wir noch ein letztes Mal zusammen auf Tour gehen."

„Und was machst du in Flensburg?" Simon war leichenblass geworden.

„Ich gehe zur Mordkommission", erwiderte sie. „Dort ist gerade was frei geworden. Nächsten Monat geht es los."

„Jetzt bin ich echt baff." Er senkte seinen Blick. „Hat das etwas mit deinem Ex zu tun?"

„Du nun wieder!" Warum die Männer auch immer gleich an irgendwelche Konkurrenten denken müssen. Jenny legte ihm die Hand auf den Arm und sah ihn an. In seinem Gesicht lag die blanke Ahnungslosigkeit. Und dabei hatte sie es ihm bereits mehrfach erklärt. „Keine Sorge. Der ist schon seit fast einem Jahr in Kiel. Außerdem ist er ein für allemal passé."

„Ich kapiere es trotzdem noch nicht", bemerkte Simon.

„Es ist ganz einfach eine Riesenchance für mich."

Im selben Moment ließ der Trottel vor ihnen schon wieder den Motor laut aufheulen. Es reichte! Die beiden Kommissare sprangen aus dem Wagen.

44. Kapitel

Jenny und Simon waren mittlerweile auf Sylt angekommen. Der Himmel hatte sich komplett zugezogen. Graue, tiefhängende Wolken bildeten den passenden Hintergrund für Simons finsteres Gesicht. Nachdem sie dem Leihwagen-Deppen vom Autozug ein saftiges Ordnungsgeld aufgebrummt hatten, waren sie in die Danziger Straße gefahren und hatten ein paar Anwohner zu dem falschen Postboten befragt. Der Mann musste zwischen dreißig und fünfzig Jahre alt sein, hatte Mütze, Brille und Bart getragen und niemandem war aufgefallen, wie er gekommen und wieder verschwunden war. Eine reiche Ausbeute war das nicht. Doch Jenny hatte noch ein paar Punkte auf der Agenda.

„Du, Simon? Ich hätte mal eine Frage …“, sagte Jenny, doch das Klingeln ihres Telefons unterbrach sie. Sie blickte auf das Display und runzelte die Stirn. „Dein Schwager?“

„Was will der denn von dir?“, murmelte Simon.

„Hallo?“ Jenny nahm das Gespräch entgegen.

„Hi Jenny, hier ist Tino. Ich habe eben schon bei Jens angerufen, aber der ist nicht rangegangen.“

„Worum geht es denn?“, fragte Jenny ihn.

„Da er ja wieder draußen ist, dachte ich, er könnte jetzt richtig bei uns anfangen. Wir könnten dringend eine gute Servicekraft gebrauchen. Zumindest noch für die restliche

Herbstsaison. Du weißt ja auch, dass Enna sich etwas zurückziehen will", erwiderte Tino. „Darüber hat sie ja mit dir gesprochen, oder?"

„Ich glaube nicht, dass mein Bruder in der nächsten Zeit nach Sylt kommen wird."

„Aber er hat sich wirklich gut gemacht. Außerdem steht ja jetzt wohl fest, dass er unschuldig ist", insistierte Tino. „Sag ihm das zumindest noch, ja?"

„Dann versuch du doch am besten, ihn zu erreichen und ihn zu überreden, Tino!" Jenny lachte. „Das kann ich dir leider nicht abnehmen."

„Alles klar. Dann weiß ich Bescheid."

„Mach es gut, Tino", verabschiedete sich Jenny. „Und danke noch mal für das Zimmer!"

„Er glaubt doch nicht im Ernst, dass Jens zurück nach Sylt kommt?", fragte Simon sie, als sie aufgelegt hatte.

„Na ja, Probetag ist Probetag. Und wenn er da einen guten Eindruck gemacht hat ...", entgegnete Jenny und konnte sich ein Schmunzeln nicht verkneifen.

„Wenn Gäste verprügeln zum Job zählt, dann vielleicht." Simon grinste zurück.

„Das ist schon seltsam", murmelte Jenny, blieb stehen und warf ihrem Kollegen einen ernsten Blick zu. Sie hatte nicht vergessen, dass sie ihn eigentlich etwas hatte fragen wollen. „Simon, kannst du dich noch an die Polizeikontrolle von Frau Langer erinnern?"

„Ja", gab Simon zurück und kratzte sich nachdenklich an der Schläfe. „Du meinst, als sie mit dem Handy am Steuer erwischt wurde?"

„Richtig", fuhr Jenny fort. „Wo kam sie da gerade her?"

„Sie hatte angeblich den Friedhof List besucht", erwiderte Simon. „Wieso?"

„Wenn sie geradewegs nach Hause gefahren ist und dort ermordet wurde, dann hatte ihr Mörder vielleicht auch Kenntnis von ihrem letzten Aufenthaltsort. Und wenn das der Fall war, sollten wir dort zumindest mal vorbeischauen“, erklärte Jenny. „Was denkst du?“

„Schaden kann es jedenfalls nicht.“ Simons Gesicht war anzusehen, dass er lieber irgendwo im Warmen gesessen und Fischsuppe gelöffelt hätte, anstatt bei dem Schietwetter draußen herumzurennen.

„Er könnte sie vom Friedhof bis nach Westerland verfolgt haben“, entgegnete Jenny. „Willst du etwa nicht wissen, wo sich die Langer direkt vor ihrem Tod aufgehalten hat? Was gab es auf dem Friedhof zu sehen? Wessen Grab hat sie besucht?“

*

Auf den begrasten Dünen wackelten ein paar krumme Birken zur Begrüßung mit ihren silbrigen Blättern, die Gräber lagen wie hingewürfelt zwischen Sanddorn und Heckenrosen, der Friedhofskater strich mit Misstrauen in den Augen um die Backsteinkapelle und vor dem Friesenwall am Eingang ließ sich ein großer Mann um die Sechzig seine graue Mähne vom Wind liebkosen. Das war Uwe Thünen, der Friedhofsverwalter. Jenny hatte während der Fahrt bereits mit ihm telefoniert.

„Moin, die Herrschaften!“, begrüßte er sie. „Herzlich willkommen auf dem Dünenfriedhof List.“

„Hallo, Herr Thünen!“, erwiderte Jenny. „Arens und Kaarst von der Kripo Niebüll. Und? Haben Sie noch etwas zu Sybille Langer herausgefunden?“

„Sieht schlecht aus“, entgegnete der Verwalter mit einem freundlichen Lächeln auf dem wettergegerbten

Gesicht. „Ich habe sogar die Pastorin angerufen. Auch ihr war der Name unbekannt. Ein Grab pflegte diese Frau Langer hier sicher nicht. Das muss zwar nichts heißen, aber über die Jahre haben wir die meisten Sylter, die regelmäßig kommen, dann doch irgendwann alle mal persönlich kennengelernt."

„Es war letzten Mittwoch", fuhr Simon fort und hielt Thünen, dem der Wind immer wieder das Haar ins Gesicht wehte, sein Handy hin. Das Display zeigte ein Foto von Sybille Langer. „Und so sah sie aus."

„Mmh ...", entgegnete Thünen nachdenklich. „Keine Chance, nie gesehen. Aber ich kann Ihnen vielleicht trotzdem helfen."

Jenny und Simon warfen sich einen verwunderten Blick zu. Dann folgte ein allgemeines, zufriedenes Nicken. Immer raus damit!

„Sie ist noch nicht so richtig offiziell und nicht alle finden sie so toll wie ich, aber seit ein paar Wochen hängt eine Kamera an der Friedhofskapelle", erklärte Thünen. „Kommen Sie mal mit."

„Und wieso haben Sie sie angebracht?", fragte Jenny, während sie und ihr Partner dem Friedhofsverwalter folgten.

„Wir hatten im Frühjahr den zweiten Einbruch innerhalb eines Jahres", erwiderte Thünen. „Das reichte mir dann."

„In der Kapelle? Was gibt es denn da zu holen?", hakte Simon nach.

„Beim letzten Mal haben sie unsere winzige Musikanlage, eine Gitarre und eine Kasse mit fünfzig Euro mitgenommen. Das kaputte Türschloss kam noch obendrauf. Unterm Strich viel Ärger für fast nichts", erklärte Thünen. „Es wird die Abgeschiedenheit sein, die die Einbrecher anlockt. Außerdem hatten wir hier keine besonders guten Sicherheitsvorkehrungen."

„Gelegenheit macht Diebe", klugscheißerte Simon daher und fing sich dafür sogleich einen strafenden Blick von Jenny ein.

„Traurig, aber wahr", sagte Thünen und schloss die Tür zu einem kleinen, aufgeräumten Büro auf, das direkt neben dem Eingang der Kapelle lag. Der Verwalter griff nach einer Laptoptasche, zog seinen Rechner heraus und stellte ihn auf den Schreibtisch. Jenny beobachtete, wie Thünen über WLAN eine Verbindung mit dem Speicher der Kamera herstellte.

„Wundern Sie sich denn gar nicht, dass ich noch die Aufnahmen von letzter Woche habe?", fragte Thünen mit einem schuldbewussten Gesichtsausdruck. „Wegen Datenschutz und so?"

„In Ausnahmefällen ist es erlaubt", entgegnete Jenny.

„Die Kamera löscht die Bilder von sich aus erst nach zehn Tagen. Sie kam mit diesen Voreinstellungen bei uns an", rechtfertigte sich Thünen halbherzig. „Ich hatte noch keine Zeit, das zu ändern."

„Wir sagen nichts." Simon nickte großzügig.

„Letzten Freitag gegen zwölf, sagten Sie? Dann wollen wir mal schauen." Thünen öffnete den entsprechenden Ordner und klickte die Filmdatei an. Kurz darauf tippelte Sybille Langer durchs Bild.

„Stopp!", rief Simon. „Das ist sie."

„Sehe ich zum ersten Mal", sagte der Friedhofsverwalter verwundert. „Was macht die denn da?"

Auf dem kurzen Filmabschnitt war zu erkennen, wie Langer zu einem Behälter für Pflanzenabfälle geht und beginnt, darin herumzuwühlen.

„Sie zieht was aus dem Mülleimer", stellte Simon fest.

Das Video zeigte, wie sie behutsam einen üppigen Blumenstrauß aus dem großen Gitterkorb holt, sich kurz umblickt und dann in Richtung Mövenbergstraße verschwindet.

„Könnten Sie weiter zurückgehen?", bat Jenny den Verwalter. „Mich würde interessieren, wer den Strauß weggeworfen hat."

„Warum sollte das wichtig sein?", wollte Thünen wissen, während er die Aufnahme mit mehrfacher Geschwindigkeit zurücklaufen ließ.

„Blumen vom Friedhof bringen Unglück", bemerkte Simon.

„Ich glaube, dass das nicht nur Blumen waren", murmelte Jenny, als plötzlich ein Mann auf dem Bildschirm auftauchte. In der Hand hielt er denselben Blumenstrauß, den Langer kurz darauf aus der Tonne holen würde. „Stopp!"

„Wieso wirft ein Postbote die Blumen dort hinein?", fragte Thünen.

Gemeinsam sahen sich die drei die Szene an. Sie zeigte einen mittelgroßen Mann mit DHL-Mütze, Bart und Brille, der sich rasch dem Behälter nähert, hastig die Blumen hineinstopft und sich wieder aus dem Staub macht.

„Die Zeit, die dort angezeigt wird, stimmt?", fragte Jenny.

„Jawohl." Thünen nickte.

„Viertel nach Zwölf stand ich bei Yildiz auf der Veranda", murmelte sie Simon zu. „Er kann unmöglich der Postbote sein."

„Dann ist der Fall doch noch nicht gelöst", gab Simon leise zurück.

„Herr Thünen, gehen Sie bitte noch mal vor zu Sybille Langer", bat Jenny den Friedhofsverwalter.

Der tat wie ihm geheißen. Noch einmal erschien Frau Langer auf dem Bildschirm. Jetzt wurde deutlich, warum Jenny den Abschnitt ein zweites Mal hatte sehen wollen.

„Sie sucht etwas“, erklärte sie, während ihre Augen fest an den Bildschirm geheftet waren. „Es steckt zwischen den Blumen. Sieht aus wie eine Plastiktüte.“

*

Jenny und Simon saßen in ihrem Dienstwagen und fuhren die Mövenbergstraße hinab. Rechter Hand zeichneten sich die violetten Farbschimmer des blühenden Heidekrauts matt auf den Dünen ab. Vor ihnen waren dem Himmelsgrau zwei dunkelblaue Wolkenberge entwachsen. Es machte den Eindruck, als würde es in Westerland bereits regnen.

„Damit stehen wir wieder bei Null. Nicht Yildiz ist Langers Mörder, sondern der Postbote“, murmelte Jenny und kramte ihr Notizbuch hervor. „Und der hat uns zwei mal auf die falsche Fährte geführt. Aber wer steckt hinter der Verkleidung?“

„Wie waren wir eigentlich noch mal auf Yildiz gekommen?“, fragte Simon hilflos. „Ich meine, ganz am Anfang …“

„Also, in meinem schlauen Büchlein steht, dass die Hinweise auf Yildiz von dem Koch Lasse Grotmann und von deinem Schwager Tino kamen“, entgegnete Jenny und nickte bedächtig. „Der Koch hat ausgesagt, dass Yildiz Stammgast in der Pension sei, und Tino wollte ein paar Gesprächsfetzen zwischen Yildiz und Behrend aufgeschnappt haben.“

„Worum soll es da gegangen sein?“, erkundigte sich Simon.

„Tino zufolge haben die beiden sich über alte Uniformen unterhalten“, antwortete Jenny, während sie aus dem Fenster sah. Sie waren gerade in die Bastianstraße eingebogen, als ihnen der SUV von Tino entgegen kam. Er machte Lichthupe, hielt mitten auf der Straße und ließ das Fenster herunter. „Ach! Sieh mal einer an!“

„Hallo Schwager!“, grüßte Simon zurück. „Warst du auf der Baustelle?“

„Ja, ab und zu muss ich mal schauen, wie es vorangeht“, gab Tino zurück und sah zu Jenny. „Und ihr?“

„Waren dienstlich in List“, entgegnete Simon.

„Wäre es möglich, dass wir deinen Koch heute noch einmal kurz befragen?“ Jenny hatte sich von der Beifahrerseite hinübergebeugt. „Hat der heute Dienst?“

„Ja, vielleicht könnt ihr das ja mit einem Mittagessen bei uns verbinden?“ Tino lächelte. „Ich koche auch.“

„Wann sollen wir denn kommen?“, fragte Simon.

„Wie es euch passt“, erwiderte Tino.

„Dann sind wir in einer Stunde da“, sagte Jenny. Hinter ihnen hupte ein Lieferwagen. „Ich glaube, wir versperren hier jemandem den Weg.“

„Alles klar. Bis später.“

„Bis dann!“

Tino trat aufs Gas und auch die beiden Kollegen fuhren weiter zu ihrem Zielort, dem Mühlenweg Dreizehn. Jenny und Simon waren sich nach dem Friedhofsbesuch schnell darüber einig geworden, dass sie das Haus des toten Hauptverdächtigen noch einmal nach Hinweisen absuchen wollten, die ihnen bislang womöglich entgangen waren. Jenny hatte dabei ein paar ganz bestimmte Gegenstände im Kopf ...

„Ich wusste gar nicht, dass Tino ein Haus baut“, bemerkte Jenny, mit einem nachdenklichen Blick in den Himmel.

„Ferienappartements“, erwiderte Simon. „Eine Baugemeinschaft im Horstweg. Ist gar nicht weit von Yildiz‘ Grundstück.“

Während Simon in die erstbeste Parklücke schlüpfte, klingelte sein Telefon. Es hing in der Halterung am Armaturenbrett.

„Hallo?“, meldete Simon sich. „Kaarst, Kripo Niebüll.“

„Moin, Moin“, erwiderte Manssen. „Sonnige Grüße aus Flensburg.“

„Sie haben im Fall Dörkop auf Sylt ermittelt?“, gab Simon mit einem Schmunzeln zurück.

„Sie sind gut!“, erwiderte Manssen lachend. „Diese Ermittlungen hat es nie gegeben.“

„Ach was!“

„Wenn ich es Ihnen doch sage! Ein Pathologe der Nordseeklinik hat damals festgestellt, dass der Mann ertrunken war. Das war es dann.“

„Gab es denn keine rechtsmedizinische Untersuchung?“, fragte Simon.

„Nein. Da Dörkop zum Zeitpunkt seines Todes wegen eines Lungenleidens in der Klinik interniert war, führte die dortige Pathologie eine Leichenschau durch“, antwortete Manssen. „Die Staatsanwaltschaft Flensburg übernahm das Gutachten und sah von Ermittlungen ab.“

„Aber bei Unfällen muss doch eigentlich ein Rechtsmediziner eingeschaltet werden“, wandte Simon ein.

„Tja, sagen Sie das nicht mir, sondern der Staatsanwaltschaft.“ Manssen lachte auf. „Obwohl das wohl zu spät kommen dürfte. Dörkop ist seit zehn Jahren eingeäschert.“

„Danke trotzdem“, sagte Simon und warf Jenny einen ratlosen Blick zu.

„Keine Ursache“, erwiderte Manssen. „Und melden Sie sich, wenn Sie noch Fragen haben.“

„Alles klar. Tschüss!“

Mit Behrends Cousin konnte also alles Mögliche geschehen sein, dachte Jenny, die das Gespräch aufmerksam mitverfolgt hatte. Was war, wenn der Austernmörder tatsächlich auch Dörkop auf dem Gewissen hatte und den Mord damals ganz einfach gekonnt vertuscht hatte?

45. Kapitel

Eine plötzliche Böe riss heftig an dem Flatterband, das um das Grundstück herum aufgespannt war. Als Jenny einen Blick auf das Haus warf, fand sie ihre Erwartungen bestätigt. Die Schneise der Zerstörung, die das SEK hinterlassen hatte, war nicht zu übersehen.

„Dann lass uns mal schauen", sagte sie, streifte sich ihre Handschuhe über und schlüpfte zuerst durch die zerkleinerte Tür. Simon folgte ihr schweigend. Sie durchquerten zielstrebig den Korridor und stiegen die schmale Treppe hinauf ins Obergeschoss. Um in das Arbeitszimmer zu gelangen, mussten sie über eine umgeworfene Kommode klettern.

„Was suchen wir eigentlich?", erkundigte sich Simon, als sie in dem kleinen Raum standen, in dem sich auch die Vitrine für die Bajonette befand. Da sie leer war, vermutete Jenny, dass die Spurensicherung sämtliche Exemplare beschlagnahmt hatte.

„Das scheint Yildiz' Büro gewesen zu sein", erwiderte Jenny. „Und soweit ich mich erinnere, habe ich hier neulich auch ein paar Rechnungen gesehen."

„Rechnungen für seine Ware?"

„Das und vielleicht auch für das Gold."

„Du meinst nicht, dass er das Gold persönlich aus den Bunkern geholt hat?", fragte Simon.

„Vielleicht“, erwiderte Jenny. „Aber ich schätze, dass er es überwiegend angekauft hat. Das hat er mir gegenüber zumindest behauptet.“

Jenny begann, die Schubladen des Büroschrankes aufzuziehen und in unzähligen Papieren zu wühlen.

„Uns interessiert alles, was mit dem Goldhandel zu tun haben könnte“, bemerkte sie. „Alte Rechnungen, Quittungen und so weiter. Die ersten Ankäufe liegen sicher schon lange zurück.“

Kaum hatte Jenny ihren Satz beendet, zog Simon eine speckige Kladde unter einem Papierstapel hervor. „Oder vielleicht ein Notizbuch?“

„Kommt drauf an“, entgegnete Jenny, die sofort ein merkwürdiges Gefühl beschlich, als sie das abgegriffene Büchlein sah. Sie streckte ihre Hand aus. „Lass mal sehen!“

Auf den ersten Seiten befanden sich Beschreibungen von Örtlichkeiten auf Sylt. Ein paar handgefertigte Skizzen fielen heraus. In der Mitte folgten zahllose Listen von Antiquitäten, hinter denen Preise, Namen und Telefonnummern vermerkt waren. Vermutlich handelte es sich dabei um mögliche Ankäufe. Erst auf den letzten Seiten entdeckte Jenny das entscheidende Wort: *Gold*. Doppelt unterstrichen. Darunter war eine Liste von Namen notiert, hinter denen in Klammern jeweils ein Datum, eine Mengenangabe in Gramm und ein Geldbetrag festgehalten waren.

„Hier steht … “, sagte Jenny, doch sie sprach nicht mehr zu Ende. Abgehackt stand der Satz zwischen ihr und Simon. Draußen kreischte irgendwo eine Kreissäge, zaghaft rüttelte der Wind am Fenster.

Simon zog die Augenbrauen zusammen. „Was ist denn?“

„Lies selbst!“, erwiderte Jenny und hielt ihrem Kollegen das Büchlein hin.

Zuerst bewegten sich lediglich seine Lippen, dann las er laut: „Tino.“

Der Name tauchte insgesamt sechsmal auf, wobei es sich immer um die Menge von einem Kilo drehte. Das erste Datum lag fast genau zehn Jahre in der Vergangenheit, das letzte war nicht einmal ein Jahr her.

„Wie viele Menschen mit diesem Namen kennst du?“, fragte Jenny. Der Ton ihrer Stimme ließ keinen Zweifel daran, dass die Frage, die sie eigentlich stellte, eine andere war.

„Nicht viele“, sagte Simon.

46. Kapitel

Als Jenny und Simon bei den Hansens ankamen, stand Tino in der Küche und bereitetet das Essen zu. Der Geruch von zerlassener Butter und gebratenem Fisch zog durch das Haus. Nachdem sich die beiden Kollegen mit einem Kopfnicken verständigt hatten, begab Jenny sich in die Stube zu Enna, während Simon seinem Schwager in der Küche Gesellschaft leistete.

„Grauburgunder?“, fragte Enna die Kommissarin und zeigte auf die Flasche, die nicht mehr ganz voll war. „Der ist wirklich gut.“

„Nein, lieber nicht. Habe heute noch Dienst.“ Jenny lehnte kopfschüttelnd ab. „Du etwa nicht?“

„Als ob das bei mir eine Rolle spielen würde.“ Enna stieß ein verkrampftes Lachen hervor. „Außerdem gibt es sowieso nichts zu tun.“

„Aha!“ Jenny horchte auf. Was war denn nun mit dem angeblichen Personalmangel? „Ich dachte, ihr könntet euch kaum retten vor Arbeit.“

„Mmh …“ Enna griff nach ihrem Glas und nippte. „Ja, kann sein.“

„Ich verstehe nicht“, entgegnete Jenny. Dann senkte sie die Stimme. „Stimmt irgendetwas nicht?“

Ennas Augen füllten sich ganz langsam mit Tränen. „Ich weiß auch nicht, Jenny. Tino fühlt sich so weit weg an.“

„Inwiefern?"

„Manchmal glaube ich, dass er mir etwas verheimlicht." Ennas Zeigefinger wanderte zum linken Auge und wischte eine winzige Träne weg wie ein Staubkorn. „Es passieren merkwürdige Dinge."

„Was denn?", entgegnete Jenny.

„Komm mal mit!", forderte Enna sie auf und nahm noch einen Schluck Weißwein. Dann ging sie zur Terrassentür und warf einen vorsichtigen Blick in Richtung Korridor, bevor sie sie öffnete. Draußen roch es bereits nach Herbst. Der erdige Geruch feuchten Laubes vermischte sich mit dem herben Aroma der Nordsee. Eine vereinsamte Möwe drehte kreischend ihre Runden am grauen Himmel. Enna schlug die Strickjacke über ihrer Brust zusammen.

„Guck!", verlangte sie und zeigte auf eine große Feuerschale, die am Grundstückrand stand. Die beiden Frauen gingen hin und Jenny erkannte gelbe Fasern zwischen einem Häufchen verklumpter Asche. Die Jacke eines Postboten? „Er verbrennt Kleidung hier drinnen."

„Warum sollte er das tun?", erkundigte sich Jenny und warf einen Blick zum Haus. Hatte sich am Fenster gerade etwas bewegt?

„Er betrügt mich und vernichtet die Beweise", stieß Enna hervor. Ein plötzliches Schluchzen ergriff ihren Körper. Jenny legte ihr den Arm um die Schultern.

„Hast du ihn mal zur Rede gestellt?", fragte Jenny weiter und schob Enna in Richtung Haus. Sie wollte nicht, dass der Hausherr sie hier draußen sah.

„Er hat immer eine Ausrede parat", entgegnete Enna und nahm noch einen Schluck.

„Kommt ihr?", ertönte Simons Stimme plötzlich von der Terrasse her. „Essen ist fertig. Fangfrische Scholle mit Butterkrabben."

Jenny ließ Enna den Vortritt, als sie zurück ins Haus gingen. Verstohlen zog sie ihre Dienstwaffe aus der Jackentasche und steckte sie sich in den Hosenbund.

„Mmh ... lecker!“, verkündete Enna, als sie sich an den gedeckten Tisch setzten. Auf jedem Teller glänzte eine goldbraune Scholle und in der Tischmitte dampften die Salzkartoffeln vor sich hin. Dazu gab es Gurkensalat mit frischem Dill und Nordseekrabben in Kräuterbutter.

„Nehmt Platz!“, verlangte Tino und griff nach seinem Glas. Jenny sah, dass auch an ihrem Platz ein volles Glas Weißwein stand. „Zum Wohle!“

„Prost! Danke für die spontane Einladung“, bedankte sich Simon bei seinem Schwager.

„Kartoffeln und Krabben nimmt sich jeder selbst“, verkündete Tino und nahm einen kleinen Schluck.

Als Simon und die Gastgeber dazu übergingen, die ersten Bissen zu kosten, zog Jenny unter dem Tisch unauffällig ihre Dienstwaffe aus dem Hosenbund und platzierte sie auf ihren Oberschenkeln. Dann machte sie sich an die Scholle.

Während des Essens lobten Jenny und Simon wiederholt Tinos Kochkünste. Der Hausherr nickte bescheiden und hob mehrmals sein Glas, um anzustoßen. Jenny tat es ihm gleich, trank jedoch nur in homöopathischen Dosen. Ein Seitenblick auf Simons Glas zeigte ihr, dass ihr Kollege es genauso hielt. Unterdessen schenkte Enna sich ein ums andere Mal nach, aß aber dafür um so weniger.

„Tino“, richtete Jenny das Wort an den Gastgeber. „Was weißt du eigentlich über die Bunker auf Sylt?“

„Was soll ich darüber schon wissen?“, gab er lächelnd zurück.

„Hast du noch nie von den Golddepots gehört?“

„Golddepots?“ Tino stieß ein gezwungenes Lachen hervor. „Klingt abenteuerlich.“

Jenny spürte den kalten Stahl ihrer SIG Sauer auf den Beinen. Ihre linke Hand wanderte hinab und berührte die Waffe. In weniger als einer Sekunde wäre sie entsichert. „Hast du Gold an Nuri Yildiz verkauft?“

Tino begann, auf seinem Stuhl hin und her zu rutschen. Er warf seiner Frau einen fragenden Blick zu. Doch die steckte sich ganz unbeteiligt ein Stück Kartoffel in den Mund. „Was sollen diese Fragen?“

„Hat man dich früher mal Wolfi genannt?“, hakte Jenny weiter nach. Jetzt hob auch Enna den Kopf.

„Nein“, sagte Tino rasch und warf seiner Frau einen strengen Blick zu. Wusste sie von dem Spitznamen? „Wie kommst du denn darauf?“

Jenny dachte gar nicht daran, auf Tinos verzweifelte Gegenfrage einzugehen. Stattdessen legte sie nach. „Tino, wusstest du, dass Arno Behrend des Goldes wegen nach Sylt gekommen war?“

„Woher soll ich das denn wissen?“, gab Simons Schwager barsch zurück. „Gut möglich.“

„Wieso hast du ausgesagt, er würde nach Uniformen suchen, als ich dich vor ein paar Tagen gefragt habe?“, schob sie hinterher.

„Daran kann ich mich nicht mehr erinnern“, erwiderte Tino. „Übrigens habe ich in den letzten Tagen mehrfach gehört, dass dieser Behrend hinter irgendeinem obskuren Goldschatz her war. Ein hoffnungsloser Spinner war das. Mehr nicht.“

Jenny blickte zu Simon. Und hatte ihre Augen damit für eine einzige Sekunde von Tino abgewandt. Aber das hatte gereicht. Seine rechte Hand schnellte unter dem Tisch hervor. In ihr steckte eine Pistole, deren Lauf genau auf Simons Schläfe zielte.

„Alle die Hände auf den Tisch!“, befahl er.

„Was machst du?“, schrie Enna, der sofort die Tränen in die Augen schossen.

„Jenny, du stehst auf und stellst dich mit dem Gesicht zur Wand“, forderte Tino sie auf, ohne seine Waffe aus Simons Gesicht zu nehmen. „Wir machen jetzt einen kleinen Spaziergang.“

„Das ist sinnlos“, bemerkte Simon. „Warum tust du dir das an?“

„Sag das deiner verdammten Kollegin“, rief Tino, ein wütendes Funkeln in den Augen.

„Kein Problem“, erwiderte Jenny und erhob sich langsam. „Ich mache alles, was du möchtest.“

„Besser so!“

„Nimm mich mit!“, rief Simon. „Aber lass sie in Ruhe!“

„Was redest du? Du bleibst schön bei deiner Schwester. Sie wird dich von nun an brauchen“, antwortete Tino und erhob sich. „Und jetzt heraus mit der Dienstwaffe! Gib sie mir!“

„Nein! Tino!“, flehte Enna. Ihr Gesicht war bereits tränennass.

Jenny sah dabei zu, wie Simon sich unter den Pulli griff, seine SIG aus dem Holster zog und sie seinem Schwager aushändigte. Tino steckte die Waffe in die Tasche, wandte sich Jenny zu und hob fordernd das Kinn. „Was ist mit dir, Frau Arens?“

„Bin noch vom Dienst freigestellt“, log Jenny. „Ich trage keine Waffe.“

„Erzähl keinen Unsinn!“, schimpfte Tino, trat zu ihr und begann sie abzutasten. Seine Pistole war weiterhin auf

Simon gerichtet. Jenny ließ die Leibesvisitation seelenruhig über sich ergehen.

„Immer langsam!“, rief Simon seinem Schwager zu. Enna saß am Tisch und wimmerte vor sich hin.

„Stimmt ja sogar“, stellte Tino erstaunt fest, als er fertig war. „Und jetzt mitkommen! Alle drei!“

„Was soll das alles?“, rief Enna verzweifelt.

„Ich verschwinde erst einmal für eine Weile“, gab Tino zurück. „Ihr gebt mir jetzt eure Handys und geht brav auf die Toilette.“

Langsam schoben sich die vormaligen Tischgenossen über den Korridor. Als Jenny in das kleine WC eintrat, sah sie zuerst zu der Fensterluke hinauf, die sich direkt unter der Decke befand. Leider zu winzig. Mist!

„Du nicht!“, rief Tino und zog Jenny am Arm wieder hinaus. Im nächsten Augenblick stieß er die Tür zu und schloss sie ab. „Du kommst schön mit!“

„Wohin?“, wollte Jenny wissen und machte einen Schritt in Richtung Wohnzimmer.

„Wir verschwinden über die Terrasse“, erwiderte Tino. „Stell dich nicht dümmer an, als du bist.“

Jenny ging voran. Tinos aufgeregter Atem hing ihr warm im Nacken. Zweimal stieß er ihr den Lauf seiner Waffe in die Rippen. Als sie am Esstisch angelangt waren, drehte sich Jenny urplötzlich zur Seite und verschwand mit einem Satz unter dem Esstisch. Ein Schuss fiel. Ennas gedämpfte Schreie waren aus dem WC zu hören.

„Stopp!“, schrie Tino. „Bist du wahnsinnig! Was machst du?“

Hatte er etwa gedacht, sie würde ihre Entführung einfach so hinnehmen? Dann kannte er sie aber schlecht! Kaum war sie unter dem Esstisch abgetaucht, robbte sie sich zu ihrem Stuhl. Dort lag sie. Ihre Hand umschloss den Griff. Als sie sich unter dem Tisch hervorrollte und hinter das Sofa sprang, schepperte bereits der zweite Schuss durch die gute Stube. Tino stand vor dem Tisch und beugte sich herunter. Wahrscheinlich wusste er nicht, dass sie ihre Pistole in der Hand hielt. Andernfalls hätte er das Weite gesucht. Jenny drückte ab.

Ein perfekter Treffer. Dann ein schmerzerfüllter Schrei. Sie musste ihn am Unterarm getroffen haben. Tinos Waffe schlug dumpf auf den Boden auf, ein weiterer Schuss löste sich. Das Projektil pfiff durch die Luft, durchschlug ein Tischbein und landete im Sofa. Einen Wimpernschlag später war Jenny bei Tino. Er war auf die Knie gesunken. Seine unversehrte Linke griff nach der Pistole. Aber Jenny war schneller. Sie versetzte ihm einen Tritt gegen die Schläfe, stellte ihren Fuß auf seine Pistole und drückte ihm anschließend die Mündung ihrer SIG in den Nacken.

„Schön ruhig bleiben!", rief sie, beugte sich geschwind hinunter und nahm Tinos Waffe an sich, eine Heckler & Koch, neun Millimeter. Damit hätte er sie auch locker durch die Tischplatte hindurch erschießen können, dachte Jenny. Glück gehabt! Anschließend zog sie ihm Simons gesicherte Dienstwaffe aus der Hose.

„Scheiße!", fluchte Tino und griff sich an den Arm. Der Kreis aus Blut unter ihm wurde größer und größer.

„Wo habe ich dich getroffen?", erkundigte sich Jenny, die die genaue Einschussstelle vor lauter Blut nicht erkennen konnte.

„Am Handgelenk", erwiderte Tino und stöhnte laut auf. „Verdammt!"

Er wehrte sich nicht, als Jenny ihm eines der eingesammelten Handys aus der Tasche zog. Sie setzte den Notruf ab, ohne ihre Augen von Tino abzuwenden.

„Wie? Woher?“, stammelte er verzweifelt.

„Du hast vor zehn Jahren einen Mord an Björn Dörkop begangen, um an die Lagekarten für die Goldverstecke zu gelangen“, erwiderte Jenny. „Und als dessen Cousin Arno Behrend dir vor ein paar Wochen auf die Schliche kam, musste er auch sterben.“

„Nicht schlecht“, stieß Tino voller Bitterkeit hervor.

„Mein Bruder kam dir gerade recht. Dumm wie er ist, konntest du ihm mit ein paar Handgriffen den Mord an Behrend anhängen. Du hast das Shirt, mit dem er seinen Probetag absolviert hat, mit Blut beschmiert, die Lenkradkralle aus seinem Auto als Mordwaffe verwendet und anschließend alles schön als Beweismaterial ausgelegt“, fuhr Jenny fort. „Doch damit nicht genug. Du hast auch Sybille Langer umgebracht, weil sie dich erpresste. Sie war die einzige Person, die wusste, dass Behrend hinter dir her war. Und sie war es, die die Austernschale auf der Leiche platziert hatte. Es handelte sich um eine Nachricht an dich. Damit du wusstest, dass dich jemand beobachtet hatte. Vermutlich war Langer gerade auf dem Weg zu Behrend, als der Mord geschah. Sie hat alles gesehen. Doch dann wurde ihr die Geldübergabe auf dem Friedhof zum Verhängnis. Als Postbote verkleidet hast du ihr aufgelauert, sie nach Hause verfolgt und mit dem Bajonett getötet, das du zuvor bei Yildiz gestohlen hattest. Die Postuniform hast du anschließend bei dir im Garten verbrannt.“

Tino hörte mit schmerzverzerrtem Gesicht zu. Kurz nachdem Jenny fertig war, stürmten die Beamten der Westerländer Schutzpolizei ins Haus. Hinter ihnen leuchteten die Jacken der Rettungssanitäter. Erst jetzt griff sie in Tinos Hosentasche und fischte den Schlüssel hervor. Er leistete keinen Widerstand, sondern stöhnte nur leise auf. Dann nuschelte er etwas, das Jenny jedoch nicht verstand.

„Schusswunde am Arm“, informierte Jenny die Kollegen knapp. „Hat ziemlich viel Blut verloren.“

Anschließend eilte sie in den Korridor und schloss das WC auf. Simon sah sie mit großen Augen an, Enna kauerte weinend am Boden.

„Du bist der Wahnsinn!“, rief Simon, doch Jenny achtete nicht weiter auf das Lob. Mit großen Schritten lief sie nach draußen. Dort schoben die Rettungssanitäter den verletzten Tino Hansen gerade in den Krankenwagen. Er war blass und es schien, als wären die vier Polizisten an seiner Seite nicht wirklich notwendig.

„Hey, Tino!“, rief Jenny dem Mann zu, der ihr eben noch den Weißwein eingeschenkt hatte. „Was hast du eben gesagt?“

„Du hattest in fast allem Recht“, erwiderte er ächzend, bevor sich die Tür des Krankenwagens schloss. „In fast allem ...“

47. Kapitel

Spenglers Büro lag an der Westseite des Gebäudes. Die großen Fenster gaben einen weiten Blick auf den fast wolkenlosen Himmel frei.

„Ich muss Ihnen gratulieren, Frau Arens“, sagte Spengler, während er sich fortwährend am Kinn kratzte. „Sie haben einmal mehr bewiesen, dass Sie eine exzellente Polizistin sind.“

„Danke“, erwiderte Jenny. „Aber vor ein paar Tagen haben Sie noch anders geklungen.“

„Ich habe nur nach meinem damaligen Wissensstand gehandelt“, verteidigte sich Spengler.

„Immerhin haben Sie meiner Umsetzung nach Flensburg sofort zugestimmt.“ Jenny ließ ihren Blick über Spenglers Schreibtisch schweifen. Nicht gerade ein ordentlicher Mensch. Zahllose Akten lagen kreuz und quer verstreut, dazwischen leere Kaffeetassen, Brötchenkrümel, ein angebissener Schokoriegel, eine leere Wasserflasche, ein vertrockneter Kaktus, benutzte Zahnstocher. Wer ließ schon einen Kaktus vertrocknen, fragte sie sich.

„Ich weiß, dass Sie hier keine besonders tolle Zeit verbracht haben“, entgegnete Spengler. „Aber Sie haben sicher viel gelernt. Und außerdem bringt Ihnen die Arbeit, die sie in unserer Dienststelle geleistet haben, wohl demnächst auch eine Beförderung ein.“

Jenny hatte bereits davon gehört. Doch ehe sie es nicht schwarz auf weiß hatte, äußerte sie sich besser nicht dazu. Sie beließ es bei einem wortlosen Nicken. Und wartete darauf, was noch kommen würde. Spengler war zu sehr Kriminalist, als dass er nicht noch an ein paar Details interessiert gewesen wäre.

„Sie haben gehört, dass wir neben den falschen Barren auch jede Menge echtes Gold bei Yildiz gefunden haben?“, fragte Spengler.

„Es stand alles in der Zeitung, Chef.“ Jenny lächelte süffisant. Sie wusste bereits, dass Yildiz das Falschgold absichtlich in der Nähe des Tresors platziert hatte, quasi als Diebstahlsicherung für die echten Barren.

„Außerdem haben wir die Schläger identifiziert, die Hansen angeheuert hat“, erklärte Spengler. „Wir mussten nicht lange suchen. Es handelt sich um zwei Stammkunden von uns aus dem Kieler Rockermilieu. Beide mit ziemlich langen Vorstrafenregistern. Fünftausend Euro soll Hansen die Tracht Prügel für Sie wert gewesen sein.“

„Freut mich, dass Sie sie dingfest gemacht haben.“ Jenny nickte anerkennend. „Na ja, die Typen müssen sich wohl jetzt an andere Saläre gewöhnen. In der JVA liegt der Stundenlohn so um die zwei Euro, wenn ich mich nicht irre.“

„Die beiden dürften wohl für mindestens drei Jahre weg sein“, bemerkte Spengler. „Ich habe aber noch mehr Neuigkeiten für Sie. Wollen Sie sie hören?“

„Erzählen Sie“, gab Jenny zurück. Sie hatte natürlich längst mitbekommen, dass in Tino Hansens Häusern umfassende Durchsuchungen stattgefunden hatten. Die Kriminaltechnik hatte Beweise dafür sichergestellt, dass Hansen selbst über Jahre in den Bunkeranlagen von Sylt unterwegs gewesen war und dabei verstecktes Nazigold im Wert von mehreren Millionen Euro aufgestöbert hatte. Die Fundstücke hatte er über ein weites Netz an Zwischenhändlern zu Geld gemacht. Yildiz war einer von ihnen gewesen. Die Erlöse aus den illegalen Goldgeschäften hatte Hansen in Immobilien gesteckt. Die Pension war der ideale Ort gewesen, um das Geld unbemerkt zu waschen. Aber dazu hatte doch die ‚Sylter Rundschau' bereits einen langen Artikel gebracht, ging es Jenny durch den Kopf. Was wollte Spengler ihr also noch Neues berichten?

„Der Erpresserbrief von Sybille Langer an Hansen ist aufgetaucht", fuhr Spengler fort.

„Ach! Sieh mal einer an!", rief Jenny erstaunt. Das interessierte sie jetzt doch.

„Hier!", fuhr Spengler fort und schob ihr ein Stück Papier über den Tisch. „Lesen Sie!"

Jenny las den maschinengeschriebenen Text laut vor: *„Sehr geehrter Herr Mörder, fragen Sie sich nicht auch, wieso alle Welt vom Austernmord redet, obwohl Sie gar nichts von einer Auster wissen? Wie ist die wohl dahin gelangt? Ha, ha, ha! Als nächstes dürfen Sie darüber nachdenken, wer das Foto gemacht hat, auf dem Sie blutverschmiert vor Behrends Wohnwagen posieren. Besorgen Sie sich zehntausend Euro in bar und warten Sie auf weitere Anweisungen!"*

„Im nächsten Schreiben hat sie gleich noch einmal zehntausend gefordert", sagte Spengler.

„Lächerlich, wenn man bedenkt, dass Sybille Langer dafür ihr Leben lassen musste", erwiderte Jenny. „Aber vermutlich wäre es nicht dabei geblieben. Vielleicht hatte sie vor, ihn für den Rest seines Lebens zu schröpfen."

„Nur leider ist Wolfi ihr auf die Schliche gekommen“, entgegnete Spengler. „Apropos! Wissen Sie eigentlich, wie Hansen an seinen Spitznamen gelangt ist?“

Jenny holte ihr Smartphone hervor, schaltete es ein und hielt es Spengler hin. „Sehen Sie mal!“

„Wer ist das?“ Spengler beugte sich über das Handy. Es zeigte ein Foto, auf dem vier junge Männer in Uniform vor einem Armeefahrzeug zu sehen waren.

„Das ist Hansen mit seinen Stubenkameraden“, antwortete sie und wischte über ihr Display. „Auf dem nächsten Bild stehen die Namen der Vier.“

„Die fantastischen Vier“, las Spengler die handschriftliche Inschrift auf der Rückseite der Fotografie vor. *„Koni, Chrissi, Wolfi und der Doc.“*

„Enna hat es mir gegeben, nachdem wir Hansen festgenommen hatten“, schob Jenny hinterher. „Und der Jeep im Hintergrund hat Hansen wohl zu seinem Spitznamen verholfen.“

„Mercedes 250 GD, auch *Wolf* genannt“, erwiderte Spengler und nickte anerkennend. „Sie kennen sich ja richtig aus, Frau Arens. Auch gedient?“

„Nein.“ Jenny konnte sich ein Grinsen nicht verkneifen. „Dass der Bundeswehrsoldat Wolfi den ‚Wolf‘ gefahren haben muss, ahnte ich bereits recht früh. Habe einfach mal ‚Bundeswehr + Wolfi‘ gegoogelt. Aus reiner Neugierde.“

„Nicht schlecht.“ Spengler räusperte sich und beugte sich langsam nach vorne. Jenny bekam den Eindruck, er hätte bereits die ganze Unterhaltung über nur auf diesen einen Moment gewartet. „Sie sind aber nicht die einzige Neugierige hier.“

„Ja?“ Jenny zog die Augenbrauen hoch.

„Wie zum Teufel sind Sie in den Besitz der Briefe gekommen?“, fragte Spengler und blickte sie durchdringend an. „Sie wissen genau, wovon ich spreche.“

Das wusste sie allerdings. Jenny hatte die Briefe zwar an Simon übergeben, aber ihren Vorgesetzten nie erklärt, wie sie eigentlich an die Schriftstücke gelangt war. Bislang hatte sie den Einbruch bei Yildiz geheim halten können. Sagte sie nun die Wahrheit, dann könnte Spengler ihr trotz Umsetzung und geplanter Beförderung noch erhebliche Probleme bereiten. Beweisstücke nahm man nicht einfach mit nach Hause, um sie einer privaten Auswertung zu unterziehen. Ganz egal, ob am Ende die große Auflösung stand.

Sie konnte ihrem Vorgesetzten natürlich einfach irgendeine Geschichte auftischen. Denn die Wahrheit würde er ohnehin nicht erfahren, da Simon eine sichere Bank war. Doch eine Lüge wäre ihr feige vorgekommen. Das war nicht ihr Stil. Also entschied sie sich für die goldene Mitte. So konnte sie ihm zugleich noch einmal ein schönes Resümee ihrer Zusammenarbeit in Niebüll liefern. „Das sage ich Ihnen nicht, Herr Spengler.“

„Auch gut.“

Das war alles, was er antwortete. Mehr blieb ihm ja auch nicht übrig.

Epilog

Lieber Simon,

zuerst möchte ich mich für deine Unterstützung bedanken. Du hast immer loyal an meiner Seite gestanden, auch in schwierigen Zeiten und selbst dann, wenn es gegen deine eigenen Überzeugungen ging. Besonders in unserem letzten Fall habe ich dir so einiges abverlangt. Danke dafür!

Ich freue mich wahnsinnig über meine Aufgabe als stellvertretende Teamleiterin in der Mordkommission Flensburg. Fehlt nur noch der erste Fall … Soweit ich es bis jetzt einschätzen kann, sind die Kollegen hier echt nett … Da Sylt und Niebüll weiterhin in meinen Einzugsbereich fallen, werden wir uns sicher bald mal wieder über den Weg spazieren.

Falls es dich interessiert, habe ich auch noch eine positive Neuigkeit, was Jens betrifft. Er will jetzt eine Umschulung zum Busfahrer machen. Obwohl ich meine Zweifel habe, dass es das Richtige ist, freue ich mich für ihn. Immer positiv bleiben!

Wie geht es Enna? Wird sie die Pension aufgeben?

Liebe Grüße,

Jenny

PS: Ich hoffe, dass du mein Schweigen nicht falsch interpretiert hast. Ich habe ein paar Tage gebraucht, um mich wieder neu ordnen zu können. Jetzt kann es weitergehen. Ich freue mich auf deine Antwort!

*

Liebe Jenny,

herzlichen Glückwunsch zur Beförderung! Leif und ich freuen uns sehr für dich. Trotzdem sind wir natürlich auch echt traurig über deinen Weggang. Dass du ein bisschen Abstand brauchtest, kann ich gut nachvollziehen. Du hattest es ja nicht immer einfach hier.

Übrigens bist du nicht die einzige, die verschwunden ist. Auch ‚Tinos Pension' in Westerland gehört der Vergangenheit an. Meine Schwester hat eine Firma damit beauftragt, das Geschäft abzuwickeln. Nicht einmal das wollte sie sich noch zumuten. Zumal sie ja demnächst viel Zeit für die ganzen Zeugenaussagen vor Gericht aufwenden muss. Sobald sie die hinter sich gebracht hat, möchte sie zu einer Freundin nach Amrum ziehen. Ich denke, das wird ihr guttun.

Stichwort Gesundheit: Ich weiß nicht, ob du es mittlerweile schon erfahren hast, aber das BKA hat eine Sonderermittlung eingeleitet, um der Herkunft des Psychokampfstoffes BZ auf den Grund zu gehen. In den Lister Bunkern, aber auch in einem Schuppen von Tino in der Norderstraße haben die Fahnder weitere Spuren davon gefunden. Leider schweigt Tino sich bislang noch dazu aus. Die Kollegen aus Berlin vermuten, dass es sich um Altbestände aus Ex-Jugoslawien handelt. Tinos Kontakte in die Unterwelt scheinen weitverzweigter gewesen zu sein, als wir alle annahmen und überhaupt annehmen konnten. Über Jahre hatte er sich die Fassade eines tüchtigen Unternehmers aufgebaut, um seine Verbrechen zu decken. Und alles direkt vor meinen Augen. Und dabei wusste ich, dass er auf Sylt gedient hatte! Wahrscheinlich kannte er auch die Bunker in- und auswendig.

Wer die Bunker auch recht gut kannte, war Yildiz. Auch er war dort unten unterwegs. Die Spurensicherung hat entsprechendes Equipment bei ihm gefunden. Ich nehme an, du hast mitbekommen, dass ihm die eigene Alarmanlage auf tragische Weise zum Verhängnis geworden ist. Er hatte sie erst einen Tag zuvor installieren lassen. Es handelte sich um ein System, das neben den üblichen Alarmtönen auch Schussgeräusche von sich gab. Der Staatsanwaltschaft hat das ausgereicht, um die Ermittlungen gegen die Spezialeinheit einzustellen.

So, das war es erst einmal von mir. Wir werden uns ja spätestens zum ersten Prozesstermin in Flensburg sehen. Oder vielleicht schon früher?

Liebe Grüße,

dein Simon

ENDE

***

Sie wollen zukünftig nichts mehr von Birger Brand versäumen? Dann abonnieren Sie den Newsletter auf www.birgerbrand.de!

***

Ihnen hat der Krimi zugesagt? Oder haben Sie etwas vermisst? Lassen Sie es mich wissen!

E-Mail: info@birgerbrand.de

***

Sie sind neugierig auf weitere Bücher von mir geworden? Sie wollen neben der Nordsee auch die Ostsee mit einem Krimi in der Hand erkunden? Dann besuchen Sie doch meinen kindle-Shop auf Amazon und testen die Leseproben.

***

Der erste Teil der Arens-Serie:

Tödliches Sylt. Nordseekrimi (Jenny Arens 1)

Die Bücher der Westphal-Reihe:

Tod am Kreidefelsen (Westphal 1)
Tod auf Rügen (Westphal 2)
Mord vor Rügen (Westphal 3)
Todesurteil Rügen (Westphal 4)

TÖDLICHES SYLT. NORDSEEKRIMI
(Jenny Arens 1)

An einem Morgen im September findet eine Putzkraft beim Bettenmachen im Lister Hotel "Arosa" die Leiche einer auffallend schönen Frau, getötet mit einem einzigen Stich ins Herz. Wer ist die Unbekannte? Wieso ist sie niemandem im Hotel aufgefallen? Kannte der letzte Gast des Zimmers 212 die Tote?

Jenny Arens hat ihren ersten Tag im Kommissariat Niebüll und soll gleich mit nach Sylt. Noch am Tatort stößt sie auf eine heiße Spur, die sich jedoch bald wieder verliert. Wer steckt hinter dem Verbrechen? War es ein wohlhabender Liebhaber, ein eifersüchtiger Mitbewohner oder der zwielichtige Inhaber einer Sylter Reinigungsfirma? Als die Ermittlerin aufdeckt, dass einer der Verdächtigen freundschaftliche Beziehungen zu ihrem Chef unterhält, wird sie misstrauisch. Was verbindet die beiden? Und wieso machen ihr ein paar gehässige Kollegen das Leben so schwer?

Die Ermittlungen führen Arens an verschiedene Orte auf der ganzen Insel: List, Kampen, Wenningstedt, Westerland, Keitum. Dort warten nicht nur weitere Verdächtige und blutige Tatorte, sondern auch schmerzhafte Erinnerungen. Denn Arens kennt die nordfriesische Insel nur allzu gut …

TOD AM KREIDEFELSEN. OSTSEEKRIMI (Lydia Westphal 1)

Sassnitz, Rügen. Die Leiche des zwanzigjährigen Kellners Benjamin W. taucht eines Morgens am Fuß des Kreidefelsens auf. Als die herbeigerufene Kripo das Haus des Opfers durchsucht, kommt es zu einem schwerwiegenden Zwischenfall. Steckt mehr als nur Fahrlässigkeit dahinter? Sind hier Polizeibeamte gar in ein Verbrechen verstrickt? Nur kurze Zeit später bringt der Tod eines Verdächtigen in seiner Zelle das Fass zum Überlaufen - und weckt das Interesse von Lydia Westphal.

Die Leiterin des LKA-Dezernats für Interne Ermittlungen (Schwerin) fährt unverzüglich nach Sassnitz, um Licht ins Dunkel zu bringen. Im Zuge ihrer Nachforschungen gerät die Kriminalrätin in ein Gemenge aus Rachegelüsten, himmelschreiender Inkompetenz und Sex-Dienstleistungen der speziellen Art.

In einem feindseligen Klima beginnt sich die Ermittlerin schnell unsicher zu fühlen. Schwebt sie tatsächlich in Gefahr? Auf welche Kollegen kann sie sich verlassen? Wer arbeitet im Geheimen gegen sie? Werden weitere Opfer folgen? Ein Ereignis jagt das andere, menschliche Abgründe tun sich auf, der große Knall steht bevor ...

MORD AUF RÜGEN. OSTSEEKRIMI
(Lydia Westphal 2)

Im Stadtzentrum von Binz finden spielende Kinder die Leiche von Hauptkommissar Bauer, einem früheren Kollegen von Lydia Westphal. Zunächst sieht es nach Suizid aus, doch die forensische Untersuchung lässt Zweifel aufkommen …

Kaum sind die erfahrene Westphal und der attraktive Kommissarsneuling Jung auf Rügen angelangt, überschlagen sich die Ereignisse. Am Kap Arkona taucht der verstümmelte Leichnam einer Rentnerin auf. In Sellin kommt es zu einem heimtückischen Angriff auf eine junge Frau. In einer Waldhütte bei Göhren findet die nächste Bluttat statt …

Haben all diese Verbrechen etwas miteinander zu tun? Auf Umwegen gelangen die beiden Ermittler an geheimnisvolle Hinweise, die weit in die Vergangenheit der Städte Binz und Sellin reichen. Gehen Westphal und Jung der richtigen Spur nach? Können sie das Morden stoppen? Sind sie sogar selbst in Gefahr?

MORD VOR RÜGEN. OSTSEEKRIMI
(Lydia Westphal 3)

Ummanz. Ein verregneter Nachmittag im Februar. In einem verfallenen Fabrikgebäude taucht der verkohlte Leichnam einer Frau auf … und führt Lydia Westphal unerwartet mit einem alten Bekannten zusammen …

Die Beamten vom Polizeihauptrevier Bergen gehen zunächst von einem Unfall aus. Doch die Kriminalrätin außer Dienst glaubt, dass mehr hinter der unbekannten Toten steckt. Ahnungslos begibt sie sich auf die Suche nach der Identität des Opfers und gerät dabei in ein albtraumhaftes Verwirrspiel, in dem sie selbst zur Zielscheibe wird …

Als eine zweite Leiche auftaucht und ein schweres Unwetter das Telefonnetz der Insel lahmlegt, spitzt sich die Lage für die ehemalige LKA-Ermittlerin dramatisch zu. Wer von den Einheimischen steht auf ihrer Seite? Hinter welcher Fassade lauert die Fratze des Mörders? Kommt Westphal jemals wieder lebendig von der Insel hinunter?

TODESURTEIL RÜGEN. OSTSEEKRIMI
(Lydia Westphal 4)

Sassnitz. An einem trüben Dezembertag wird am Ostmolenfeuer eine Leiche angespült und als Hermann Brodersen identifiziert. Der pensionierte Polizist und Lehrer lebte in der Hafenstadt und war an der Polizeischule Güstrow angestellt – an der auch Lydia Westphal vor einigen Monaten eine Stelle als Dozentin angetreten hat …

Kann die ehemalige LKA-Ermittlerin zur Aufklärung des Falls beitragen? Wer aus dem Lehrerkollegium hielt noch Kontakt zu Brodersen? Stimmt es, dass er ein stadtbekannter Säufer war und viele Feinde hatte? Warum hatte ihn seine Frau aus dem eigenen Haus geworfen? Was hat es mit dem merkwürdigen Verhalten einiger Polizeischüler auf sich? Wo ist das kleine Boot abgeblieben, mit dem er vor seinem Tod angeblich aufs Meer hinausgefahren sein soll? War es Mord oder doch Suizid?

Noch ehe Westphal eine dieser Fragen beantworten kann, taucht ein weiterer Toter auf …

Printed by Amazon Italia Logistica S.r.l.
Torrazza Piemonte (TO), Italy

18468893R00150